U0530376

William Somerset Maugham

CAKES AND ALE

寻欢作乐

[英国]威廉·萨默塞特·毛姆 著　叶尊 译

译林出版社

图书在版编目（CIP）数据

寻欢作乐／（英）威廉·萨默塞特·毛姆著；叶尊译．—南京：译林出版社，2021.5（2023.8重印）
（毛姆精选集）
书名原文：Cakes and Ale
ISBN 978-7-5447-8589-1

Ⅰ.①寻⋯　Ⅱ.①威⋯②叶⋯　Ⅲ.①长篇小说－英国－现代　Ⅳ.①I561.45

中国版本图书馆 CIP 数据核字（2021）第 030069 号

寻欢作乐 [英国] 威廉·萨默塞特·毛姆　/著　叶尊　/译

责任编辑	鲍迎迎
装帧设计	韦　枫
校　　对	王　敏
责任印制	董　虎

原文出版	The Modern Library, 1950
出版发行	译林出版社
地　　址	南京市湖南路 1 号 A 楼
邮　　箱	yilin@yilin.com
网　　址	www.yilin.com
市场热线	025-86633278
排　　版	南京展望文化发展有限公司
印　　刷	徐州绪权印刷有限公司
开　　本	787 毫米 × 1092 毫米　1/32
印　　张	9
插　　页	4
版　　次	2021 年 5 月第 1 版
印　　次	2023 年 8 月第 3 次印刷
书　　号	ISBN 978-7-5447-8589-1
定　　价	55.00 元

版权所有　·　侵权必究

译林版图书若有印装错误可向出版社调换。质量热线：025-83658316

目 录

1 作者序

1 一
18 二
35 三
45 四
60 五
76 六
78 七
88 八
102 九
106 十

114	十一
141	十二
149	十三
154	十四
175	十五
182	十六
189	十七
199	十八
203	十九
214	二十
218	二十一
219	二十二
225	二十三
231	二十四
242	二十五
249	二十六
267	译后记

作者序

在《寻欢作乐》最初出版的时候,报纸上沸沸扬扬地出现了不少议论,因为有些人认为我称作爱德华·德里菲尔德的那个人物,写的就是托马斯·哈代。虽然我一再否认,但仍无济于事。我对那些前来向我打听的记者指出我小说中主人公的生活和托马斯·哈代的生活多么不同,也没有什么用处。的确,两个人都是农民家庭出身,两个人都写有关英国乡村生活的小说,两个人都结过两次婚,两个人都是到了老年才成名的。可是相似之处,仅限于此。我只见过托马斯·哈代一次,那是在伦敦的一次晚宴上。当时按照英国的风俗习惯,女子全都离开了饭厅,留下男人们一边喝着红葡萄酒、咖啡和白兰地,一边谈论国家大事。我发现自己正坐在哈代身旁,我们一起谈了一会儿。从那以后,我就再也没有见过他,他的两位太太我都不认识。我想他的头一位太太是英国圣公会一个职位不高的圣职人员的女儿,而不像本书中的罗西那样是一个酒店女招待。我从来没有到他家拜访过。其实,除了从他的作品中知道的那一点儿情况外,我对他一无所知。我早忘了那次我们谈了些什么，只记得我离开的时候所得到的印象是他是一个身材矮小、头发花白的人，看上去神情疲惫，一副落落寡合的样子。虽然他在这样一个场面盛大的宴会上一点都不感到局促不安，但是他也并不怎么特别关心，好像他只是在戏院里看戏的一名观众。女主人可以说是一个专事结交社会名流的人，我猜哈代之所以接受了她的邀请，只是因为他不知道如何不失礼节地予以回绝。他身上当然一点也没有德里菲尔德晚年所独具的那种略微有点儿奇特、粗俗的生活态度。

我想记者们之所以认为我笔下的这个人物是托马斯·哈代，只是因为我写本书的时候哈代正好刚去世不久。不然，他们可能同样轻易地就会想到丁尼生[①]或梅瑞狄斯[②]。我曾经得到机会，看见一些声名显赫的老作家如何接受他们的仰慕者所表示的敬意。我在一旁观察他们的时候，常常暗自寻思，不知在这种时刻他们心中是否会回想起他们默默无闻、动荡不定的青年时代，不知他们看到那些带着崇拜的神色两眼迷离地瞅着他们的女子，或者神情严肃地听着那些样子热切的年轻男子告诉他们说他们的作品对自己产生了多么巨大的影响时，他们是否会暗自好笑，并且饶有兴味地琢磨着要是这些仰慕者知道了他们全部的真情实况，究竟会说点儿什么。我暗自寻思，不知他们对自己受到的那种尊崇景仰的待遇是否有时会变得很不耐烦。我也暗自寻思，不知他们对

---

① 丁尼生（1809—1892）：英国诗人，1850年被封为桂冠诗人。
② 梅瑞狄斯（1828—1909）：英国小说家、诗人。

自己被奉若神明是否心里感到美滋滋的。

有时候，他们显然确实感到美滋滋的。有天晚上在拉帕洛①，我和马克斯·比尔博姆②一起吃饭，他提议我们去见见正在那儿盘桓的格哈特·霍普特曼③。格哈特·霍普特曼是一个如今也许已经被人忘却的德国剧作家，当时却享有盛名。我们发现他高高地坐在那家旅馆客厅里的一把扶手椅上，那是一个满头白发的老人，生着一张有点发红、特别光溜的脸。在人们为了举办社交音乐会而租用的一大圈镀金的小椅子上坐了大约二十个人，大部分是男人，他们正全神贯注地在听他讲话。我们等着他讲完，好闯进圈子去和他打招呼。等他讲完话，传来了一阵低低的啧啧称赏的声音。我们走上前去，那个大人物挥手和我们打招呼，命人端椅子来请我们坐下。两个年轻人连忙去拿椅子；那个圈子扩大了，把我们都包括在内。我们互相寒暄了几句，但是显而易见，我和马克斯·比尔博姆的到来使周围的那群人觉得很不自在。客厅里一片寂静。那些神情热切的年轻人满怀期望地注视着那个有名的作家。寂静并没有被打破。寂静变得令人局促不安。最后有个机灵的小伙子向他提了一个问题。他思考了一会儿，然后在扶手椅上坐定，以一种在我看来似乎没有必要的长度回答了那个问题。等他讲完后，又传来一阵低低的表示敬意的赞叹声。我给马克斯·比尔博姆递了个眼色，于是我们起身告辞。

---

① 拉帕洛：意大利西北部港口城市，在热那亚湾内。
② 马克斯·比尔博姆（1872—1956）：英国漫画家和作家。
③ 格哈特·霍普特曼（1862—1946）：德国剧作家，1912年获诺贝尔文学奖。

当然,格哈特·霍普特曼给了他的听众所要听的东西;他对自己受到的这种崇拜,显然一点也不感到拘束。我觉得我们英语国家的作家对于这样一种姿态不会觉得怎么舒服。叶芝①往往以某种缺乏幽默的态度装扮成吟游诗人的样子,因而使自己受到他的轻狂无礼的同胞的嘲笑。那是一种矫揉造作的表示,亏得他的诗歌美妙,才显得情有可原。亨利·詹姆斯以他一贯的谦恭有礼的态度接受那些名媛淑女(她们多数已届中年,总相互争着想引起他全部的注意)的奉承,但是私底下,他却随时准备拿她们开一个谑而不虐的玩笑。

其实,我是以一个带着妻子儿女在惠特斯特布尔②小镇上定居的无名作家作为爱德华·德里菲尔德的原型的。我的叔叔和监护人当时正是那个小镇的牧师。我想不起那个作家的名姓了。大概他也没有取得什么成就,现在一定早已去世了。他是我见到的头一位作家。虽然我叔叔很不赞成我跟他来往,但是我一有机会总溜去看他。他的谈话使我心情激动。后来有一天,他丢下一身债务不管就从镇上消失了,这使我感到震惊,也使我叔叔感到满意。关于他,我用不着再多说什么,因为读者会在本书中看到他给我留下的印象。

本书出版后不久,有封信由专人递送到半月街我的寓所。原

---

① 叶芝(1865—1939):爱尔兰诗人、戏剧家,1923年获诺贝尔文学奖。
② 惠特斯特布尔:也可意译成白马厩,是英国英格兰肯特郡的一个海滨胜地,作者在本书中将此地名改作黑马厩。

来是休·沃尔波尔①写来的。他是英国书籍协会委员会委员,晚上临睡前把我的小说带到床上阅读,有意把它作为当月新书推荐给读者。他一边往下看,一边竟然认为我笔下的阿尔罗伊·基尔这个人物似乎是对他本人所做的冷酷的写照。当时有个作家团体总设法抓住一切机会出现在公众眼前,他们跟评论家保持着亲切友好的关系,好使他们的书籍得到好评,而且只要对他们有用,就不惜溜须拍马来取得以他们的文才几乎不配取得的成功。他们缺少才华,就设法依靠推举拉拢来加以弥补。休·沃尔波尔就是这个作家团体中最重要的成员。不错,在我构思我称作阿尔罗伊·基尔这个人物的时候,我心里想到的是休·沃尔波尔。哪个作家都不能凭空创造出一个人物。他必须有一个原型作为起点,随后他的想象力就开始发挥作用。他把这个人物逐步塑造成形,东一处西一处地添上一个他的原型所没有的特征。等他完成以后,他展示在读者眼前的那个完整的人物形象,与最初给他启发的那个人已无多少相似之处。只有这样,一个小说家才能赋予他所塑造的人物那种既可信又有说服力的真实性和强度。我并不想伤害休·沃尔波尔的感情。他是一个和蔼可亲的人,有不少真心喜爱他的朋友,尽管他们往往嘲笑他。他很容易叫人喜欢,却很难受到尊敬。在我构思阿尔罗伊·基尔这个人物的时候,我尽力掩盖起各种踪迹线索;我把他描写成一个经常骑马带着猎狗外出打猎的爱好运动的人,网球和高尔夫球打得比大多数人都要出色得多,

---

① 休·沃尔波尔(1884—1941):英国小说家。

而且是一个巧妙地避免了婚姻羁绊的风月高手。以上这几点中没有一点可以放在休·沃尔波尔的身上。我在答复他的来信的时候向他提出了这几点。我还告诉他说,我从我们俩都认识的一个作家身上选取了某一个特征,又从另一个作家身上选取了另一个特征,而且最主要的是,我还把自己的不少性格脾气写到了阿尔罗伊·基尔的身上。我一直知道自己的缺点,我从来也没有扬扬自得地看待这些缺点。我们这些作家全是爱好自我表现的人。不然我们干吗答应人家给我们拍照呢?不然我们干吗接受人家的采访呢?我们干吗翻阅报纸寻找我们的书的广告呢?我们真的干吗不像简·奥斯丁那样把这些书说成是"由一位女士所著",或者像沃尔特·司各特爵士那样把这些书说成是"由《威弗利》①的作者所著",而把自己的姓名摆在上面呢?可是,我实际上仍然把休·沃尔波尔声名狼藉地也具有的某些特征,他的某些丢人的弱点放在阿尔罗伊·基尔的身上,因此在伦敦文学界,几乎没有几个人会看不出他就是我的原型。倘若他的鬼魂不安地在书店里徘徊,设法使他的著作陈列得井然有序,猛然想起我如何嘲笑他想有朝一日成为英国文学界的泰斗的抱负,那么在他看到我,就连嘲笑他的我,似乎也快享有那种昙花一现、既可悲又可笑的显赫声名的时候,他一定会幸灾乐祸地暗自好笑。

可是我写《寻欢作乐》,并不是专门为了描述爱德华·德里菲尔德和阿尔罗伊·基尔这两个人物。年轻的时候,我跟本书中

---

① 《威弗利》:英国苏格兰小说家沃尔特·司各特(1771—1832)的第一部长篇小说。

我称作罗西的那个年轻女人关系十分密切。她有重大的、令人恼怒的过错，但是她长得很美，人也诚实。我和她的关系正如这种关系一贯会有的结果那样后来结束了，但是我对她的回忆年复一年地萦绕在我的脑海中。我知道总有一天我会把她写进一本小说。一年又一年过去了，经过了好多年，我始终没有找到我在寻找的机会。我担心自己永远没有这种机会了。我也不知道为什么，直到我忽然想要描述一个上了年岁的著名小说家（他受到自己太太的悉心照料，死后却被他太太和其他人用来给他们自己增加荣耀，这想必会使他多少有点儿气恼）的时候，我才想到可以把罗西写作他的头一位太太，这样一来我就有了那个我渴望很久的机会。我还必须补充说，我认为自己所创造的最动人的女主角的原型，根本不可能在我的小说中认出她自己的面目，因为等到我写这本小说的时候，她已去世了。

采访的记者往往向作者提出几乎同样的问题。经过一段时间，你对他们的大部分问题会有现成的答复。每逢他们问我自认为哪部小说是我最出色的作品的时候，我总问他们说，他们是指一般认为我最出色的作品，还是指我自己最喜欢的作品。虽然自从我在第一次世界大战期间校改校样以后，我就没有再看过《人性的枷锁》，但是我却愿意赞同公众的意见，认为它是我最出色的作品。那是一个作家一生只能写一回的那种书。归根结底，他只有一生。可是我最喜欢的书却是《寻欢作乐》。这是一部写起来饶有兴味的书。处理多年前发生的事情和三十年后发生的事情，而不失去想要抓住读者的注意力所必需的连贯性，这颇费心思。我发现克服这个困难是一项很愉快的工作。我希望读者从过去跨入现在，再从现在返回过去，一点儿都不感到颠簸震动，因而故事的叙述应当像一条法国那种宁静的河流那样平稳地流去。可是这当然只是一个多少有点别出心裁的技巧的问题。在这方面，读者所关心的只是结果。读者对作家不得不应付的潜在困难、无所适从的窘境和进退两难的局面，跟讲究饮食的人对把完好美味的弗吉尼亚火腿①熏制出来放在他面前的那套工序，同样漠不关心。不过这只是顺带一提而已。我喜欢《寻欢作乐》，因为那个脸上挂着明媚可爱的微笑的女人为我再次生活在这本书的字里行间，她就是罗西·德里菲尔德的原型。

一九五〇年一月

---

① 弗吉尼亚火腿：指以胡桃壳烟熏、加入香料的美式火腿。据说用来熏制该火腿的猪曾用桃子饲养，风味独特。

一

我发现要是有人打电话来找你,而你恰巧不在,于是他留下口信,请你一回家就打个电话给他,说他有要紧的事,那么这件事多半是对他要紧,而不是对你要紧。如果是要送你一样礼物,或是帮你什么忙,大多数人都不会急不可耐。所以,在我回到寓所更衣吃饭前,只有那么一点儿时间可以喝杯茶,抽支烟,看看报纸,听到我的女房东费洛斯小姐告诉我说阿尔罗伊·基尔先生打电话来,请我立刻回个电话给他,我觉得自己完全不用把他的要求放在心上。

"就是那个作家吗?"她问我。

"是的。"

她亲切地朝电话机瞥了一眼。

"要我替你给他打个电话吗?"

"不用了,谢谢你。"

"要是他再来电话,我该怎么说呢?"

"请他留个口信。"

"好吧,先生。"

她噘起嘴唇,拿了空水瓶,朝屋里扫了一眼,看看有没有不整洁的地方,然后走了出去。费洛斯小姐非常爱看小说。我相信她看过罗伊写的所有小说,她对我如此怠慢罗伊不以为然,这说明她很欣赏罗伊的小说。等我当天又回到寓所的时候,我发现餐具柜上有一张费洛斯小姐用她那粗大清楚的笔迹写的便条:

> 基尔先生又来过两次电话,问你明天是否可以和他一起吃午饭。如果明天不行,请你告诉他哪天合适。

我扬起眉毛,感到有些诧异,我已经三个月没有见到罗伊了。上一次会面,也只是在一个宴会上见到了几分钟。他为人亲切友好,这是他一贯的作风。分手的时候,他还对我们难得见面由衷地表示遗憾。

"伦敦地方太大了,"他说,"你想会见的人总难得见上一面。下星期哪天咱们一起去吃顿午饭,怎么样?"

"我很乐意奉陪。"我答道。

"等我回家查看一下我的记事簿,再打电话给你。"

"成。"

我认识罗伊已经有二十年了,自然知道在他背心左上方的口袋里总放着那本小记事簿,上面记着他所有的约会。因此,和他分手以后,没有再听到他的音讯,我也并不感到奇怪。而现在他这么迫不及待地盛情相邀,不可能使我相信他没有别的用心。上床前我抽着烟斗,心里反复思索着罗伊请我吃午饭的各种可能的原因。也许是一个仰慕他的女读者缠着他要他介绍跟我认识;也许有位美国编辑要在伦敦停留几天,请求罗伊安排我和他取得联系。不过,我可不能小看我的这个老朋友,认为他束手无策地不能应付这样一种情况。再说,他要我挑选一个合适的日子,看来也不大像是要我去跟别的什么人会面。

没有一个小说家会像罗伊那样对一个被人交口称赞的同行表现得如此坦诚热情,但是在这个作家的声名由于懒散、失败或者哪个别人的成功而蒙上阴影的时候,也没有一个同行会像罗伊那样坦诚地立刻对他表示冷落。一个作家总会有顺境和逆境,我完全意识到当时我还没有受到公众的注意。显然,我很可以找个不致得罪罗伊的借口来谢绝他的邀请,不过他是一个意志坚决的人,假如他为了自己的某种目的决心要见我,那么只有叫他"滚蛋",才能使他不再纠缠下去。可是我给好奇心打动了,而且我也很喜欢罗伊。

我曾经怀着钦佩的心情看着罗伊在文学界崛起。他的经历很可以成为任何一位从事文学事业的年轻人的典范。在我同时代的人当中,我还想不出有谁凭着如此微薄的才能,竟然取得如此重要的地位。这种情形好似聪明人每天服用比迈克斯①,他的用量可能早已增加到满满的一大汤匙了。罗伊完全明白自己有多大才能,所以凭着自己的这点本事,他竟然写了大约三十部作品,有时候

---

① 比迈克斯:一种由小麦胚芽制成的麦胚食品,含有丰富的维生素B。

他一定觉得这简直是一个奇迹。查尔斯·狄更斯在一次宴会后的演说中曾说，天才来自无穷无尽的刻苦努力。我不禁猜想，在他头一次读到狄更斯的这句话的时候，他必然看到了启示之光，而且仔细琢磨过这句话了。如果事实确实这样简单，那他一定暗暗叮嘱自己，他也能和别人一样成为天才。后来，当一份妇女刊物的情绪激动的书评撰稿人在对他的一部作品的短评中真的使用"天才"这个词（近来，评论家们相当频繁地爱用这个词）的时候，他必然会像一个经过长时间的苦思冥想终于填好一个纵横字谜的人那样，心满意足地吁上一口长气。凡是多年来一直注视着他坚持不懈、勤奋工作的人，都不会否认他好歹配得上被称为天才。

罗伊在开创事业的时候就具有一些有利的条件。他是家里的独子，他父亲是个文职官员，在香港当了多年的殖民长官，最后在出任牙买加总督后辞官回国。如果你翻开《名人录》，在字排得很密的书页中寻找阿尔罗伊·基尔的姓名，你会看到这样的条文：圣米迦勒和圣乔治高级勋位爵士，皇家维多利亚勋章高级爵士雷蒙德·基尔爵士（参见该条目）之独生子，其母埃米莉为已故印度军队陆军少将珀西·坎珀唐之幼女。他早年在温切斯特和牛津大学新学院接受教育。他是牛津大学学生俱乐部的主席，要不是因为不幸得了麻疹，他很可能成为大学的划船运动员。他的学习成绩并不引人注目，却仍属良好；他离开大学的时候没有欠下一点债务。罗伊早在那时就养成了节俭的习惯，不愿白白地乱花钱，他确实是一个孝顺的儿子。他知道他的父母为了使他接受如此昂贵的教育，付出了不少牺牲。他的父亲退休后，住在格洛斯特郡斯特劳德附近的一幢并不华丽却也不简陋的房子里，不时还到伦敦去参加一些与他过去管理过的殖民地有关的官方宴会。遇到这种时候，他总要去文艺协会①看看，他是该协会的会员。后来当罗伊从牛津学成归来的时候，他正是通过这个协会里的一位老朋友，才使他的儿子当上一个政客的私人秘书。这个政客出乖露丑地当了两届保守党政府的国务大臣后，终于被册封为贵族。罗伊的这个职务，使他在年轻的时候就有机会了解上流社会。他充分利用了自己的机会。有些作家，仅仅通过那些附有画页的报刊去研究社会上层的情况，因而在描述中往往出现有损他们作品的错误。而在他的作品中，你绝找不到这类错误。他对公爵彼此之间如何交谈知道得一清二楚，也知道下议院议员、律师、赛马赌注登记人和男仆各自应当如何同一位公爵讲话。他在早期小说中用以描写总督、大使、首相、王族成员和贵族妇女的那种轻松活泼的笔调，很有点儿引人入胜的地方。他显得友好而不自命优越，亲切而不莽撞无礼。他并不使你忘记他笔下的人物身份，但却使你和他一起舒畅地感到他们和你我一样都是有血有肉的人。由于时代的风尚，贵族们的活动已经不再是严肃小说合适的主题，我对此一直感到惋惜。罗伊对于时代的倾向素来十分敏感，因此他在后期小说中仅限于描写律师、特许会计师和农产品经纪人的精神冲突。他在描写这些阶层的人物时没有原先那么得心应手。

我是在他辞去秘书职务转而全副心神地专门从事文学写作后

---

① 文艺协会：伦敦一著名俱乐部，位于蓓尔美尔街。

不久认识他的。那时候，他是一个体态优美强健的年轻人，不穿鞋身高六英尺，有着运动员的体格，宽宽的肩膀，充满自信的神态。他相貌并不英俊，但却具有一种悦目的阳刚之气，长着一双坦诚的蓝色大眼睛，一头拳曲的浅棕色的头发，鼻子既短又宽，下巴方方的。他显得诚实、整洁、健康，多少像一个运动员。凡是读过他早期作品中关于携犬出猎的极为生动、准确的描写的人，都不会怀疑这些场面都是他根据自己的亲身经历写出来的。直到不久以前，他有时还乐意离开自己的书桌，去打一天猎。他出版第一部小说的时候，正是文人墨客为了显示他们的男子气概喝啤酒、打板球的时期。有好几年，在每一个文学界的板球队中几乎总有他的姓名出现。我不大清楚为什么这个流派的作家后来失去了他们的锐气，他们的作品不再受到重视；尽管他们仍旧是板球队员，但他们的文章却很难找到地方发表。罗伊好多年前就不打板球了，转而爱好品味红酒。

罗伊对自己的第一部小说态度十分谦虚。这部小说篇幅不长，文字简洁，而且像他后来所写的每部作品一样，格调典雅。他把这部作品送给当时所有的主要作家，并附上一封措辞动听的信。他在信中对每个作家说，他是如何钦佩对方的作品，他经过学习这些作品获得了多大的教益，以及尽管他感到自己望尘莫及，却仍然如何热切地希望沿着那位作家开创的道路前进。他把自己的作品呈献在一位伟大的艺术家面前，作为一个刚刚从事文学写作的年轻人献给一位他将永远视为自己师长的人的礼物。他完全清楚自己要求如此忙碌的一位大师，为他这样一个文坛新人的微不足道的作品去浪费时间是多么鲁莽冒昧,但他还是满怀歉意地恳求对方给予批评指教。他写信送书的那些作家受了他的奉承感到高兴,都写了相当长的回信,几乎没有几封是敷衍塞责的。他们赞扬他的作品,不少人还请他去吃午饭。他们无不被他的坦率所吸引,也为他的热情而感到心头温暖。他总以相当动人的谦恭态度征求他们的意见,并且真心诚意地表示一定按照他们的话去做,他的那份真诚着实令人难忘。那些作家都觉得这是一个值得费点儿心思指点一下的人。

他的这部小说取得了相当大的成功,这使他在文学界结交了许多朋友。没有多久,要是你到布卢姆斯伯里、堪普登山或威斯敏斯特①去参加茶会,就一定会在那儿见到他,不是在向客人们递送黄油面包,就是在为一位年长的女士添茶加水,免得她拿着空茶杯局促不安。他那么年轻,那么坦率,那么欢快,听见人家讲笑话,总笑得那么开心,谁都免不了会喜欢他。他参加各种聚餐会,和文人作家、青年律师以及穿着利伯蒂②出品的绸衣、戴着珠串的女士在维多利亚街或是霍尔本街的一家饭店的地下室里吃着三先令六便士一份的客饭,谈论文学和艺术。人们很快发现他具有相当不错的餐后演讲的才能,他举止实在讨人喜欢,所以他的同行、他的对手和同时代的人对他都很宽容,甚至连他属于绅士阶层这一点也不计较。他对他们幼稚的作品都慷慨地加以赞扬,

---

① 这是伦敦的三个区,20世纪初曾为文化艺术中心。
② 利伯蒂:伦敦著名的服装公司,由阿瑟·拉森拜·利伯蒂(1843—1917)在1879年创建。

在他们把手稿送来请他批评指正的时候,他总告诉他们没有一点不当之处。于是这些人认为他不但是个好人,而且是个见解公允的评判家。

罗伊写了第二部小说,花费了很多心血,并且从前辈作家给他的指点中得益不少。罗伊早就和一家报纸的编辑取得联系,好几位老作家理所当然地应他的要求,为这家报纸写了他的这部作品的书评,内容自然都是捧场的言论。他的第二部小说是成功的,但并没有成功得足以引起他的竞争对手的猜忌。实际上,这部作品正证实了他们的疑心,他绝不会写出什么惊人之作。他是一个大好人,不会拉帮结派,不搞这类活动。既然他绝不会爬到妨碍他们自身发展的高度,他们倒也愿意助他一臂之力。我认识他们中的一些人,回想起自己当时所犯的这个错误,只好苦笑一声。

但是,如果有人说罗伊自命不凡,那他们就错了。罗伊始终十分谦虚;从年轻时候起,这就是他最可爱的性格特点。

"我知道我不是一个伟大的小说家,"他总这么告诉你,"我把自己和那些文学巨匠一比,我压根儿就不存在。过去,我还总想有天我会写出一部真正伟大的小说,但是现在,我早就死了这条心了。我只希望人家说我尽了自己最大的努力。工作我倒确实做的。我从不让自己的作品有什么粗疏草率的地方。我觉得我能讲一个精彩的故事,也能塑造一些使人感到真实的人物。说到头,布丁味道的好坏,一尝就能知晓。① 我的《针眼》在英国销售了

---

① 英语谚语。

三万五千册，在美国销售了八万册。至于下一部小说的连载版权，我得到的稿费是我至今拿到的最大一笔数目。"

他直到今天还给为他作品写书评的作者写信，感谢他们对他的赞扬并请他们一起吃午饭。如果不是谦虚，又能是什么样的美德促使他这么做呢？而且不仅如此。当有人对他的作品写了一篇尖刻的评论文章，而罗伊不得不容忍一些十分恶毒的毁谤时，特别在他已经负有盛名之后，他不像我们大多数人那样，耸耸肩膀，心里暗暗咒骂着那个不喜欢我们作品的恶棍，然后就把这件事置之脑后。他碰到这种事的时候，却总要给那个评论家写一封长信，信里说他很遗憾对方认为自己的书不好，不过书评本身写得倒很有意思，而且如果他可以冒昧地说一句，那篇文章表现出作者极高的批评眼光和文字修养，因而他感到非得给他写这封信不可。谁都不像他那么急切地想要提高自己的水平，他希望自己还能继续学习。他实在不想惹人讨厌，不过假如对方星期三或星期五有空的话，是否可以上萨伏依饭店去和他一起吃午饭，谈谈究竟为什么觉得他的这部小说如此糟糕。谁都不像罗伊那么善于叫上一桌丰盛的饭菜。一般说来，等那个评论家吃了五六只牡蛎和一块小羊的里脊肉后，他就把自己说过的话也一块儿咽下肚去了。因而等罗伊的下一部小说出版的时候，那个评论家看到这部新作有了极大的进步，这当然是理想的应该得到的结果。

一个人一生中必须应付的一大难题，就是应该如何对待下面这种人：他曾经一度和他们关系密切，而他对他们的兴趣在一段时间后淡漠了。如果双方在社会上的地位都很平常，这种关系的中断往往很自然,彼此之间也不会出现什么恶感,可是如果其中一方有了名望,局面就变得很难处理。他结交了大批新朋友,而老朋友却毫不放松;他忙得不可开交,而那些老朋友觉得他们首先有权占有他的时间。如果他不对他们唯命是从,他们就会叹口气,耸耸肩膀,说道:

"唉,得了,我看你也和别的人一样。现在你成功了,我早该料到会给你甩了。"

如果他有勇气,当然他巴不得这么做,可是他多半没有这种勇气。他无可奈何地接受了一个朋友要他星期天晚上去吃饭的邀请。冷冻的烤牛肉来自澳大利亚,中午烤得过了火,这会儿冻得硬邦邦。勃艮第红葡萄酒——哎,干吗叫它勃艮第呢?难道他们就从没有去过博恩①,住过邮政饭店吗?当然,老朋友聚在一块儿,谈谈从前在一个阁楼上同啃一块干面包片的美好时光是很快乐的,不过你一想到自己眼下坐在里边的这间屋子何等近似一个阁楼的时候,你就感到有点儿困窘。当你的朋友告诉你他的作品没有销路,他的短篇小说也找不到地方发表,而剧团经理对他写的剧本连看都不想看上一眼的时候,你就会感到局促不安。而当他把他的剧本和正在上演的那些东西(这时,他用责怪的目光瞅着你)加以比较的时候,那可当真似乎有点儿叫人难堪。你很狼狈,只好把目光转向别处。你夸大其词地讲述自己曾受到的失败,好让他明白你在生活当中也经历过艰辛。你尽量用不足挂齿的口气提

---

① 博恩:法国东部城市,是勃艮第红葡萄酒业的中心。

到自己的作品，却有点儿吃惊地发现，你的主人对你作品的看法竟然和你没有什么两样。你谈到读者大众的变幻无常，好使他在想到你的名望也不会持久的时候心里得到安慰。他是一个友好而苛刻的批评家。

"我没有看过你最近出版的那本书，"他说，"不过我看了上一本，书名我已经忘了。"

你把书名告诉了他。

"我对你那本书相当失望。我觉得它不如你写的有些作品那么好。当然，你知道我最喜欢的是哪一本。"

你在别人那儿也受到过这样的批评，所以你赶紧把你写的第一本书的书名告诉他。你当时只有二十岁，那本书写得很粗糙，不够婉转含蓄，在每一页上都能找到你缺乏经验的痕迹。

"你再也写不出那么好的作品了。"他恳切地说。这时你感到从那最初一次的侥幸成功后，你的整个写作生涯就开始走下坡路了。"我总觉得，你始终没有充分发挥你当时显露出的才华。"

煤气取暖器烤着你的两只脚，而你的两只手却冷冰冰的。你偷偷地看了看手表，暗自琢磨着你那老朋友会不会因为你十点钟就起身告辞而感到生气。你事前盼咐司机把车停在街道拐角等候，免得停在门口，用它那豪华的气派衬托出主人的贫穷。可是到了门口，他说道：

"这条街的尽头有一个公共汽车站，我陪你走到那儿去。"

你一下子感到惊慌失措，只好承认自己有一辆汽车。他很奇怪司机为什么要在拐角那儿等你。你回答说这是司机的一种怪癖。

等你走到车旁的时候,你的朋友用一种宽容的高高在上的神气看了看你的车。你紧张不安地请他哪一天和你一起去吃饭。你还答应要给他写信,然后坐车离开,心里琢磨着等他应约前来的时候究竟应该请他去哪儿,假如你请他到克拉里奇饭店吃饭,他会不会认为你在摆阔,假如你请他在索霍①吃饭,他又会不会觉得你吝啬。

罗伊·基尔却一点没有受过这样的罪。他从别人身上捞到了他能得到的一切好处后,就把他们抛开。这话听起来有点儿刻薄,但是,要把事情说得婉转一点太费时间,而且还需要把暗示、中间色调、谐谑或委婉的影射异常巧妙地安排妥帖,而实际上事实还是如此,我看倒不如这样明说的好。我们大多数人,在对别人干了什么卑劣的勾当之后,总对那个人心怀怨恨,但是罗伊素来心眼儿很好,决不允许自己的心胸如此狭窄。他可以在很不体面地对待一个人之后,却丝毫不对那个人抱有敌意。

"可怜的老史密斯,"他会这么说,"他很可爱,我非常喜欢他。可惜他那么怨气冲天。我真希望哪个人能帮他一下。不,我有好几年没有见到他了。要想维持往日的友谊没有什么好处,对双方都很痛苦。其实一个人总是逐渐脱离周围的人而成长起来的,唯一的办法就是面对事实。"

可是,如果他在皇家艺术院的绘画预展之类的场合偶然碰到史密斯,谁都不会像他显得那么热情。他紧紧地握住史密斯的手,

---

① 索霍:伦敦的一个区,自1685年以来,主要为外籍移民居住区,多夜总会及外国饭店。

对他说自己见到他有多么高兴。他满脸笑容，他流露出的友好情谊，就像仁慈的太阳散发出的光辉。史密斯对他这种不寻常的兴高采烈的样子感到很高兴，而罗伊这时再得体不过地告诉他，自己真巴不得写出一部作品，哪怕只有史密斯刚出版的那部作品一半那么出色。相反，如果罗伊认为史密斯没有看见他，他就故意把脸转开，装作没有看见，但是史密斯偏偏看见了他，对自己受到的怠慢心里十分怨恨。史密斯一向非常尖刻。他说罗伊从前十分乐意和他一起在一家寒碜的饭店里分吃一份牛排，而且和他一起在圣艾夫斯①一个渔民的小屋里度过一个月的假期。史密斯说罗伊是个趋炎附势的家伙，是个势利小人，是个骗子。

在这一点上，史密斯可错了。阿尔罗伊·基尔身上最明显的特点就是他的真诚，谁也不能依靠招摇撞骗混上二十五年。虚伪是一个人所能寻求的最困难、最刺激神经的恶习，它需要永不间断的警觉和精神的高度集中。它不像通奸或贪食可以在空闲的时间进行；它是需要付出全部时间从事的工作；它还需要一种玩世不恭的幽默。虽然罗伊老是笑呵呵的，但是我却从不认为他有十分敏锐的幽默感，而且我敢断定，他也不会玩世不恭。虽然我几乎没有看完过他的小说，但是好几本小说的开头我都看了。我觉得在那些页数很多的作品的每一页上都可以看到作者的真诚，这显然是他始终走红的主要原因。罗伊总是真诚地相信当时社会上每个人所相信的一切。在他写作有关贵族阶层的小说时，他真诚

---

① 圣艾夫斯：英国英格兰康沃尔郡圣艾夫斯湾的一个海滨胜地和渔业中心。

地相信这个阶层的成员都花天酒地,生活放荡,然而他们却具有适合于统治大英帝国的某种高尚的品格和天生的才干;后来,在他把中产阶级作为写作题材的时候,他又真诚地相信他们是国家的栋梁。他笔下的恶棍总是那么邪恶,他笔下的英雄总是那么高尚,他笔下的少女总是那么贞洁。

当罗伊邀请为他作品捧场的书评作者吃饭时,那是因为要对这位作者所作的好评真诚地表示感激;当他邀请没有对他作品表示恭维的书评作者吃饭时,那是因为他真诚地极想提高自己的水平。当一些仰慕他的素不相识的读者从得克萨斯①或澳大利亚西部来到伦敦的时候,他带他们去参观国家美术馆,这不只是为了建立他的读者圈子,而是因为他真诚地急于想要观察他们对艺术的反应。只要你听一听他的演讲,你就会对他的真诚深信不疑。

他穿着非常合身的夜礼服,或者根据场合的需要,穿一身很旧的但款式很好的宽松的便服,站在讲台上,面对观众,既严肃又坦率,还露出一副动人的谦逊的神气。这时候,你不得不承认他十分认真地把全副心神都投入到眼下他所面临的这项工作中去了。尽管他不时装作想不起某一个词儿,但那只是为了在他说出这个词的时候,取得更好的效果。他的声音洪亮而浑厚。他很会讲故事,他说的话从不单调乏味。他喜欢谈论英美的青年作家,他热情地向听众讲述这些作家的优点,这充分说明他的豁达大度。也许他讲得太多了一点,因为当你听过演讲后,你觉得你实际已

---

① 得克萨斯:美国南部一州。

经知道了所有你想知道的那些作家的情况,没有什么必要再去看他们的作品了。大概就因为这个缘故,所以当罗伊在外地的某个城镇演讲后,他所谈到的作家的书就一本都卖不出去,而他自己的作品却始终畅销。他的精力异常充沛。他不仅在美国成功地四处演讲,而且也在英国各地讲学。罗伊接受所有对他的邀请,从不因为哪个俱乐部规模太小,哪个想要提高会员的自我修养的协会太不重要而不屑为它花上一个小时去做一次演讲。他不时把他的讲稿修改一下,编成好看的小册子出版。大多数对这类讲稿感兴趣的人,至少都翻阅过名为《现代小说家》《俄罗斯小说》,以及《一些作家的评介》之类的论著。几乎没有人能否认,这些作品都显示出作者对文学的真实情感和他个人可爱的性格。

不过,罗伊的活动远远不止于此。他还是一些组织的积极的成员;这些组织成立的目的是为了促进作家们的利益,或在他们由于疾病或年老而遭受贫穷的厄运时减轻他们的困难。每逢出了涉及立法的版权问题,他总是乐意给予帮助;每逢为了在不同国籍的作家间建立友好关系需要派代表团出国,他总随时准备参加。在公众宴会上,总可以依靠他来回答文学方面的问题。每逢为了欢迎海外来访的文学名人而组织一个接待委员会的时候,他总是其中的一员。每一次义卖,至少总有一本他亲笔签名的作品。他从不拒绝记者对他的采访。他很公正地说,谁都不比他更了解作家这一行的艰辛。如果他只需和一个记者愉快地闲聊上一会儿,就能帮助这个艰苦奋斗的人挣几个钱,那他可不忍心加以拒绝。他一般都请来访的记者与他一起吃午饭,而且几乎总给对方留下良好的印象。他唯一的条件，就是文章发表前要先给他看一下。有些人为了向报纸读者提供消息，往往在不适当的时候给知名人士打电话，探听他们信不信上帝，或者他们早饭吃点儿什么；他在接到这种人的电话时却总显得很有耐心。他在每个专题讨论会上都很引人注目。公众知道他对禁酒、素食主义、爵士乐、大蒜、运动、婚姻、政治以及妇女在家庭里的地位等问题的看法。

他对婚姻的看法是抽象的，好些艺术家都发现很难把婚姻和他们职业上的艰苦探求协调一致，而他却成功地避免陷入这种境地。大家都知道他多年来对一位已婚的上等女子所抱的没有半点希望的痴情。尽管他总是以谦恭有礼、十分仰慕的口气提到那个女子，但是大家都清楚，那个女子对他却并不亲切友好。他中期小说中那种少有的苦涩，反映出他所遭受的折磨。当时他经历的那种精神痛苦，使他能够避开那些没有什么名望的女人的纠缠而并不得罪她们。这些妇女都是一个兴奋活跃的圈子里破旧的装饰点缀，她们乐于用自己眼下这种飘摇不定的生涯，来换取和一位成功的小说家结婚所带来的安稳可靠的生活。当他从她们明亮的眼睛里看到结婚登记处的影子时，他就告诉她们，他对自己唯一的那次苦恋记忆太深，这使他永远无法和任何人结成终身伴侣。他的这种死心眼儿的忠诚，可能会使那些女人感到气恼，但却并不会真的得罪她们。每当他想到自己一定永远得不到家庭生活的乐趣，也享受不到做父亲的满足时，总不免微微叹一口气；但这是他为了自身的理想，也为了那个可能和他同享欢乐的伴侣而准备做出的牺牲。他早就注意到人们其实并不想要同作家和画家的妻子应酬。凡是不论上哪儿总坚持要带着自己妻子的艺术家，只使自己成了一个讨厌的人，结果往往他很想要去的地方，却得不到邀请。如果他把妻子留在家里，那么等他回到家的时候，就免不了会发生争吵，破坏他内心的安宁，而为了把他心中最美好的情感表达出来，他最少不了的就是这种安宁。阿尔罗伊·基尔是一个单身汉，这时候已经五十岁了，看来他一辈子都不会结婚。

他是一个典范，表现出一个作家所能做到的一切，以及一个作家凭着勤奋、诚实、对人情事理的了解和手段与目的的有效结合所能达到的高度。他是一个好人；除了那种乖戾任性、吹毛求疵的人，谁都不会妒忌他的成功。我觉得脑子里带着他的形象入睡，一定可以睡上一夜好觉。我草草地给费洛斯小姐写了一张便条，敲掉烟斗中的烟灰，关上起居室的灯，就上床睡了。

二

第二天早上，我按铃要我的信件和报纸的时候，费洛斯小姐给我送来一张便条，那是答复我给她留的条子的，说阿尔罗伊·基尔先生当天下午一点一刻在圣詹姆斯街他的俱乐部恭候我。于是，在一点钟还差几分钟的时候，我先漫步到自己的俱乐部去喝了一杯鸡尾酒，我很有把握，罗伊是不会请我喝鸡尾酒的。随后我顺着圣詹姆斯街走去，悠闲地看着沿街的橱窗，因为我还有几分钟时间可以耽搁（我不想太准时赴约），我就走进克里斯蒂拍卖行，看看有什么我喜欢的玩意儿。拍卖已经开始了，一群皮肤黝黑、身材矮小的人正在传看几件维多利亚时代的银器，那个拍卖商用厌烦的目光瞅着他们的手势，懒洋洋地嘟哝道："有人出十个先令，十一个，十一个先令六便士……"那是六月初的一天，天气晴朗，国王街上的空气十分明净。相形之下，克里斯蒂拍卖行墙上挂的那些画显得灰蒙蒙的。我走出拍卖行，街上的行人都带着漫不经心的神情，似乎那令人闲适的天气渗入了他们的心灵，使得他们在各自纷繁的事务中，自己也很意外地突然想停下来观看一下生活的图景。

罗伊的俱乐部很安静。前厅里只有一个年老的看门人和一个侍者。我突然有了一种忧伤的感觉，觉得会员们都在这儿参加侍者头儿的葬礼。我一提起罗伊的大名，那个侍者就把我领进一条空荡荡的走道，让我放下帽子和手杖，然后又把我领进一个空荡荡的大厅，大厅的墙上挂着一些和真人一样大小的维多利亚时代政治家的肖像。罗伊从一张皮沙发里站起来，热情地跟我打招呼。

"我们直接上楼，好吗？"他说。

我果然猜对了，他不会请我喝鸡尾酒，心里对自己的考虑周到颇为得意。他领我走上一道铺着厚地毯的气派堂皇的楼梯，一路上一个人都没有碰到；我们走进来宾用餐的餐厅，那儿一个别的客人都没有。餐厅相当宽敞，也十分干净，墙壁粉得雪白，有一个亚当式①的窗户。我们就在窗旁的座位上坐下，一个举止沉稳的侍者送上一份菜单。牛肉、羊肉、羔羊肉、冷冻鲑鱼、苹果馅饼、大黄馅饼、鹅莓馅饼。在我顺着这份千篇一律的菜单往下看的时候，我不禁叹了口气，想到了街角处的那些饭馆，那儿有法国式的烹调、喧闹的生活气息和那些穿着夏季衣裙、涂脂抹粉的俏丽的娘儿们。

"我推荐这儿的小牛肉火腿馅饼。"罗伊说。

"好吧。"

---

① 指18世纪英国建筑师和家具设计师罗伯特·亚当和詹姆斯·亚当兄弟俩的一种精细的设计艺术风格。

"我自己来拌色拉,"他用随便却威严的口气对侍者说,接着又把目光移到菜单上,慷慨大方地说,"再来点儿芦笋怎么样?"

"那太好了。"

他的态度变得更神气了点儿。

"两份芦笋,告诉厨师长,叫他亲自选料。你喜欢喝点什么?来一瓶莱茵白葡萄酒怎么样?我们都很喜欢这儿的白葡萄酒。"

我表示同意,他就吩咐侍者去把酒类总管找来,我在一旁不能不对他点菜时那种发号施令却又彬彬有礼的态度十分钦佩。你会觉得,一个有教养的国王就是用这种气派召见他的陆军元帅的。胖胖的酒类总管穿着一身黑衣服,脖子上挂着说明他职务的银链条,拿着酒单急匆匆地跑了进来。罗伊简慢而又亲切地向他点了点头。

"嗨,阿姆斯特朗,给我们来点儿二一年的圣母之乳①。"

"好的,先生。"

"酒供应得怎么样?相当不错?你知道,我们以后没法再弄到这种酒了。"

"恐怕弄不到了,先生。"

"不过,也用不着过早担忧,自寻烦恼,是吗,阿姆斯特朗?"

罗伊朝着酒类总管愉快热情地笑着。总管长期和这些俱乐部成员打交道,知道得说点什么来回答他这句话。

"是用不着,先生。"

---

① 圣母之乳:德国莱茵黑森地区产的一种甜味白葡萄酒。

罗伊哈哈大笑,眼睛朝我望着。这个阿姆斯特朗,真是个角色。

"好吧,把酒冰一下,阿姆斯特朗。不过别太凉,你知道,得正好。我想让我的客人瞧瞧咱们这儿办事都很在行。"他转过脸来对着我。"阿姆斯特朗在我们这儿已有四十八年了。"等到总管走了以后,他又说,"我请你上这儿来吃饭,希望你别介意。这儿很安静,咱们可以好好谈谈。咱们好久都没有一块儿谈谈了,你看上去身体不错。"

这句话使我也注意起罗伊的外表来。

"比你可差远了。"我答道。

"这是一种规矩、虔诚、清心寡欲的生活的结果。"他大笑着说,"充分的工作,充分的运动。打打高尔夫球怎么样?我们应该哪天打一场。"

我知道罗伊说的只是临时想出来的应酬话,浪费一天工夫跟我这么一个水平不高的对手打球,对他是最没意思的事。不过我觉得他这种含糊其词的邀请,我接受下来也没有什么害处。他是健康的化身,他那拳曲的头发已经十分灰白,但这种颜色跟他却很相配,使他那张坦率的、给太阳晒黑的脸反而显得相当年轻。他那两只异常坦诚地望着世界的眼睛,既明亮又清澈。他不像年轻的时候那样身材细长,所以侍者给我们送来小圆面包的时候,看到他要了黑麦面包,我并不觉得奇怪。他那略胖的体态其实只增加了他的气派,使他的各种言论都有了分量。他的举止比过去更显得从容不迫,使你放心地对他有了一种信任感。他坐在椅子上，安如泰山，看上去好似坐在一座纪念碑上。

我不知道是否像我希望的那样，在我刚才叙述他和侍者的那段对话时已经让读者清楚地看到，他的谈吐通常并不才华横溢、风趣诙谐，但是却很流畅，他老是发笑，引得你有时候会产生错觉，以为他讲的话很有趣。他从来不会找不到话说，他和别人谈论当前的一些话题时那么平易随和，使得听他说话的人一点也不感到紧张。

许多作家都有一种坏习惯，他们老是专心琢磨词句，就连在谈话中也字斟句酌。他们不知不觉地小心推敲自己的每句话，在表达自己的意思时既不多说一句，也不少说一字。这种习惯，使不少上层社会的人在和他们交往时畏缩不前。这些上层人物精神生活简单，词汇有限，所以和人结交时总一再踌躇。可是跟罗伊在一起，却从不会感到有这样的拘束。他可以用对方完全能理解的词语和一个爱跳舞的卫兵说话，也可以和一个参加赛马的伯爵夫人用她马夫所用的语言谈话。人家总热情洋溢、十分宽慰地说他一点儿也不像一个作家。罗伊最乐意听到这样的恭维。聪明人总用许多现成的短语（我写这本书的时候，"谁也管不了"就是最普通的一句），流行的形容词（如"绝妙的"或"叫人脸红的"）以及只有生活在某一类人中你才懂得意思的动词（如"推搡"）。这些词语使闲谈显得特别亲切，没有什么拘束，而且也不必动什么脑筋。美国人是世界上效率最高的人，他们把这种谈话技术发展到了一个高度完美的阶段，创造了一大批简洁、平凡的短语，这样一来，他们根本不必考虑自己在说些什么，就可以进行一场生动有趣的谈话,而他们的头脑就可以用来自由思考大买卖和男女私通这类更为重要的事情。罗伊掌握的词汇非常广泛,他当机立断所选的词语,总是准确无误。这使他的讲话辛辣有力,却又不失分寸,而且每当他用这些词语的时候,总是神采飞扬,口气热切,仿佛这些话都是从他那思想丰富的头脑中刚创造出来的。

这时候,他东拉西扯地跟我谈到我们都认识的朋友和最近出版的书籍,谈到上演的歌剧,心情显得很愉快。他对人总很亲切,不过今天他的这种亲切的姿态,却实在使我惊讶。他对我们彼此见面的机会这么少深表惋惜,又坦率地(这是他最讨人喜欢的特点之一)告诉我他多么喜欢我,对我多么佩服。我觉得我非得迎合一下他这种友好的表示不可。他问起我正在写的书,我忙问了问他正在写的书。我们彼此都说,我们俩谁也没有得到我们应该得到的成功。我们吃着小牛肉火腿馅饼,罗伊告诉我他怎样调拌色拉。我们喝着莱茵白葡萄酒,还津津有味地咂着嘴。

而我心里却一直纳闷,不知他什么时候会谈到正题。

我无法相信在伦敦社交活动最繁忙的季节,阿尔罗伊·基尔只为了谈论马蒂斯[①]、俄国芭蕾舞和马塞尔·普鲁斯特[②]而愿意在一个既不是评论家,又不是在任何方面具有什么影响的同行作家身上白白浪费一个小时。再说,在他谈笑风生的态度背后,我隐隐

[①] 马蒂斯(1869—1954):法国画家、雕刻家和版画家,野兽派领袖。作品以线条流畅、色彩明亮、不讲究明暗透视法为特点。
[②] 马塞尔·普鲁斯特(1871—1922):法国小说家,其创作强调生活的真实和人物的内心世界,以长篇巨著《追寻逝去的时光》而闻名于世。

约约地感到他有点儿心神不定。要不是我知道他境况不错，我真疑心他要开口问我借一百英镑。看起来好像这顿午饭就要结束，而他却一直没有找到机会把他心里想说的话说出来。我知道他为人谨慎。也许他认为我们两个人这么久没有见面，头一次见面最好先建立友好的关系，把这顿气氛愉快的丰盛的午饭只看成个投到水底引鱼上钩的诱饵。

"咱们到隔壁去喝杯咖啡好吗？"他说。

"随你便。"

"我觉得那儿要舒服些。"

我跟着他走进另一个房间，那儿比餐厅宽敞多了，有一些很大的皮扶手椅和很大的沙发；桌上放着一些报纸和杂志。两个老年人坐在一个角落里低声交谈。他们不大友好地瞥了我们一眼，但是这并没有使罗伊踌躇不前。他依然热情地跟他们打招呼。

"嗨，将军。"他大声喊道，一面轻松愉快地向那边点了点头。

我在窗前站了一会儿，望着外面欢快的白日景象，真希望自己多知道一些圣詹姆斯街的历史背景。我很惭愧，竟然连街对面那个俱乐部的名称都不知道，我不敢问罗伊，怕他会因为我对每个体面的人都知道的事一无所知而看不起我。他把我叫过去，问我要不要在喝咖啡的时候也喝一杯白兰地。我谢绝了，他却坚持要我喝上一杯。这个俱乐部的白兰地是有名的。我们并排坐在式样雅致的壁炉旁的一张沙发上，点着了雪茄。

"爱德华·德里菲尔德最后一次上伦敦来，他和我就是在这儿吃午饭的，"罗伊口气很随便地说道，"我要老头儿尝了尝我们这儿的白兰地，他喝了很欣赏。上个周末，我就是在他太太家度过的。"

"是吗？"

"她多次问候你。"

"真谢谢她，我还以为她不记得我了。"

"不，她记得。你大概六年前在那儿吃过一次午饭，对吗？她说老头儿见到你很高兴。"

"我觉得她可并不高兴。"

"哦，这一点你可错了。当然啰，她不得不非常小心。老头儿老是受到那些想要见他的人的纠缠，她不得不让老头儿节省精力。她总怕他过分劳累。你只要想想她竟然使老头儿活到八十四岁，而且始终神智不衰，那实在了不起。老头儿去世后，我常去看她。她非常寂寞。不管怎么说，她全心全意地服侍了德里菲尔德整整二十五年。要知道，这可是奥赛罗①干的工作，我真替她感到难过。"

"她年纪还不算大。没准儿她还会结婚的。"

"不会的，她不会这么做。那样的话就太糟了。"

谈话稍微停了一下，我们都抿了一口白兰地。

"在德里菲尔德成名前就认识他的人，如今在世的只有五个，你大概也是其中之一。有一个时期，你常去拜访他，是吗？"

---

① 奥赛罗：莎士比亚悲剧《奥赛罗》中的主人公，是一个爱护自己的妻子到了丧失理智地步的丈夫。这儿借指深爱自己配偶的妻子。

"拜访过不少次。那会儿我几乎还是个小孩,而他已经是中年人了。你知道我们并不是知己的好友。"

"也许不是,不过,你一定知道不少他的事情,那是别人所不知道的。"

"大概是这样。"

"你有没有考虑写一些对他的回忆?"

"天哪,这可没有!"

"你不觉得你应该写一下吗?他是我们这个时代最了不起的小说家之一,也是维多利亚时代最后的一个小说家。他是一个了不起的人物,他的小说和近百年来写出的任何一部小说几乎一样有希望传诸久远。"

"不见得吧。我总觉得他的小说相当乏味。"

罗伊望着我,眼睛里闪烁着笑意。

"你就爱这么抬杠!不管怎么说,你得承认,有你这种看法的人是少数。不瞒你说,他的小说我不只看过一两遍,而是六七遍。每看一遍都觉得更好。你有没有看过他去世时评论他的那些文章?"

"看过几篇。"

"意见那么一致,真是惊人。我每一篇都看了。"

"要是每一篇的内容都没什么不同,那不是很不必要的吗?"

罗伊和气地耸了耸他那宽阔的肩膀,并没有回答我的问题。

"我觉得《泰晤士报文学副刊》上的那篇文章十分精彩。看看它,对老头儿就会有很好的了解。我听说下几期《评论季刊》也要刊登好几篇文章。"

"我仍然认为他的小说相当乏味。"

罗伊宽容地微笑着。

"你的看法和所有说话有分量的评论家的看法都不一致,你不觉得有点儿不安吗?"

"倒没觉得怎么不安。我动笔写作到现在已经三十五年了;你根本想不到我看见过多少人被捧为天才,享受了一时间的荣耀,然后就湮没无闻了。我不知道这些人后来怎么样了。死了吗?还是关进疯人院了?还是藏在办公室里?我也不知道他们是不是偷偷摸摸地把自己的作品借给哪个偏僻的村子里的医生和老姑娘看。我不知道他们是否仍是哪个意大利pension①里的大人物。"

"哦,不错,这些都是昙花一现的人物。我见过这样的人。"

"你还做过关于他们的演讲。"

"那是免不了的。只要办得到的话,总应该帮他们一把。你知道那些人绝不会有什么前途。去它的,反正宽厚待人总是做得到的。可是,不管怎么说,德里菲尔德并不是那一类人。他作品的全集共有三十七卷,在索思比书店的最后一套卖了七十八英镑。这本身就说明了问题。他的书的销售量每年稳步增长,去年是销售量最多的一年。这一点你可以相信我。上次我在德里菲尔德太太那儿时,她给我看了他的稿费收入清单。德里菲尔德的地位已成定局。"

---

① 法语:膳宿公寓。

"谁能说得准呢?"

"哎,你不是觉得你能吗?"罗伊尖刻地答道。

我并没有生气。我知道我把他惹火了,暗自感到高兴。

"我觉得我少年时形成的出自直觉的判断还是正确的。那时候,人家告诉我说卡莱尔①是个伟大的作家,我很惭愧,觉得他的《法国革命史》和《旧衣新裁》简直读不下去。现在还有人会读他的这些作品吗?我原来以为别人的意见总比我自己的高明。所以我勉强相信乔治·梅瑞狄斯的作品文笔华丽。可是我心里却认为他的作品矫揉造作,冗长啰唆,也不真诚。现在,许多人也都这么认为。那时候,人家告诉我说你要是欣赏沃尔特·佩特②,那就表明你是一个有教养的青年,于是我很欣赏沃尔特·佩特,可是天哪,他的《马利乌斯》真把我读得烦死了。"

"噢,不错,现在大概没有人读佩特的作品了,梅瑞狄斯的作品当然也已经过时,而卡莱尔只是一个自命不凡、空话连篇的人。"

"你不知道,三十年前,他们看上去都十拿九稳地会流芳百世。"

"那么,你从来没有看走了眼吗?"

"也有过一两次。我过去对纽曼③作品的看法远不如现在,而

---

① 卡莱尔(1795—1881):英国散文作家和历史学家。
② 沃尔特·佩特(1839—1894):英国文艺批评家、散文家,主张"为艺术而艺术"。
③ 纽曼(1801—1890):英国天主教枢机助祭、神学家和散文家。

对菲茨杰拉德①那读起来音韵铿锵的四行诗则比现在的看法要好得多。那时候,我对歌德的《威廉·迈斯特》简直读不下去,而现在我觉得这是他的杰作。"

"那么,有哪些作品是你当时欣赏而目前仍然欣赏的呢?"

"噢,例如《项狄传》②、《阿米莉亚》③和《名利场》、《包法利夫人》、《巴马修道院》④和《安娜·卡列尼娜》,还有华兹华斯、济慈和魏尔兰⑤的诗歌。"

"我这么说你可不要见怪,我认为,你这么说并没有什么新颖独到之处。"

"你这么说我一点儿也不在意。我也觉得这些看法没有什么特别的地方。不过你刚才问我为什么我相信自己的判断,所以我想要向你解释一下,以前不管是出于胆小还是为了尊重当时知识界的意见,我说过一些赞扬某些作家的话,而实际上我却并不钦佩某些当时大家认为深可钦佩的作家,后来的发展似乎说明我当时的想法是对的。而当时我真正、直觉地喜欢的一些作家,却跟我和一般的评论意见一起经受了时间的考验。"

罗伊沉默了一会儿。他朝杯子底下看了看,我不知道他是想

---

① 菲茨杰拉德(1809—1883):英国作家,以完全意译的方法翻译了波斯诗人欧玛尔·海亚姆(1048—约1122)的四行诗《鲁拜集》。
② 《项狄传》:英国小说家斯特恩(1713—1768)所著小说,全书共九卷,于1760—1767年间陆续出版。
③ 《阿米莉亚》:英国小说家菲尔丁(1707—1754)的晚期作品。
④ 《巴马修道院》:法国小说家司汤达(1783—1842)的小说。
⑤ 魏尔兰(1844—1896):法国诗人。

看看杯里还有没有咖啡,还是想找点话说。我对壁炉台上的钟看了一眼;再过一会儿,我就可以起身告辞了。也许我猜错了,罗伊请我吃饭只是为了和我随便谈谈莎士比亚和玻璃碗琴①。我暗自责备自己,不该对他抱有那些刻薄的想法。我关切地看着他。如果这真是他请我吃饭的唯一目的,那一定是他感到厌倦或是灰心了。如果他不是另有用意,那只可能是至少目前,社交生活叫他实在受不住了。不过他发现我在看钟,就又开口了。

"一个人整整干了六十年,写了一本又一本书,而且赢得了越来越多的读者,这样的人一定有不同寻常的地方,我看不出你怎么能否认这一点。不管怎么说,德里菲尔德的作品已经给译成了各个文明国家的文字;在他的弗恩大宅里,书架上都摆满了他的作品的译本。当然我也愿意承认,他写的许多作品现在看起来有点儿过时了。他是在一个艰难时期成名的,他的作品往往显得冗长。他的大多数故事情节都惊险离奇,但是他的作品中有一个特点你必须承认,那就是美。"

"真的吗?"我说。

"说到底,只有这一点是最重要的,德里菲尔德作品的每一页上都洋溢着美。"

"真的吗?"我说。

"那次他八十岁生日,我们把他的一幅画像送去给他的时候,

---

① 玻璃碗琴:18、19世纪欧洲较为风行的一种由一套定音的、按音级排列的玻璃碗制成的乐器,用湿手指摩擦碗边发音。

可惜你不在场。那真是一个令人难忘的场面。"

"我在报上看了报道。"

"你知道,那次到场的不只是作家,那是一个非常有代表性的集会——包括科学、政治、商业、艺术各界以及上流社会的代表;这么一大批名流显要会集在黑马厩镇的火车站,都从那列火车上走下来。我想这样的情景你可不容易见到。当首相把勋章授给老头儿的时候,那场面实在令人感动。他发表了很动人的讲话。不瞒你说,那天好多人的眼睛里都含着泪水。"

"德里菲尔德哭了吗?"

"没有,他非常镇定,就跟平时一样,有些不好意思,同时又很平静,举止彬彬有礼,对大家的这番盛情自然十分感激,但是外表却有点儿淡漠。德里菲尔德太太怕他太累,所以我们去吃饭的时候他就留在书房里,她叫人用托盘送了点东西给他吃。在大家喝咖啡的时候,我溜出来跑去看看他。他正抽着烟斗,瞅着我们送给他的那幅画像。我问他觉得画得怎样。他不肯说,只是微微一笑。他问我是不是可以把假牙拿下来。我说不行,代表团一会儿就要进来向他告别。接着我问他是否觉得这是最美好的时刻。'怪得很,'他说,'真是怪得很。'我想他实际上是累垮了。在他的晚年,他吃东西、抽烟都很邋遢。装烟斗的时候,总把烟丝弄了一身。德里菲尔德太太不愿意人家看见他这样子,不过当然她并不怕我看见。我替他稍微把衣服拍拍干净,随后他们都进来和他握手告别,我们就都回伦敦去了。"

我站起身来。

"噢,我真得走了。今天见到你非常高兴。"

"我正要上莱斯特画廊去看一个画展的预展。我认识那儿的人。要是你高兴的话,我可以带你进去。"

"谢谢你,我也收到一张请柬。不,我现在不想去。"

我们走下楼梯,我拿了帽子。出了门我就转向皮卡迪利大街①,罗伊说:

"我和你一起走到街那头。"他赶上我的步子,"你认识他的头一位太太,是吗?"

"谁的?"

"德里菲尔德的。"

"哦!"我早已把他忘了,"是的。"

"熟吗?"

"相当熟。"

"我想她这人很讨厌。"

"我没这个印象。"

"她一定粗俗得不得了。她是个酒店的女招待,是吗?"

"是的。"

"我真不知道他究竟为什么要娶她。我一直听说她对他非常不忠实。"

"是非常不忠实。"

---

① 皮卡迪利大街:伦敦中部一街道,从海德公园向东延伸到皮卡迪利广场,以其时装商店、旅馆和酒店而著名。

"你还记得她的模样吗?"

"记得,记得非常清楚,"我笑着说,"她很好看。"罗伊短促地笑了笑。

"一般人可不是这个印象。"

我没有回答。我们已经走到皮卡迪利大街了,我站住了脚,把手伸给罗伊。他握了握我的手,但是我觉得没有他通常的那股热情劲儿。我感到他好像对这次会面很失望。我想不出他为什么失望。不论他曾想要我做什么,我都无法去做,因为他根本没有给我一点儿暗示。我缓缓地在里茨大饭店的拱廊下走过,又沿着公园的栅栏走去,一直走到半月街的对面。一路上我都想着我今天的态度是不是异常地令人生畏。显然罗伊觉得今天不是请我为他帮忙的合适的时机。

我又顺着半月街走去,在经过皮卡迪利大街的车马喧嚣之后,半月街上静悄悄的,令人心旷神怡。这儿宁静而有气派。大多数的住宅都有房间出租,不过不是粗俗地贴张招租广告。有的房子,像医生诊所似的,在门口安一块擦得锃亮的铜牌来说明它是供出租的;有的房子,在它的扇形窗上用油漆端端正正地写着有房出租的字样。有一两家特别慎重,只写出了房主的姓名,所以如果你不知道内情,就很可能以为那是一家裁缝铺或是一家当铺。这儿不像另一条也有房间出租的杰明街那么交通拥挤,只是东一处西一处的有时会有一辆漂亮的小汽车,也没有人看管,停在某一个门口,偶尔在另一个门口会看到一辆出租汽车,从车上走下一位中年女士。你会有一种感觉,住在这儿的人似乎不像杰明街的住户那么欢快，名声也不像他们那样不怎么好；那儿的喜欢赛马的汉子一早起来，头还在疼，就嚷着要喝烈酒解醉；而住在这儿的则是一些从乡间来的有身份的妇女；她们在伦敦的社交活动季节到伦敦来住六个星期；也有的是一些不轻易吸收会员的俱乐部里的老年绅士。你觉得这些人年复一年地都到同一幢房子来住，也许在这儿的房主还在某些私人宅第里干活的时候，他们就已经认识他了。我的房东费洛斯小姐就曾在一些大户人家当过厨娘，不过要是你看见她上牧羊人市场去买东西，你根本猜不出她过去的身份。她不像一般人想象中的厨娘那样矮胖结实，脸色红润，蓬头垢面；她身材瘦小，腰板儿笔挺，衣着整洁入时；她已是中年，脸上一副意志坚决的样子，嘴上抹着口红，戴着单片眼镜。她做事有条不紊，言语不多，常带着冷冷的嘲讽神情，花起钱来手笔很大。

我住的房间是在底层，客厅的墙壁糊着旧时的有云石花纹的墙纸，墙上挂着一些水彩画，画的都是浪漫的场景：有骑士在向他们的情人告别，也有古代的武士在宏伟的大厅里欢宴；四下里放着好几盆巨大的蕨类植物，扶手椅上的皮革已经褪色。整间房有趣地弥漫着十九世纪八十年代的气氛。我向窗外眺望，以为该见到一辆私人双轮马车，而不是一辆克莱斯勒牌汽车。窗帘是厚厚的红棱纹平布的。

三

那天下午,我事情很多,可是跟罗伊的谈话以及我前天产生的感想,那种萦绕在年纪还不算老的人心头的怀旧之感(我也不知道为什么,我的房间在我踏进去的时候使我比往常更为强烈地感到这一点)引着我的思绪顺着回忆的道路漫步走去。那就仿佛以往不同的时期在我的住处住过的所有那些人都拥到了我面前,他们的举止已经不合时宜,穿着也很古怪,男人都留着羊排络腮胡①,穿着长礼服;女人则穿着带衬垫和有荷叶边的裙子。我不知道是我的想象呢,还是我当真听到了伦敦喧闹的市声(我住的房子在半月街的头上)。这种市声及六月里那美好的天气晴和的日子(le vierge, le vivace et le bel aujourd'hui②),给我的遐想添了一层并不怎么痛苦的酸楚之感。我眼前的往事似乎失去了它的真实性。它在我的眼中好似一场正在台上演出的戏,我则是在黑暗的顶层

---

① 羊排络腮胡:指脸颊两旁所留的上窄下宽的络腮胡子。
② 法语:今天何其美丽、贞洁和充满活力。按:此为法国诗人马拉美(1842—1898)的《天鹅十四行诗》的首行。

楼座后排的一个观众。不过戏往下演的时候,一切在我眼前都显得很清楚。那并不像你所过的生活,由于各种印象纷至沓来、轮廓不清而显得朦朦胧胧,而是像维多利亚时代中期一位苦心创作的艺术家所画的风景油画那样鲜明清晰。

我以为现在的生活比四十年前的生活要有趣,我还觉得如今的人也比过去的人更和蔼可亲。那时的人也许更为可敬,有着更深厚的德行,因为我听说他们有着更渊博的学识。我不知道这是不是真的。我只知道他们比现在的人脾气要坏;他们吃得太多,不少人酒也喝得太多,而他们运动得却太少。他们的肝脏都有毛病,消化系统也常受到损害。他们很容易发火。我说的并不是伦敦,因为我小时候对伦敦一无所知,也不是那些喜欢打猎、射击的达官贵人;我说的是乡间,是那儿的一些普通的人,略有家产的绅士、牧师、退休官员以及其他诸如此类组成当地社会的人。这些人生活沉闷得简直叫人难以相信。那儿没有高尔夫球场;有些房屋之间有一个保养得很差的网球场,而打网球的都是年纪很轻的人。镇上的大会场每年举行一次舞会;有马车的人家下午坐车出去兜风;其他的人只好作"健身散步"!你可以说,他们并不怀念他们本来从未想到过的娱乐活动,而且他们还彼此偶尔举行一些小小的宴会,为自己的生活增添点儿兴奋的事儿(经常是茶会,要求你带上乐谱,在那儿唱一些莫德·瓦莱里·怀特[①]和托

---

① 莫德·瓦莱里·怀特(1855—1937):法国作曲家。

斯蒂①的歌曲);日子总是显得很长;他们心里感到厌倦无聊。一生注定要住在一英里内彼此为邻的人却往往发生激烈的争吵,他们天天要在镇上见面,二十年来却谁也不理睬谁。他们爱慕虚荣,十分固执,也很古怪。这种生活也许会形成一些怪僻的性格。当时的人们,不像今天这样彼此有很多的相似之处,他们凭着自己独特的癖性取得了一点小小的名声,但是他们却很不好相处。也许我们现在这些人都很轻率、粗疏,但是我们都不带任何旧时的猜疑看待彼此;也许我们的态度粗鲁、爽快,但却是友好的;我们更乐于互谅互让,而不那么性情乖僻。

那时候,我跟我的叔叔、婶婶住在肯特郡靠海的一个小镇的郊外。这个小镇的名字叫黑马厩镇,我叔叔是那儿的教区牧师。我婶婶是德国人,她出身于一个非常高贵但已没落穷困的家族,因而她和我叔叔结婚的时候所带来的唯一的嫁妆,就是十七世纪为她的某个祖先制作的一张细木镶嵌书桌和一套平底玻璃酒杯。在我到他们家的时候,那套酒杯已只剩下几个,都给放在客厅里当装饰品。我很喜欢密集地刻在杯子上的那些堂皇的盾形纹章。我的婶婶过去经常一本正经地向我解释盾面上的多种纹章,我也不知道数量有多少。纹章中站立一旁扶持盾牌的人或兽都刻得很精细,那王冠上突出的顶饰非常富有浪漫色彩。婶婶是一个淳朴的老太太,性情温和、慈善。尽管她跟一个除了薪俸以外极少其他收入的普通教区牧师结婚已经三十多年,但是她始终没有忘记

---

① 托斯蒂(1846—1916):意大利作曲家。

自己hochwohlgeboren①。有一次，一个伦敦有钱的银行家租下了邻居的一所房子到这儿来度假消夏，这个人在当时的金融界颇有名气。虽然我叔叔去拜访了他（我猜主要是为新助理牧师协会募集捐款），但是婶婶却不肯去，因为他是个生意人。没有人认为婶婶是势利眼。大家都认为她的态度是完全合理的。银行家有一个跟我一样大的小男孩，我忘了我是怎么认识他的。我还记得当我问叔叔、婶婶是否可以把这孩子带到我们家来玩的时候，竟在家里引起了一场讨论。他们勉强同意了，不过却不许我到他家去。我的婶婶说要是我到他家去了，下一次我就会想到卖煤的商人家去。我叔叔说：

"不良的交游有损良好的举止。"②

银行家每个星期天上午都去教堂，而且总在盘子里留下半个英镑。不过如果他以为他的这种慷慨给人留下了良好的印象，那他就完全错了。整个黑马厩镇的人都知道他的这个举动，但只认为他在摆阔。

黑马厩镇有一条蜿蜒曲折的长街通到海边，街道两旁都是两层楼的小房子，有很多是住宅，但也有不少店铺。在这条街道两边又新修筑了不少短街，一边通向乡野，一边通向沼泽。港口周围有许多狭窄的、弯弯曲曲的小巷。运煤船总把煤从纽卡斯尔③运到黑马厩镇，港口充满生气。到我长大可以独自上街的时候，我

---

① 德语：意为出身非常高贵。
② 英语谚语。
③ 纽卡斯尔：英国英格兰东北部城市。

常去那儿闲逛上好几个小时,看着那些穿着紧身套衫、样子粗犷、满身煤屑的工人在那儿卸煤。

我就是在黑马厩镇上头一次见到爱德华·德里菲尔德的。那时候我十五岁,刚从学校回来过暑假。回到家的第二天上午,我带了毛巾和游泳裤就到海滩去了。天空万里无云,空气热烘烘的,阳光灿烂,但是北海的波涛送来一股浓郁好闻的气味,因而单是生活在这儿,呼吸这种空气,就令人心头舒畅。冬天,黑马厩镇的居民都在那条空荡荡的大街上快步行走,把整个身子缩成一团,尽量让自己的皮肤少接触那凛冽的东风①。但是现在,他们到处闲荡;他们三五成群地站在"肯特公爵"和"熊与钥匙"两家客店之间的空地上。你听到他们那种东盎格鲁方言说话的嗡嗡声,音调拖得较长,口音可能很不好听,但是我从小就听惯了,仍然觉得它有一种悠闲自在的韵味。这些当地人肤色健康,长着蓝眼睛和高高的颧骨,他们的头发是浅色的。他们看上去都正直、诚实、坦率。我想他们并不怎么聪明,但是他们都忠厚老实。他们显得很健康,虽然多半个子不高,但却强健、活跃。那时黑马厩镇上的车辆很少,所以那些三五成群站在路上闲聊的人,除了偶然碰上镇上医生的双座马车或是面包店老板的双轮轻便马车外,几乎用不着让路。

经过银行的时候,我进去向经理问候,他是我叔叔教区里的教区委员。我走出银行的时候碰到了我叔叔的助理牧师。他站住

---

① 英国的东风,像中国的西北风,凛冽寒冷。

脚和我握了握手。跟他在一块儿散步的是一个陌生人。他没有把我介绍给那个人。那人个子不高,留着胡子,打扮得相当花哨,穿着一条很鲜艳的棕色灯笼裤和上衣,裤腿很紧,下面是深蓝色的长筒袜,黑皮靴,头戴一顶圆顶硬礼帽。灯笼裤这种服装那时还不常见,至少在黑马厩镇是如此。我当时年纪很轻,刚从学校回来,立刻把他看成是个没有教养的下等人。可是在我和助理牧师闲谈的时候,他却友好地望着我,浅蓝色的眼睛里含着笑意。我觉得他恨不得立刻也参加谈话,于是我摆出一副傲慢自大的样子。我不想冒这种险,让一个穿着灯笼裤像猎场看守人似的家伙跟我说话;我也不喜欢他脸上那种快活、亲昵的表情。我自己当时的穿着无懈可击,我穿着白法兰绒长裤,胸前口袋上印有校徽的蓝法兰绒运动上衣,头上戴着一顶黑白相间的宽边草帽。后来助理牧师说他非得走了(真是谢天谢地,因为我在街上碰到熟人的时候始终不知道怎么结束谈话,我总窘困得不得了,徒劳地想要找个机会告辞),但他又说当天下午他要去牧师公馆,请我告诉叔叔。我们分手的时候那个陌生人朝我点头微笑,可是我却冷冷地瞪了他一眼。我以为他是个前来避暑的游客,在黑马厩镇上,我们从来不跟这种游客交往。我们认为伦敦人很庸俗。我们都说每年夏天这帮泼皮无赖都从京城跑到这儿来,实在令人讨厌,但是镇上那些做买卖的人自然不这么想。然而每当九月结束,黑马厩镇又恢复原来的宁静后,就连他们也如释重负地微微舒了一口气。

我回家吃午饭的时候,我的头发还没有干透,仍旧又细又长地贴在头上。我说起我早上碰见了助理牧师,他下午要上我们家来。

"谢泼德老太太昨晚去世了。"我叔叔解释说。

助理牧师姓盖洛韦,他又高又瘦,模样寒碜,长着乱蓬蓬的黑头发和一张灰黄泛黑的小脸。他大概年纪很轻,但在我看来似乎已是中年。他话说得很快,而且爱做手势。这种习惯使大家觉得他很古怪。要不是因为他干劲十足,我叔叔是不会留他做副手的。叔叔非常疏懒,很高兴有个人把他承担的很多工作都接过去。下午盖洛韦先生和我叔叔谈完了他来牧师公馆要谈的公务后,进来问候我婶婶,婶婶把他留下喝茶。

"今天上午和你在一起的那个人是谁?"他坐下后我问道。

"哦,那是爱德华·德里菲尔德。我没有给你介绍。我拿不准你叔叔是否愿意你认识他。"

"我看大可不必。"我叔叔说。

"嗨,他是谁呀?他不是黑马厩镇上的人吧?"

"他是出生在这个教区,"我叔叔说,"他父亲是沃尔夫老小姐的庄园弗恩大宅的管家。不过他们都不是国教教徒。"

"他娶了黑马厩镇上的一个姑娘。"盖洛韦先生说。

"大概是在教堂结婚的吧,"我婶婶说,"她真是铁路徽章酒店的女招待吗?"

"看来她好像干过。"盖洛韦先生微笑着说。

"他们准备在这儿长住下去吗?"

"大概会的。他们已经在公理会教堂所在的那条街上租了一幢房子。"助理牧师说。

那时候在黑马厩镇上,新修的街道当然都有街名,可是大家都不知道,也不使用。

"他会来做礼拜吗?"我叔叔问道。

"说实在的,我还没有和他谈到这个问题,"盖洛韦先生回答说,"你知道,他是一个受过相当教育的人。"

"这一点,我几乎无法相信。"我叔叔说。

"我听说他上过哈佛沙姆学校,他在那儿得到很多次奖学金和其他奖赏。后来他在瓦德哈姆又得了一项奖学金,但是他却跑到海上去了。"

"我听说他是个很冒失的家伙。"我叔叔说。

"他看上去不大像个水手。"我说。

"哦,好多年前他就不干这行了。从那以后,他干过各式各样的工作。"

"行行皆通,样样稀松。"①我叔叔说。

"哦,我明白了,他是一个作家。"

"这也干不了多久。"我叔叔说。

我从来没有结识过一个作家,我对他产生了兴趣。

"他写什么?"我问道,"是写书吗?"

"我想是的,"助理牧师说,"还写文章。春天他出版了一本小说。他答应借给我看看。"

---

① 英语谚语。

"我要是你，就不浪费时间去看这种无聊的东西。"我叔叔说。他除了《泰晤士报》和《卫报》，什么别的东西都不看。

"他那本小说叫什么？"我问道。

"他告诉过我书名，可是我忘了。"

"反正你也没有必要知道，"我叔叔说，"我非常不赞成你看这些毫无价值的小说。暑假里你最好多在户外活动，而且你大概还有暑期作业要做吧？"

我确实有作业，就是阅读《艾凡赫》①。我十岁的时候就读过这本书，一想到要再读一遍，而且还要写一篇读后感，我就厌烦得要命。

我想到爱德华·德里菲尔德后来取得的巨大成就，又记起当初在我叔叔的饭桌上我们怎样议论他的情形，就禁不住觉得好笑。不久以前，德里菲尔德去世后，那些崇拜他的人纷纷热烈地提出要把他安葬在威斯敏斯特大教堂②里。在我叔叔之后黑马厩镇的牧师换过两次，现任牧师写信给《每日邮报》指出德里菲尔德出生在他那个教区，他不仅在那个地区生活了很多年，特别是他生命的最后二十五年，而且他好几本最有名的小说的背景地点都给安排在这儿，因此把他的骸骨安葬在黑马厩镇的教堂墓地里才合适，他的父母也正是安息在墓地里那些肯特郡的榆树底下。后来，威斯敏斯特大教堂的教长用一种不大客气的态度拒绝了把德里菲

---

① 《艾凡赫》：英国小说家沃尔特·司各特的著名小说。
② 威斯敏斯特大教堂：伦敦著名教堂，是英国国王加冕和著名人物下葬之所在。

尔德安葬在大教堂里的建议，于是德里菲尔德太太给报界写了一封很有尊严的信，她在信中说，她确信把她已故的丈夫安葬在他如此熟悉和热爱的平凡的人中间是在实现死者最热切的愿望。这时候，黑马厩镇上的人们才松了一口气。不过，除非黑马厩镇的名流显要从我离开那儿后发生了很大的变化，否则我相信他们都不大会喜欢"平凡的人"这种说法。我后来听说，他们始终不能"容忍"第二个德里菲尔德太太。

四

就在我和阿尔罗伊·基尔一起吃午饭后的两三天,我出乎意料地收到爱德华·德里菲尔德遗孀的一封来信,内容如下:

亲爱的朋友:

听说你上个星期和罗伊做过一次长谈,谈到爱德华·德里菲尔德。我非常高兴地得知你对他推崇备至。他过去时常和我谈到你,对你的才能赞叹不已,所以那次你来我们家吃午饭的时候,他见到你特别高兴。我不知道你是否存有他以前写给你的信件,要是存有什么信件,可否让我抄录一份。如果你能答应上我家来小住两三天,我将十分高兴。现在我家里很清静,也没有什么其他的人,请你选个对你合适的时间前来即可。我很乐意重新见到你,和你谈谈以往的日子。我有一件特别的事想得到你的帮助。我相信为了我故去的亲爱的丈夫,你是不会拒绝的。

埃米·德里菲尔德谨启

我只见过德里菲尔德太太一次,对她也没有多大兴趣。我不喜欢被人称作"亲爱的朋友";单是这个称呼就足以使我谢绝她的邀请,而这种邀请的总的性质也使我十分气恼,因为不管我想个什么巧妙的借口来回绝她,我不应邀前往的理由总是十分明显,也就是说,我不想去看她。我手里并没有德里菲尔德的信件。大概多年以前,他给我写过几次信,都是寥寥数语,可是那时候他还是个默默无闻的小作家,即使我曾保存别人给我的书信,我也绝不会想到要保存他的来信。我哪里知道,他后来会被推崇为当代最伟大的小说家?我没有马上回信拒绝,只是因为德里菲尔德太太信中说她有事求我帮忙。当然我很讨厌为她做事,但是如果那是一件我能办到的事而我不肯去做,那就未免显得性格乖戾。不管怎么说,她的丈夫总是一个很显要的人物。

这封信是随头一班邮件送来的,早饭后我就给罗伊打电话。我刚报出自己的姓名,罗伊的秘书立刻就把电话转给了他。如果我在写一个侦探故事,我马上就会疑心罗伊正在等候我的电话,而罗伊在电话中招呼我的那种雄浑有力的嗓音,更足以证实我的疑心。没有人在大清早接到别人电话的时候,声调自然地就会这么欢快。

"希望我没把你吵醒。"我说。

"天哪,没有。"他那爽朗的笑声从电话那头传来,"我七点钟就起来了,刚才在公园里骑马,现在正准备吃早饭。上我这儿来跟我一块儿吃吧。"

"我非常喜欢你,罗伊,"我答道,"不过我觉得,你并不是那种我愿意一块儿吃早饭的人。再说，我已经吃过了。嗨，我刚收到德里菲尔德太太的一封信，她请我到她家去住几天。"

"对，她和我说过她想请你去。咱们可以一块儿去。她有一个很好的草地网球场，她待客又很殷勤。我想你会喜欢的。"

"她想叫我干什么？"

"噢，这一点她大概想亲自告诉你。"

罗伊的声调很柔和，我猜想，如果他对一个即将当父亲的人说他的太太很快就会满足他的愿望，他用的一定就是这种声调。不过这种声调对我一点不起作用。

"别瞎说了，罗伊，"我说，"我是个老于世故的人，你可别想瞒得了我。还是爽爽快快地说出来吧。"

电话的另一头沉默了一会儿。我觉得罗伊不喜欢我刚才的用词。

"你今天上午忙不忙？"他突然问道，"我想来看看你。"

"好吧，你来吧。一点钟以前我不出门。"

"我大约再过一小时就到。"

我放回电话话筒，重新点起烟斗，又瞥了一眼德里菲尔德太太的那封信。

她提到的那顿午饭我记得很清楚。当时我正好在特堪伯里附近的一位霍德马什夫人家里度一个长周末。霍德马什夫人是个聪明漂亮的美国女人，她丈夫却是个浅薄无知、毫无风度、只爱好运动的准男爵。也许为了给沉闷的家庭生活一些调剂，她习惯在家里招待艺术界的人士。她的这种社交聚会有各种人参加，气氛都很欢快。贵族们和绅士们都带着惊讶和畏怯不安的心情,与画家、作家和演员混在一起。霍德马什夫人既不读她热情款待的那些客人写的书,也不看他们画的画,但是她爱和他们在一起,并且因为这样感到自己熟悉艺术而很得意。我去她家的那一次,谈话有一刹那碰巧提到了她那大名鼎鼎的邻居爱德华·德里菲尔德。我提起过去一度我和他很熟,于是这位夫人立刻提议我们星期一中午上德里菲尔德家去跟他一起吃一顿饭,那天她的一些客人都要回伦敦去。我有些顾虑,因为我已经有三十五年没有见到德里菲尔德了,我不相信他还会记得我;而就算他记得我(不过我并没有把这个念头说出口来),我想他也不会觉得怎么愉快。可是当时有一位被称作斯卡利昂勋爵的年轻贵族在场,他对文学的爱好强烈得不得了,并没有像人类和自然界的法则所规定的那样去治理国家,而是用自己的全部精力去写侦探小说。他非常好奇地渴望见到德里菲尔德。霍德马什夫人刚提出她的建议,他立刻表示说这太妙了。那次社交聚会的主客是一个高大、肥胖、年轻的公爵夫人,看来她对这位著名的作家也佩服得五体投地,因此竟然准备不去参加她星期一在伦敦的一次约会,推迟到下午再回去。

"那我们就有四个人了,"霍德马什夫人说,"我想人再多了,他们也无法接待。我马上给德里菲尔德太太发个电报。"

我无法设想自己竟和这么几个人一块儿去见德里菲尔德,就竭力给她的计划泼冷水。

"这只会使他厌烦得要命,"我说,"他一定很不喜欢一大批陌生人这么闯去见他。他年纪已经很大了。"

"所以如果人们想见见他,最好趁着现在就去。他不会再活很久了。德里菲尔德太太说他喜欢会见客人。他们除了医生和牧师外,很少见到什么别的人,我们去可以让他们的生活有点儿变化。德里菲尔德太太说我随时可以带几个有意思的人上他们家去。当然,她不得不非常小心。他受到各种各样的人纠缠,他们只是出于无聊的好奇心想见到他;他也受到采访记者和那些想要他看一下他们作品的作家的烦扰,还有愚蠢的、歇斯底里的女人。不过德里菲尔德太太真了不起。她只让他会见那些她认为他应该接见的人。我觉得如果他会见每一个想要见他的人,那么不出一个星期,他就完了。德里菲尔德太太不得不考虑他的精力。自然我们可不同。"

当然我认为我是和那些人不同的,不过我看着其他几个要去见他的人,我发现公爵夫人和斯卡利昂勋爵也认为自己和那些人不同,所以看来最好还是不要再说什么。

我们坐了一辆鲜黄色的劳斯莱斯牌汽车前去拜访德里菲尔德。弗恩大宅离黑马厩镇有三英里路。我想那是大约一八四〇年前后所建的一幢拉毛粉饰住宅,外表简朴,没有什么装饰,但却十分牢固。房屋前面和后面的样子完全相同,当中平整,两边有两个很大的圆肚窗,前门就开在中间,二楼也有两个很大的圆肚窗。低矮的屋顶给一道没有什么装饰的护墙遮挡着。房屋周围是一个大约占地一英亩的花园,里面树木丛生,不过管理得很妥善。从客厅的窗户里可以看到一片绿色的丘陵地和树木形成的悦目的景色。客厅里的陈设跟你感到在每一个不很大的乡间宅第的客厅里所应具有的完全一样，不免使人有点儿困惑不安。舒适的椅子和大沙发上都罩着色彩鲜艳的干净的印花棉布套子，窗帘也是用同样的印花棉布做的。在几张奇彭代尔①式的小桌上放着几个东方风格的大碗，里面盛着百花香②。奶油色的墙上挂着几幅本世纪初一些著名画家的悦目的水彩画。屋内还有布置得很美妙的大簇鲜花。大钢琴上的银色镜框里是一些著名女演员、已故作家和王室次要成员的照片。

难怪公爵夫人一进门就嚷着说这间客厅真舒服。这样的客厅，正是一个著名作家度过他晚年时光的合适的所在。德里菲尔德太太端庄自信地接待我们。我估计她四十五岁左右，生着一张灰黄色的小脸，眉眼匀称，轮廓分明，头上紧扣着一顶钟形黑色女帽，身上穿着灰色上衣和裙子。她身体瘦弱，不高不矮，看上去整洁、能干、机敏。她的模样颇像一个乡绅的守寡的女儿，替她父亲管理教区里的事务，并具有一种特殊的组织才能。我们给引进客厅的时候，有一个教士和一位女士站起来，德里菲尔德太太为我们做了介绍。原来他们是黑马厩镇的牧师和他的太太。霍德马什夫人和那个公爵夫人马上摆出一副和蔼谦恭的样子；有身份的人在遇到身份比他们低的人的时候，总要做出这种姿态来表示他们从来没有意识到他们之间地位的差异。

随后，爱德华·德里菲尔德走进客厅。我在画报上不时看到

---

① 奇彭代尔（约1718—1779）：英国家具木工，其制作的家具式样以优美的外形和华丽的装饰为特点。

② 百花香：指放在罐、碗等器皿内的干燥花瓣和香料混合物，能散发香味。

他的照片，但是见到他本人，我感到十分诧异。他的身材比我记忆中的要矮，而且很瘦，纤细的银色头发勉强地盖住头顶，脸刮得干干净净，皮肤几乎是透明的。一双蓝眼睛颜色很淡，眼圈周围却红红的。他看上去是一个年纪很大的老头儿，随时随地都可能离开人世。他嘴里戴着一副雪白的假牙，这使他笑起来显得相当勉强，很不自然。我过去看见他的时候，他都留着胡子，现在胡子没有了，嘴唇显得又薄又苍白。他穿着一套式样很好的蓝色哔叽新衣服，低低的领口比他实际需要的大两三号尺码，露出他那枯瘦的满是皱褶的脖子。他戴着一条整洁的黑领带，上面别着一个珍珠的领带夹。那样子看上去很像一个穿着便服在瑞士度假消夏的教长。

他走进客厅的时候，德里菲尔德太太迅速瞥了他一眼，鼓励地对他露出笑容。她一定对他整洁的外表感到很满意。他和客人们一一握手，对每个人都寒暄几句。走到我的面前时，他说：

"你这样一个功成名就的忙人大老远地来看我这么一个老古董，真是太好了。"

我有点儿吃惊，因为他说话的神气好像以前从来没有见过我似的。我担心我的那几个朋友会以为我说过去一度我跟他很熟是在吹牛。我不知道他是不是完全把我忘了。

"我都不记得我们有多少年没见面了。"我极力显得很热诚地说。

他大概看了我不过几秒钟，但是我却觉得似乎有好半天。接着我猛地一怔；他朝我眨了眨眼。他这个动作快极了，除了我谁都不可能发觉,而且根本意想不到地出现在这张气度不凡的衰老的脸上,我真不敢相信自己的眼睛。他的脸转瞬又恢复了原来的安详神态,显示出明智的宽厚和沉静的洞察力。接着午饭安排就绪。我们依次走进饭厅。

饭厅的陈设也只能给说成是极尽雅致之能事。在奇彭代尔式的餐具柜上放着银烛台。我们坐在奇彭代尔式的椅子上,围着一张奇彭代尔式的桌子吃饭。桌子中央的一个银碗里放着玫瑰花,周围是一些银碟子,里面放着巧克力和薄荷奶油糖;银盐瓶擦得锃亮,显然是乔治王朝时期的东西。在奶油色的墙壁上挂着彼得·莱利爵士①的仕女画的网线铜版印刷品;壁炉台上有一件蓝色的代尔夫特陶瓷②摆设。两个身穿棕色制服的侍女在一旁伺候。德里菲尔德太太一边不停地和我们说话,一边却留神注视着那两个侍女的动作。我不知道她是如何把这些体态丰满的肯特郡姑娘训练得手脚如此麻利的(她们那健康的脸色和高高的颧骨说明她们是本地人)。午饭的几道菜和这个场合非常相称,精美却并不显眼。浇上白汁沙司翻卷起来的板鱼片,烤鸡配上新上市的土豆和嫩豌豆,芦笋和鹅莓凉布丁。你会觉得这样的饭厅、这样的午饭、这样的方式跟一个负有盛名却并不富有的文人正好相配。

德里菲尔德太太和大多数作家的妻子一样也很健谈;她不让她那一头饭桌上的谈话冷落下去,因此不管我们多么想听听她丈

---

① 彼得·莱利爵士(1618—1680):荷兰肖像画家,1641年移居英国,以作英国贵族肖像画驰名于世。
② 代尔夫特陶瓷:荷兰西部城市代尔夫特出产的通常有蓝色图案的陶瓷。

夫在饭桌另一头说些什么,我们却总找不到机会。她轻松愉快,生气勃勃。虽然爱德华·德里菲尔德身体衰弱,年龄又大,使她一年中的大部分时间都不得不住在乡间,但是她仍然设法不时去一趟伦敦,好使自己跟上时代的发展。不一会儿,她就和斯卡利昂勋爵热烈地谈论起伦敦的戏院正在上演的戏剧以及皇家艺术院的拥挤情况。她去了两次才看完了那儿展出的所有画作,但即使这样,她最后还是来不及去看水彩画。她非常喜欢水彩画,因为水彩画不矫揉造作;她不喜欢矫揉造作的作品。

为了使男女主人坐在饭桌两头,牧师就坐在斯卡利昂勋爵身旁,牧师太太坐在公爵夫人身旁。公爵夫人和牧师太太谈论起工人阶级的住房问题,她对这个问题似乎比牧师太太要熟悉得多。这时候,我不必用心去听人家谈话,于是留神察看爱德华·德里菲尔德。他正在和霍德马什夫人讲话。霍德马什夫人显然在告诉他怎样写长篇小说,而且讲给他听哪几本书他实在应当看一看。他似乎出于礼貌,很有兴趣地听着她讲,不时还插上一句话,不过他的声音太轻,我根本听不见。当霍德马什夫人开上一句玩笑的时候(她经常在谈话中说些笑话,往往很有风趣),他总咯咯地轻声笑笑,并且迅速地瞅上她一眼,他的眼神好像在说:这个女人倒还不是那么一个十足的傻瓜。我想起过去,不禁好奇地暗自思量,不知他心里对眼前这些尊贵的客人,对他那穿戴整齐、如此能干、如此善于持家的妻子及他所处的优雅的生活环境,究竟有些什么想法。我不知道他对自己早年的经历是否感到遗憾。我不知道眼前的一切是否真的使他感到快乐,还是在他那友好客气的态度背后隐藏着令他极其憎恶的厌烦。也许他感到我正在看他,因为他也抬起眼睛。他的目光在我的脸上沉思地停留了一会儿,带着温和而又奇特的搜寻的神情。接着突然他又对我眨了眨眼,这次是毫无疑问的。在这张衰老、干枯的脸上出现这样一种不严肃的表示,不仅使我吓了一跳,而且叫我感到十分狼狈。我不知道怎么办是好。我的嘴角现出一丝迟疑的微笑。

但是这时候,公爵夫人加入了饭桌那头的谈话,牧师太太向我转过脸来。

"你好多年前就认识他了,是吗?"她低声问我。

"是的。"

她对周围其他的客人瞥了一眼,看看是不是没有人在注意我们。

"他太太非常希望你不要使他回想起那些可能会引起他痛苦的往事。你知道,他身子很虚弱,一点儿小事就会惹得他不高兴。"

"我会很小心的。"

"她对他照顾得真是无微不至。她的这种献身精神真值得我们大家学习。她明白她负责照料的是一个多么宝贵的人物。她的这种无私的精神实在难以用言语形容。"她把声音又放低了一点,"当然啰,他上了年纪,而老年人有时候是有点儿不大好伺候的。我却从来没有见到她有不耐烦的时候。她作为一个体贴丈夫的贤惠妻子,简直就和他一样了不起。"

对于这样一类评论很难找到一些话来回答,可是我感到她在等待我的答话。

"考虑到各方面的情况,我觉得他看上去很不错。"我嘟哝道。"那全是她的功劳。"

午饭结束后,我们回到客厅;大家三三两两地在那儿站了两三分钟,爱德华·德里菲尔德就朝我走了过来。我正在和牧师聊天,因为找不到更好的话题,我正称道着外面美好的景色。我转身对着主人。

"我正在说那边的一小排村舍多么富有画意。"

"从这儿看过去是这样。"德里菲尔德望着那排村舍参差不齐的轮廓,他那薄薄的嘴唇边现出了嘲讽的微笑,"我就出生在其中的一幢房子里。很怪,对吗?"

可是这时候,德里菲尔德太太亲切而匆忙地走了过来。她的嗓音既轻快又悦耳:

"哦,爱德华,我肯定公爵夫人很想参观一下你的书房。她一会儿就非走不可了。"

"实在对不住,可是我一定得赶三点十八分从特堪伯里开出的那班火车。"公爵夫人说。

我们鱼贯走进德里菲尔德的书房。那个房间很大,在房子的另一边,有一个圆肚窗,从那儿看出去的景色跟从饭厅看出去的一样。这正是一个忠实的妻子显然会为她那从事写作的丈夫安排布置的房间。屋里整洁得一尘不染,几个大碗里放满了鲜花,给那儿增添了点女性的情调。

"他后期的所有作品都是在这张书桌上写的,"德里菲尔德太太说,顺手把一本翻开的反扣在桌面上的书合起,"他作品的

édition de luxe①第三卷的卷首插图画的就是这张书桌,这是一件古式家具。"

我们都赞赏着那张书桌。霍德马什夫人在她以为旁人不注意的时候用手指去摸摸下面的边缘,看看是不是真货。德里菲尔德太太迅速向我们愉快地笑了笑。

"你们想不想看看他的一份手稿?"

"那太好了,"公爵夫人说,"看完手稿,我就得拔脚上路了。"

德里菲尔德太太从书架上取下一沓外面装着蓝色的摩洛哥皮封面的手稿。在场的其他人都恭恭敬敬地观看着手稿,我趁机瞅了瞅房间四周书架上所陈列的书籍。正如所有作家都会做的那样,我迅速朝各处扫了一眼,看看有没有我的作品,结果一本也没有找到。可是,我却看到阿尔罗伊·基尔的全套著作和其他很多装帧漂亮的小说,样子看上去叫人疑心还从没有给人看过。我猜那都是这些作品的作者出于对这位文学大师的才能的崇敬而专门寄给他的,也许他们还希望从他那儿得到几句赞扬的话,好用在出版商的广告上。不过所有的书都排列得非常整齐,收拾得非常干净,我觉得大概很少有人去翻阅。书架上还有《牛津大词典》,装帧精美的菲尔丁、鲍斯韦尔②、黑兹利特③等大多数英国经典作家作品的标准版本;另外,还有大量有关海洋的书;我认出了海军部发行的那一本本各种颜色封面的、凌乱不齐的航海指南,还有一

---

① 法语:精装本。
② 鲍斯韦尔(1740—1795):英国苏格兰传记作家,著有《塞缪尔·约翰逊传》。
③ 黑兹利特(1778—1830):英国作家、评论家和散文家。

些关于园艺的书籍。这间屋子看上去不像一个作家的工作室，倒像一个名人的纪念馆。你几乎已经可以看到一些随意闲逛的游人由于无事可做，漫步走进这间屋子，你还可以闻到一股难得有人参观的博物馆中那种不通风的发霉的气味。我隐隐约约地觉得要是德里菲尔德现在还看什么东西的话，那也就是《园艺新闻》或《航运报》，我看见这两种报纸堆成一摞，放在房间角落的一张桌上。

等这些夫人看过了所有她们想看的东西后，我们就向主人告辞。霍德马什夫人是个机敏乖巧的女人，她一定想到我是这次聚会的借口，而整个中午我几乎还没有和爱德华·德里菲尔德交谈过几句话。我们在门口告别的时候，她亲切地朝我微笑着对德里菲尔德说道：

"听说您和阿申登先生好多年前就认识了，我特别感兴趣。他那时是不是一个听话的小孩呢？"

德里菲尔德用他那冷静的嘲讽的目光盯着我看了一会儿。我当时觉得如果周围没有别人的话，他一定会朝我吐吐舌头。

"很害羞。"他回答说，"我教过他骑自行车。"

我们又坐上那辆黄色的劳斯莱斯牌大汽车，离开了他家。

"他人真好，"公爵夫人说，"我真高兴今天去看了他。"

"他的举止多么得体，不是吗？"霍德马什夫人说。

"你总不见得指望他用刀子吃豌豆吧？"我问道。

"我倒希望他这么吃豆子，"斯卡利昂说，"那该多么生动别致啊。"

"我看这很不容易，"公爵夫人说，"我试过很多次，可就是没法让那些豆子待在刀子上。"

"你得扎住豆子。"斯卡利昂说。

"根本不是这样，"公爵夫人反驳道，"你得让豆子平稳地待在刀面上，而那些豆子总一个劲儿地乱滚。"

"你觉得德里菲尔德太太怎么样？"霍德马什夫人问道。

"我看她起到了她的作用。"公爵夫人说。

"可怜的人儿，他年纪太大了，总得有个人在身边照顾他。他的夫人以前是医院里的护士，你知道吗？"

"哦，真的吗？"公爵夫人说，"我还以为她以前是他的秘书、打字员或者这类人。"

"她人还是很不错的。"霍德马什夫人热情地为她的朋友辩护道。

"唔，是很不错。"

"大概二十年前，他得了一场大病，拖了很长时间。那会儿她是他的护士，病好了以后他就和她结婚了。"

"男人们竟会这么做，可真怪。她一定比她丈夫年轻得多。她不可能超过——多少？——四十岁或四十五岁。"

"不，我看恐怕不止。大概总有四十七八岁了。我听说她为他费了不少心思。我的意思是说她把他照料得可以见人了。阿尔罗伊·基尔告诉我说，在那以前他几乎太放纵不羁了。"

"作家的老婆通常都很讨厌。"

"非得跟她们应酬，那真无聊，是吗？"

"确实叫人受不了。我奇怪她们自己怎么一点都不觉得。"

"这些可怜虫,她们往往还沉浸在幻觉之中,以为人家觉得她们很有趣。"我低声说。

我们到了特堪伯里,把公爵夫人送到火车站,随后继续驱车前行。

五

爱德华·德里菲尔德的确教过我骑自行车。我也正是这样首次和他相识的。我不晓得低座自行车在当时已发明了多久,不过在我居住的肯特郡那个偏僻的地区,那时还不常见。因此你看到哪个人骑着一辆实心轮胎的车子飞驰而过的时候,你总要回过头去一直看到他的身影从你眼前消失为止。那些中年的绅士认为骑这种车是一种滑稽好笑的行为,他们说靠自己的两条腿走路就很不错了;而那些上了年纪的女士则对这种车感到提心吊胆,每当她们看到一辆自行车从远处过来的时候,她们就马上跑到路旁。我早就非常羡慕那些骑着自行车到校园里来的男孩子。要是你骑进校门的时候双手都脱开把手,那可是一个出风头的大好机会。我一直求我叔叔答应让我在暑假开始的时候买一辆自行车,我的婶婶却表示反对,她说我准会摔断脖子,但是我叔叔在我的坚决要求下还是比较爽快地同意了,因为当然我是用自己的钱去买车。学校放假前我就订购了一辆,几天后车子就由货运公司从特堪伯里运来了。

我决定自己来学骑车，学校里的伙伴们告诉我，他们半个小时就学会了。我试了又试，终于得出结论我这人实在太笨（现在我认为，当时这么说未免言过其实），不过即便我完全抛开了自尊心，让花匠扶着我上车，可是到第一天上午结束的时候，我似乎还是跟开始时一样自己无法骑上车去。第二天，我想牧师公馆外边的那条马车道过于弯曲，不是学习骑车的好地方，于是我把车子推到外面不远的一条大路上。我知道那条路又直又平坦，而且非常僻静，不会有人看见我出丑。我在那儿一次接一次地试着上车，但每一次都摔了下来。我的小腿也给踏脚板擦破了；我觉得浑身发热，十分烦躁。我试了大约一个小时，开始感到大概是上帝不想要我骑车，但是我仍然决心坚持下去（因为一想到上帝在黑马厩镇的代表，我叔叔的嘲讽，我就忍受不了），可就在这时，我讨厌地看见有两个骑自行车的人，在这条荒僻的道路上朝我骑来。我马上把车子推到路旁，在一个篱边台阶①上坐下，若无其事地眺望着大海，好像我已经骑了很长时间的车，如今正坐在那儿，对着茫茫大海陷入了沉思。我瞪着两只出神的眼睛，不去看那两个朝我骑来的人，但是我感到他们正越来越近，而且我从眼角边看到那是一男一女。就在他们从我身边骑过的时候，那个女人猛地向我坐的路边一歪，撞到我的身上，摔了下来。

"啊呀，真对不起，"她说，"我刚才一看见你，就知道我会摔下来。"

---

① 篱边台阶：乡间用木板做成的一种供人穿越树篱、栅栏却不让兽类通过的台阶。

在这种情况下，我不可能再保持我那种出神的样子，我满脸通红地对她说一点都不要紧。

她摔倒的时候，那个男人也下了车。

"你有没有伤着什么地方？"他问道。

"没有。"

这时我才认出来他就是爱德华·德里菲尔德，就是几天前我看见跟助理牧师一块儿散步的那个作家。

"我正在学骑车，"他的女伴说，"只要看见路上有什么东西，我就会摔下来。"

"你不是牧师的侄子吗？"德里菲尔德说，"那天我见过你。盖洛韦告诉了我你是谁。这是我太太。"

她以一种异常坦率的姿态朝我伸出手来，我握住她手的时候，她热情地使劲握了一下。她的眼睛里和嘴上都露出了笑意，即使那会儿我年纪还小，我也看出来她的笑容特别亲切友好。我十分慌乱。见到陌生的人总使我特别忸怩不安，我根本没有看清她的眉目长相。我只觉得她好像是一个身材相当高大的金头发的女人。她那天穿着一条下摆很宽的蓝哔叽裙子，一件前胸和领子都上过浆的粉红色衬衫，在厚厚的金头发上还戴着一顶那时大概叫作"硬壳平顶帽"的草帽。我不知道这是我当时就看清楚的，还是我事后记起的。

"我觉得骑自行车实在很有意思，你说是吗？"她说道，一面看着我那辆靠在篱边台阶上的漂亮的新车，"要是能把车骑好，那该多带劲啊。"

我觉得她这话是对我的熟练车技的羡慕。

"只要多练习就成了。"我说。

"今天是我上的第三课。德里菲尔德先生说我进步得很快,可是我觉得自己笨透了,真恨不得踹自己一脚。你学了多久就会骑了?"

我羞愧得面红耳赤,几乎都说不出那句丢人的话。

"我还不会骑,"我说,"我刚把这辆车子买来,今天头一次试试。"

我说得有点含糊其词,不过我心里暗自添了一句,好使自己问心无愧:除了昨天在自己家花园里试过一阵。

"要是你愿意,我来教你,"德里菲尔德和蔼可亲地说,"来吧。"

"不成,"我说,"我无论如何也不想麻烦你。"

"这是为什么?"他太太问道,那双蓝眼睛仍然充满亲切友好的笑意,"德里菲尔德先生愿意教你。再说,我也可以歇一会儿。"

德里菲尔德推过我的自行车。虽然我很不愿意,但是却无法拦挡他那友好的行动,我笨手笨脚地跨上车,来回晃悠,可是他用手牢牢地扶住我。

"踏快一点。"他说。

我踏着踏脚板,他在我身边跟着跑,我的车来回晃动,尽管他费了很大力气,但最终我还是摔了下来,我们俩都热极了。在这种情况下,我不可能再保持牧师的侄子应当对沃尔夫小姐管家的儿子采取的那种疏远冷淡的态度。我又跨上车往回骑,居然紧张地独自骑了三四十码,德里菲尔德太太跑到路中间,双手叉腰,大声嚷着:"加油,加油,二比一占上风了。"我开心地大声笑着,完全忘记了我自己的社会地位。我自己下了车,脸上肯定带着扬扬得意的神色。德里菲尔德夫妇向我道贺,夸我聪明伶俐,头一天就学会了骑车,我毫不忸怩地接受了他们的祝贺。

"我来看看能不能自己上车。"德里菲尔德太太说。我在路旁的篱边台阶上重新坐下,跟她丈夫一起看着她一次次不成功的尝试。

后来,她又想歇一会儿,于是失望却依然很开朗地在我的身旁坐下。德里菲尔德点着了烟斗。我们聊起天来。现在我知道她的举止中有一种使人感到毫不拘束、抛却一切顾虑的坦率,当时我自然并不了解这一点。她说起话来口气总很热切,就像孩子那样洋溢着对生活的热情,她的眼睛总闪现出迷人的笑意。我说不出为什么我喜欢她的微笑。如果狡黠不是一种使人不快的品质,那我就得说她的微笑中带有一丝狡黠;可是她的微笑天真无邪得不能称之为狡黠。那是一种调皮的神情,就像一个孩子做了一件自己认为很有趣的事儿,但他知道你一定会觉得他相当淘气。他也知道你其实不会真生气的。要是你没有很快发现他干的事,他会自己跑来告诉你。不过当时我当然只知道,她的笑容叫我感到安闲自在。

过了一会儿,德里菲尔德看了看表,说他们该回去了,并且提议我们一起很有气派地骑车回去。那正是我叔叔和婶婶每天在镇上散完步回家的时刻。我不想要冒这个风险,让他们看见我和他们不以为然的人待在一起,因此我请他们先走,因为他们骑得比我要快。德里菲尔德太太不同意这么做,但是德里菲尔德却用一种古怪的、饶有兴味的目光稍稍瞥了我一眼。这使我觉得他看穿了我不与他们同行的借口,我羞得满脸通红,他说道:

"让他自己走吧,罗西。他一个人会骑得更稳一些。"

"好吧。明天你还上这儿来吗?我们还来。"

"我争取来吧。"我回答说。

他们骑上车先走了。过了几分钟,我也出发了。我心里非常得意,一直骑到牧师公馆门口都没有摔下来。吃饭的时候,我大概为此大肆吹嘘了一番,但是我并没有提到我碰见了德里菲尔德夫妇。

第二天上午大约十一点钟,我把自行车从马车房里推出来。这个屋子叫这么个名字,其实里面连一辆小马车都没有,那只是花匠存放割草机和滚轧机的地方,而玛丽-安也把她喂鸡的饲料袋放在那儿。我把自行车推到大门口,好不容易才上了车,沿着特堪伯里大路一直骑到从前是收税关卡的地方,然后转入欢乐巷。

天空碧蓝,温暖而清新的空气热得似乎发出了噼噼啪啪的爆裂声。光线明亮但并不刺眼。太阳光像一种定向能源射到白晃晃的大道上,然后好像一个皮球似的反弹回去。

我在这条路上骑了几个来回,等候德里菲尔德夫妇到来,不一会儿,我看见他们来了。我向他们挥手招呼,随后掉过车头(先下了车才掉过来),跟他们一起往前骑去。德里菲尔德太太和我互相祝贺彼此取得的进步。我们紧张不安地骑着,死命地握着把手，但都兴冲冲的。德里菲尔德说等我们都骑得很稳以后，我们一定要骑车到乡间各处去游玩一番。

"我要到附近去拓一两块碑①。"他说。

我不懂他说的是什么，但他不愿意解释。

"等着吧，我会给你看的，"他说，"你觉得明天你能骑十四英里吗？来回各七英里。"

"当然可以。"我说。

"我给你带一张纸和一些蜡，你也可以拓。不过，你最好问问你叔叔你能不能去。"

"我用不着问他。"

"我看你还是问一下的好。"

德里菲尔德太太用她那独有的调皮而又友好的目光看了我一眼，我的脸一下子涨得通红。我知道要是我去征求叔叔的意见，他一定会不同意。最好什么都不告诉他。可是在我们往前骑的时候，我看见医生坐着他的双轮马车朝我们迎面驶来。他从我身边经过的时候，我两眼直视前方，一心指望我不朝他看的话，他也不会朝我看，但这是办不到的。我感到很不自在。要是医生看见我的话，这件事很快就会传到我叔叔或婶婶的耳朵里，于是我暗自琢磨着由我自己向他们透露这个看来已保不住的秘密，是不是更妥当一点。我们在牧师公馆门口分手的时候（我无法不跟他们一起骑到那儿），德里菲尔德说要是我明天可以和他们一起去的

---

① 指教堂的地上或墙上刻有肖像、纹章的黄铜纪念碑。

话,我最好尽早去他们家找他们。

"你知道我们住的地方,是吗?就在公理会教堂的隔壁,叫作莱姆庐。"

那天中午我坐下吃饭的时候,一心想找个机会,有意无意地把自己偶然碰见德里菲尔德夫妇的事说出来,但是在黑马厩镇上,消息传得很快。

"你今天上午跟什么人在一起骑车?"我婶婶问道,"我们在镇上遇见了安斯蒂大夫,他说他看见你了。"

我叔叔带着一脸不以为然的神色嚼着烤牛肉,阴沉地看着自己面前的盘子。

"德里菲尔德夫妇,"我若无其事地答道,"就是那个作家。盖洛韦先生认识他们。"

"他们的名声非常不好,"我叔叔说,"我不希望你和他们来往。"

"为什么不可以呢?"我问道。

"我不想把理由告诉你。我不希望你和他们来往,这就够了。"

"你怎么会认识他们的?"我婶婶问道。

"我正在大路上骑车,他们也在那儿骑车,他们问我愿不愿意和他们一块儿骑。"我把实际情况略微改动了一下这么说。

"我认为这真是一厢情愿。"我叔叔说。

我板下脸来不说话了。为了表示内心的不快,甜点端上桌的时候,尽管是我最爱吃的紫莓馅饼,我却一口都不肯尝。婶婶问我是不是觉得哪儿不舒服。

"没什么,"我尽量摆出傲慢的姿态说,"我很好。"

"吃一小块吧。"婶婶说。

"我不饿。"我答道。

"也让我高兴一点。"

"他自己知道他吃饱了没有。"叔叔说。

我狠狠地瞅了他一眼。

"那么就吃一小块吧。"我说。

我婶婶给了我一大块馅饼。我吃馅饼时候的样子,就像一个出于坚定的责任感才不得不做一件自己很不喜欢的事情的人那样。其实那是一块非常可口的紫莓馅饼。玛丽-安做的松脆的馅饼一进口就软化了。可是婶婶问我能不能再吃一点的时候,我摆出冷漠的架势说不要了。她也没有坚持。我叔叔做了饭后的感恩祈祷,我带着受到伤害的心情走进客厅。

等我估计仆人们都吃完饭以后,我走进了厨房。埃米莉正在餐具室里擦拭银餐具。玛丽-安则在洗刷碗碟。

"嗨,德里菲尔德夫妻俩到底有什么不好?"我问玛丽-安道。

玛丽-安从十八岁起就到牧师公馆来干活儿。我还是个小男孩的时候,她给我洗澡;我需要吃药粉的时候,她拌在梅子酱里给我吃;我上学的时候,她替我收拾箱子;我生病的时候,她看护我;我烦闷的时候,她念书给我听;我淘气的时候,她责骂我。女仆埃米莉是一个轻浮的年轻姑娘。要是让她来照顾我,玛丽-安真不知道我会变成什么样子。玛丽-安是黑马厩镇当地的姑娘。她活到现在还没有去过伦敦。就连特堪伯里,大概她也只去过三四次。她从不生病，也从不休假，一年的工资是十二英镑。每星期有一个晚上，她到镇上去看望母亲，她的母亲替牧师家洗衣服；每星期天晚上，她去教堂。可是玛丽-安对黑马厩镇上发生的每件事都很清楚。她知道这儿的每一个人，他们和谁结了婚；她也知道谁的父亲是害什么病死的，哪个女人有多少个孩子，以及他们都叫什么名字。

玛丽-安听了我问她的那个问题，就把一块湿抹布啪的一声丢到水槽里。

"我并不怪你叔叔，"她说，"要是你是我的侄子，我也不想让你和他们来往。想不到他们竟邀请你跟他们一块儿骑车！有些人就是什么事都干得出来。"

我看出来已经有人把饭厅里的那场谈话说给玛丽-安听过了。

"我又不是个孩子。"我说。

"不是孩子更糟。他们竟有脸上这儿来！"玛丽-安说话时常随意略去字首的"h"音，"租下一幢房子，装出一副上等人的神气。哎，别去碰那块馅饼。"

那块紫莓馅饼正放在厨房的桌子上。我掰下一块酥皮放进嘴里。

"这是我们晚饭吃的，你要是还想吃一块，刚才吃饭的时候，你干吗不要？特德[①]·德里菲尔德这个人什么事情都做不长。他也算得上受过很好的教育。我只为他的妈妈感到难受。从他生下

[①] 特德是爱德华的昵称。

来的那会儿起,他就给他妈带来了不少麻烦,后来他又跑去跟罗西·甘恩结婚。我听人家说,在他告诉他妈他要和谁结婚的时候,他妈气得病倒在床上,一连躺了三个星期,跟谁都不说话。"

"德里菲尔德太太结婚前就叫罗西·甘恩吗?是哪一家姓甘恩的?"

甘恩是黑马厩镇最普通的一个姓。教堂墓地里到处是姓甘恩的人的墓碑。

"唉,你不会知道这家人的。她爸爸是乔赛亚·甘恩老头,也是一个无法无天的家伙。他出外当兵,回来的时候装了一条木腿。他过去总出去为人家刷油漆,不过往往找不到活儿干。那时他们住在黑麦巷我们家隔壁。我和罗西常常一起去上主日学校。"

"可是她年纪比你轻。"我带着我那年龄所特有的直率说道。

"她已经过了三十了。"

玛丽-安个子矮小,长着一个塌鼻子,一口蛀牙,不过气色很好,我想她不会超过三十五岁。

"不管罗西装得有多年轻,她其实也并不比我小上四五岁。我听人家说,她现在全身穿戴打扮都叫人认不出来了。"

"她真当过酒店女招待吗?"我问道。

"不错,先在铁路徽章酒店。后来在哈佛沙姆的威尔士亲王羽毛酒店。开始是里夫斯太太雇她在铁路徽章酒店的酒吧间招待客人,但是她的行为太不检点,里夫斯太太只好把她解雇了。"

铁路徽章酒店是一家很平常的小酒店,就开在去伦敦、查塔姆和多佛尔铁路的车站对面,里面有一种邪恶的欢乐气氛。要是你在一个冬天的夜晚路过酒店，透过玻璃门你可以看见有些男人懒洋洋地靠在卖酒柜台上。我的叔叔非常不赞成这家酒店，多年来他一直设法想要取消它的营业执照。上那儿喝酒的多半是铁路搬运工、运煤船船员和农场工人。黑马厩镇有身份的居民都不屑上那儿去，他们要想喝一杯苦啤酒，不是去"熊与钥匙"客店就是去"肯特公爵"客店。

"啊呀，她都干了些什么？"我两眼瞪得很大地问道。

"她什么没干过？"玛丽-安说，"要是你叔叔碰巧听见我跟你讲这些事，他不知该说些什么呢。没有一个到酒店里喝酒的男人，罗西不跟他眉来眼去地吊膀子的，也不管那都是一些什么人。她无法专心爱一个男人，就那么一个接一个地换着。我听人家说那简直令人恶心。她就是那时候勾搭上乔治勋爵的。那种酒店本来不是乔治勋爵会去的地方，那地方可不值得他那么有气派的人光顾，但是据说有一天，他偶然因为火车误点走了进去，他在那儿见到了她。从那以后，他就老泡在那儿，跟那些粗里粗气的汉子混在一起。当然他们都明白他为什么去那儿，可他家里还有老婆和三个孩子。唉，我真替他老婆难过！这件事引起了多少闲话啊！喔，后来里夫斯太太说她对这事一天也忍受不了了，于是把工资付给罗西，叫她卷起铺盖走路。我当时说，把这包袱扔了，真是谢天谢地！"

我很熟悉乔治勋爵。他的姓名是乔治·肯普，不过大家都叫他乔治勋爵，这个称呼是大家嘲讽他那神气活现的样子而叫出来的。他是我们这儿的煤炭商人，也做一点房产生意，同时还拥有一两条煤船的股份。他在自己家的地皮上盖了一幢新砖房,住在里面,还有自己的双轮轻便马车。他身材壮实,下巴底下留一把山羊胡子,脸上红彤彤的,气色很好,长着一双放肆的蓝眼睛。每逢想到他,我就觉得他的模样一定很像古老的荷兰油画中一个兴高采烈、满面红光的商人。他总是穿得很花哨。每当你看见他穿着配着大纽扣的淡黄色轻皮短外套,歪戴一顶棕色圆顶礼帽,纽孔里还插一朵红玫瑰,轻快地驾着马车驶过大街中央的时候,你禁不住总要看他几眼。每个星期天,他总戴一顶光亮的高顶礼帽,穿着礼服到教堂去做礼拜。大家都知道他想当一名教区委员。显然,他那充沛的精力对教会是很有用的,但是我叔叔说只要他还是这个教区的牧师,就不会同意。后来乔治勋爵为了表示抗议,有一年时间跑到分离派教堂去做礼拜,尽管如此,我的叔叔仍然固执己见。他在镇上碰见乔治勋爵,就装作不认识。后来他们和解了,乔治勋爵又上教堂来做礼拜了,但是我叔叔只答应派他当一名副教区委员。绅士阶层的人认为他非常粗俗;我觉得他确实爱好名利,喜欢吹嘘。他们嫌他说话的嗓门太大,笑声刺耳——他在路的一边和人说话的时候,你在路的另一边可以听清楚他说的每一个字——他们还觉得他的举止十分讨厌。他对人过分亲切。他和绅士阶层的人讲话的时候就好像他压根儿不是个做买卖的人;他们说他很爱出风头。乔治碰到每个人都很亲切随便,他对公共工程也很热心,在为每年的划船比赛或收获感恩礼拜募捐时,他都慷慨解囊,他愿意为任何人帮忙,可是如果他以为他的这些行为可以消除他与黑马厩镇的绅士阶层之间的隔阂,那他可想错了。

他的所有这些交际方面的努力遇到的却是全然的敌意。

我记得有一次,医生的太太正来看望我婶婶,埃米莉进来向我叔叔通报说乔治·肯普先生想要见他。

"可是我刚才听见前门的门铃在响,埃米莉。"我婶婶说。

"是的,太太,他是在前门口。"

一时间屋子里的人都感到很窘。谁也不知道该如何去应付这样一件不寻常的事情。埃米莉一向知道谁应当从前门进来,谁应当走边门,谁又应当走后门,可就连她这时也有点儿慌张。我的婶婶是个性格温和的人,我觉得她确确实实对一个来客如此将自己置于不合常情的地位感到不知所措,但是医生的太太却从鼻子里哼了一声表示蔑视。最后还是我叔叔镇定下来。

"把他带到书房去,埃米莉。"他说,"我喝完茶就来。"

可是不管人家怎么对待他,乔治勋爵却总是那么兴高采烈,爱好招摇,嗓门响亮,叫叫嚷嚷。他说整个镇都死气沉沉的,他要把它唤醒。他要说服铁路公司运营旅游列车。他看不出为什么这儿不能成为另一个马盖特①,而且他们为什么不应当有一个市长呢?弗恩湾就有一个市长。

"我看他是认为自己该当市长。"黑马厩镇上的人说道。他们噘起嘴来。"骄傲必然失败。"②他们说。

---

① 马盖特:英国肯特郡萨尼特岛的一个海港城市,是英国一个深受大众喜爱的海滨旅游胜地。

② 英语谚语。

而我的叔叔则指出你可带马到水边,无法强迫马喝水①。

我还应该说明,那时我和其他所有的人一样对乔治勋爵采用的是轻蔑嘲笑的态度。每逢他在街上拦住我,直呼我的名字,跟我说话,仿佛我们之间并不存在社会地位的差异时,我都十分恼火。他甚至提出要我和他的儿子一起打板球。他的几个儿子和我的年龄相仿。不过他们都在哈佛沙姆上文法学校②。我当然不可能和他们有什么来往。

玛丽-安对我讲的那些事使我非常激动和吃惊,但是我不大相信她的话。那时我已经看了大量小说,在学校里也听到不少事情,所以对于爱情我已经懂得很多,但我以为那只是一件与年轻人有关系的事情。我无法想象一个长着胡子、儿子都和我一样大的男人还会有这种感情。我以为人一旦结了婚,所有这一类感情就结束了。过了三十岁的人居然还恋爱,我觉得相当令人恶心。

"你总不是说他们当真干了什么勾当吧?"我问玛丽-安道。

"我听人家说罗西·甘恩可什么都干。乔治勋爵也不是唯一跟她勾搭的男人。"

"可是,哎,她怎么没有孩子呢?"

在小说里我经常读到每逢漂亮的女人堕落得干下蠢事,她就会有个孩子。书里有关这件事的原因总给处理得极其谨慎,有时甚至只用一排星号来表示,但是结果总是不可避免的。

---

① 英语谚语。
② 文法学校:即中等学校,因为在这种学校要学拉丁文及希腊文,以文法为重,故名文法学校。

"我看那是她运气好,而不是她手段高明。"玛丽-安说。这时她定下神来,放下她一直在忙着擦干的盘子。"我看你知道了很多你不该知道的事。"她说。

"我当然知道啰,"我很自负地说,"真见鬼!我实际上已经长大了,不是吗?"

"我可以告诉你的只是,"玛丽-安说,"里夫斯太太辞退了她以后,乔治勋爵给她在哈佛沙姆的威尔士亲王羽毛酒店找了一份工作。从此他总驾着马车赶到那儿去喝酒。你总不见得告诉我那儿的啤酒跟这儿的有什么不同吧。"

"那特德·德里菲尔德干吗要娶她呢?"我问道。

"我不知道。"玛丽-安说,"他是在羽毛酒店见到她的。我看他找不到别的女人肯嫁给他。没有一个体面的姑娘会要他。"

"他了解她吗?"

"你最好问他自己去。"

我不说话了。这一切都很令人费解。

"她现在看上去什么样子?"玛丽-安问,"她结婚之后,我就没有见过她。自从我听说她在铁路徽章酒店干的那些事以后,我就连话都不跟她说了。"

"她看上去还不错。"我说。

"噢,你问问她是不是还记得我,看她怎么说。"

六

我实际已经决定第二天上午和德里菲尔德夫妇一起骑车出去,我知道去问叔叔我能不能去,没有什么好处。如果他发现我和他们一起出去,为此而吵嚷起来,那也没有办法。如果特德·德里菲尔德问我有没有得到我叔叔的许可,我准备对他说我已经得到了叔叔的同意。可是结果我根本用不着说谎。这天下午潮水涨得很高,我去海滩游泳,叔叔正好要去镇上办事,跟我一起走了一段路。正当我们经过"熊与钥匙"客店门口的时候,特德·德里菲尔德从里面走了出来。他看见了我们,就径直朝我的叔叔走了过来。他的那种冷静的样子使我吓了一跳。

"你好,牧师。"他说,"不知道你是不是还记得我。小时候我经常在唱诗班歌唱。我是特德·德里菲尔德。我老爷子是沃尔夫小姐的管家。"

我的叔叔是个胆小懦弱的人,这时候他吃了一惊。

"噢,是的,你好!我听说令尊去世的时候,心里十分难过。"

"我认识了你的小侄子。我不知道你肯不肯让他明天和我一起骑车出去,他一个人骑车很无聊,我明天正好要到弗恩教堂去拓一块碑。"

"谢谢你的好意,不过——"

我叔叔正要拒绝,德里菲尔德打断了他的话。

"我一定不让他淘气。我想他可能也乐意自己拓上一张。他会感兴趣的。我会给他一些纸和蜡,这样用不着他花什么钱。"

我叔叔的思维不大有连贯性。特德·德里菲尔德要为我用的纸和蜡付钱的建议使他大为生气,完全忘了他原来根本不准我前去的打算。

"他完全可以自己花钱买纸和蜡,"他说,"他的零用钱很多,他花钱去买这种东西,总比他去买糖果吃了生病要强。"

"好吧,如果他到海沃德文具店去,就说要买我买的那种纸和蜡,他们就会拿给他的。"

"我现在就去。"我说。为了不让我的叔叔改变主意,我立刻飞快地穿过马路。

七

要不是纯粹出于好心,我真不明白为什么德里菲尔德夫妇那么关心我。我那时是一个头脑迟钝的孩子,不大爱说话;如果我有什么地方使特德·德里菲尔德觉得有趣,那一定也是不自觉的。也许他觉得我那种优越的样子很好玩儿。我以为自己是放下架子才跟沃尔夫小姐管家的儿子交往的,他不过是我叔叔所谓的廉价文人。有一次,我也许带着一丝傲慢自大的神气问他借一本他写的书看看,他说我不会感兴趣的。我相信他说的是真话,也就没再坚持。自从我叔叔那次同意我和德里菲尔德夫妇一起外出以后,他就没有再反对我和他们来往。有时我们一起去乘船游玩;有时我们到某个风景如画的地方,德里菲尔德画上一些水彩。我不知道那时候英国的气候是否比现在好,还是那只是我少年时代的幻觉,不过我好像记得,那年整个夏天,阳光灿烂的日子一天接着一天,从不间断。我开始对这片丘陵起伏、物产丰富、景色优美的地区产生了一种奇特的眷恋之情。我们骑车走得很远,到一个个教堂去摹拓那些碑刻,有些碑上是穿戴盔甲的骑士，有些是穿着僵硬的用鲸骨箍撑大的裙子的贵妇。特德·德里菲尔德对这种纯真的爱好的热情感染了我，我也满怀激情地拓起碑来。我很得意地把我这样辛勤劳动的成果拿给我叔叔看；我猜他大概认为，不管我交游的是什么人，只要我老在教堂里忙活，那就不会受到什么危害。我们摹拓的时候，德里菲尔德太太总留在教堂院子里。她既不看书，也不做针线活，就在院子里闲荡。她好像能够长时间地什么事都不干，却一点不感到无聊。有时候，我走到院子里去和她一起在草地上坐一会儿。我们闲聊着我的学校，我学校里的朋友，我的老师，闲聊着黑马厩镇上的人，有时什么都不聊。她称我阿申登先生，我很高兴。大概她是第一个这么称呼我的人，这使我觉得自己已经长大了。我很讨厌人家管我叫威利少爷。我觉得不管对谁，这都是个可笑的称呼。其实我对自己的姓和名都不喜欢；我花很多时间，想要想出别的更适合我的姓名。我喜欢的姓名是罗德里克·雷文斯沃思。我在好多张纸上用相称的刚劲有力的笔法，签满了这个姓名的签名。我觉得卢多维克·蒙哥马利这个姓名倒也不错。

我总忘不了玛丽-安告诉我的关于德里菲尔德太太的那些事。虽然从理论上讲，我知道结婚是怎么回事，也能一点都不转弯抹角地把个中情形讲出来，但是其实我并不真的明白。我觉得这种事实在相当令人作呕，我也并不怎么相信真是那么回事。就说地球吧，我晓得地球是圆的，可是我又很清楚它其实是平的。德里菲尔德太太看上去那么坦率，她的笑声那么爽朗、纯真，她的举止显得那么富有朝气，天真烂漫，所以我无法想象她会去跟水手勾搭，特别是会跟乔治勋爵那样粗俗讨厌的人混在一起。她一点儿不像我在小说里看到过的那种坏女人。当然我知道她算不上"举止端庄"，她说话带有黑马厩镇的口音，时常会把字首的"h"音漏掉，有时她说话中的语法错误使我非常吃惊，但尽管如此，我还是禁不住喜欢她。我得出结论，认为玛丽-安讲给我听的那些事都是一派胡言。

有一天，我偶然向她提起玛丽-安是我们家的厨娘。

"她说她在黑麦巷曾经住在你家隔壁。"我又补上一句，满心以为德里菲尔德太太会说她从来没听说过玛丽-安这么个人。

可是她听了我的话，竟然笑了，她的蓝眼睛闪闪发亮。

"是的。她过去常带我去主日学校。她还经常费劲地要我不要说话。我听说她去牧师公馆干活了。真想不到她还在那儿！我好多年没有看见她了。我很想见见她，跟她谈谈从前的日子。请代我向她问好，好吗？请她哪天晚上得空就到我那儿去，我请她喝茶。"

她的这番话使我傻了眼。不管怎么说，德里菲尔德夫妇如今住在一幢房子里，而且正谈论着要把房子买下，他们还雇了一名干杂活的用人。他们请玛丽-安去喝茶是很不成体统的，也会使我感到怪难堪的。他们好像一点不懂什么事情可以做，什么事情根本不可以做。他们经常当着我的面谈起他们过去生活中的一些事情，这总使我感到很不自在；我本以为这些事他们做梦也不会提起。我并不清楚，当时我周围的那些人为了摆出一副比他们的实际情形阔绰或富有气派的架势，都有一些虚浮不实，现在回想起来，我感到他们的生活确实充满了弄虚作假的表现。他们生活在一个体面的假面具后面。你绝不会看到他们只穿着衬衫，两只脚搁在桌子上。那些有身份的女子都穿着午后穿的衣衫，直到下午才露面；她们私下里却过着精打细算的节俭的生活，你不可能随意前去拜访她们，吃上一顿便饭，而当她们正式宴请客人的时候，饭桌上却总摆满了菜肴。即使他们哪个人家里遭到什么灾难，他们也总把头抬得高高的，显得满不在乎。要是他们中哪个人的儿子娶了一个女戏子，他们也绝口不提这件晦气的事。街坊邻舍虽然在背后议论说这桩婚事实在丢人，但是在受到这桩婚事困扰的人面前，却十分小心地连戏院都不提起。我们谁都知道买下三山墙大宅的格林考特少校的太太跟商界有些关系，可是不论是她还是少校，对这个不光彩的秘密都从来不露一点口风。我们虽然在背后讥笑他们，但是当着他们的面，我们总客客气气，连陶器都不提起（这是格林考特太太充足收入的来源）。我们还常听说这样的事，发怒的父亲取消了儿子的继承权，或者叫他闺女（她像我的母亲那样嫁了一个律师）再也不准踏进家门。对于所有这类事情我已习以为常，觉得是理所当然的。因而听到特德·德里菲尔德好像提起世上最普通的一件事似的谈起他在霍尔本街的一家饭馆里当过侍者，我确实大吃一惊。我知道他曾经离家出走，去海上当水手，那是很浪漫的；我好歹在不少小说中看到小伙子们常这么干，他们经过许多惊心动魄的冒险经历，最后娶了一个拥有大笔财产的伯爵女儿。可是特德·德里菲尔德却不是这样，他后来在梅德斯通①赶过出租马车,在伯明翰的一个售票处当过售票员。有一次,我们骑车经过铁路徽章酒店,德里菲尔德太太相当随便地提到她曾经在这个酒店里工作过三年,好像那是不论谁都可能会干的工作。

"那是我第一个干活的地方,"她说,"后来我就到哈佛沙姆的羽毛酒店去了,一直到我结婚才离开那儿。"

她笑起来,仿佛回想起这些事心里很愉快。当时我不知道该说什么是好,也不知道该朝哪边看,我的脸涨得通红。还有一次,我们骑车远出,回来的时候经过弗恩湾,那天天气很热,我们三个人都感到口渴,德里菲尔德太太建议我们到海豚酒店去喝杯啤酒。她在店里和柜台后面的姑娘聊起天来,听到她对那个姑娘说她也干过五年这种活儿,我不禁目瞪口呆。店主人过来招呼我们,特德·德里菲尔德请他喝了一杯酒。德里菲尔德太太说也该请那个女招待喝一杯红葡萄酒。接着他们亲切友好地交谈起来,谈着卖酒这个行业,谈着那些专卖某种牌子酒的特约酒店,也谈起物价怎么不断上涨。这当儿,我站在一旁,身上忽冷忽热,不知如何是好。我们走出酒店的时候,德里菲尔德太太说道:

"特德,我很喜欢那姑娘。她应该混得挺不错。我刚才和她说,干这一行很辛苦,不过也挺快活。确实可以见点儿世面。要是你手腕高明,应该可以找个好丈夫。我看到她手上戴了个订婚戒指,但是她说她是故意戴了来让那些家伙逗她的。"

---

① 梅德斯通:英国英格兰东南部城市,为肯特郡的首府,在伦敦东南约四十三英里处。

德里菲尔德哈哈大笑。他的太太转身对我说道：

"我当女招待那会儿，真的挺快活，不过，当然谁也不能一直干下去，你得想想自己的将来。"

可是使我更为震惊的事还在后头。九月已经过了一半，我的暑假也快要结束了。我满脑子都是德里菲尔德夫妇的事情，但是每逢我想在家里谈谈他们的时候，总受到叔叔的呵斥。

"我们不想整天老得听你说你的那些朋友的事，"他说，"比他们更适当的话题有的是。不过既然特德·德里菲尔德出生在这个教区，而且又差不多天天都和你见面，我想他有时也该上教堂来做礼拜才对。"

有一天，我告诉德里菲尔德说："我叔叔希望你们上教堂去。"

"好吧。下星期天晚上我们上教堂去，罗西。"

"我随便。"她说。

我告诉玛丽-安他们要去教堂的事。我坐在乡绅的座位后面牧师家人的座位上，不能东张西望，但是从过道那边我的邻座的举止中，我知道他们来了。第二天我一找到机会，就问玛丽-安看见他们没有。

"我倒确实看见她了。"玛丽-安板着脸说。

"后来你和她说话了吗？"

"我？"她突然生起气来，"你给我从厨房里出去。干吗整天来给我添麻烦？你老在这儿碍手碍脚，我还怎么干活？"

"好吧，"我说，"别发火。"

"我真不明白你叔叔怎么让你跟他们这样的人到处乱跑。她帽子上插满了花儿。我真奇怪她怎么还有脸见人。快走吧，我忙着呢。"

我不知道玛丽-安为什么脾气这么坏。我没有再对她提起德里菲尔德太太。可是两三天后，我碰巧去厨房拿一样我要的东西。牧师公馆有两个厨房：一个小的是做饭的；另一个大厨房，大概是因为某个时期乡村牧师家人口众多，同时也为了举行盛大的宴会款待附近的上等人士而盖的。玛丽-安干完一天的活儿，常坐在这个大厨房里做针线活儿。我们总在八点钟吃上一顿冷餐作为晚饭，所以下午喝完茶后，她就没什么事了。那时已快七点，天渐渐黑下来。这天晚上轮到埃米莉休息外出，我以为玛丽-安一个人在厨房里，但是我在过道里就听到了说话声和笑声。我猜有人来看望玛丽-安。厨房里点着灯，不过上面有个厚厚的绿色灯罩，所以里面显得相当昏暗。我看见桌上摆着茶壶、茶杯。玛丽-安显然在和她的朋友喝一杯晚茶。我推门进去的时候，屋里的谈话停止了，接着我听见一个人的声音。

"晚上好。"

我不禁一怔，原来玛丽-安的客人是德里菲尔德太太。玛丽-安看见我诧异的神情略微笑了笑。

"罗西·甘恩来和我一块儿喝杯茶。"她说。

"我们正谈着以前的事情。"

玛丽-安看到我发现她在接待罗西，感到有点儿不好意思，不过更不好意思的是我。德里菲尔德太太又对我现出了她那孩子气的调皮的笑容；她显得十分从容自在。出于某种原因，我注意到她的穿着,大概是因为我从没见她穿得这么华丽。她的衣衫是浅蓝色的,腰身束得很紧,袖子很大,裙子很长,底部镶着荷叶边。她戴一顶黑色大草帽,上面点缀着一大堆玫瑰花和绿叶,还有蝴蝶结。显然这就是星期天她去教堂戴的那顶帽子。

"我觉得要是我继续等着玛丽-安来看我,那大概得一直等到世界末日。所以最好还是我自己来看她。"

玛丽-安不好意思地咧嘴笑着,不过她看上去并没有不高兴。我向她要了我当时需要的什么东西后赶快走出厨房。我走到外面花园里,漫无目的地转悠着。我朝前走到大路那儿,往大门外张了张。夜色已经降临。不久我看到一个男人慢悠悠地走过来。开始我并没有注意他,但是他老在外边路上踱来踱去,好像是在等待什么人。起初我以为那也许是特德·德里菲尔德。我正想跑出去招呼,他站住了脚,点着了烟斗。我看清了原来那是乔治勋爵。我不知道他到这儿来干什么,这时我忽然想到他是在等德里菲尔德太太。我的心怦怦直跳。尽管当时我在暗处,但我仍然退到矮树丛的阴影中。我又等了几分钟,这才看见边门开了,德里菲尔德太太给玛丽-安送出来。我听到她踏在石子路上的脚步声。她走到大门口,把门打开。开门的时候发出咔哒一声。乔治勋爵一听到门响,就穿过大路,德里菲尔德太太还没来得及跨出大门,他就溜了进来。他一把把她揽到怀里,紧紧搂住了她。她低声笑了笑。

"当心我的帽子。"她低声说。

那时我离他们只不过三英尺,心里害怕得要命,唯恐被他们发现。我真为他们感到害臊。我激动得浑身发抖。他把她搂了一会儿。

"就在这花园里怎么样?"他也低声问道。

"不行,那孩子在这儿。咱们还是上田地里去吧。"

乔治勋爵一只胳膊搂着德里菲尔德太太的腰,两个人一起走出大门,消失在黑夜当中。这时候,我觉得自己的心一个劲地怦怦乱跳,我都几乎喘不过气来了。刚才见到的事情实在太叫我吃惊了,我根本没法子冷静地思考。如果能把这件事告诉什么人,那随便要我干什么都成,但这是一个我必须保守的秘密。我为自己掌握这个秘密而具有的重要地位感到十分兴奋。我慢吞吞地走回去,从边门进了我们的房子。玛丽-安听到开门的声响就开始叫我。

"是你吗,威利少爷?"

"是我。"

我朝厨房里看了一眼。玛丽-安正把晚饭放在托盘里,准备端进饭厅。

"我不想对你叔叔说罗西·甘恩上这儿来的事。"她说。

"哦,是不用说。"

"我可是完全没有想到。我听到有人在敲边门,开门一看,是罗西站在那儿,这真叫我大吃一惊。'玛丽-安。'她说道。我还没弄清楚她来干什么,她就在我的脸上亲个没完。我只好把她请进来;她进来后,我只好又请她喝杯茶。"

玛丽-安急着向我解释。因为她以前对我说了那么多德里菲德太太的坏话,而现在我竟看到她们俩坐在一起有说有笑,心里一定觉得很怪。不过我并不愿意在她面前摆出得意扬扬的神气。

"她还不那么坏吧?"我说。

玛丽-安笑了。尽管她有一口黑蛀牙,但是她的笑容仍然显得很甜美动人。

"我说不出到底是怎么回事,可是她身上有那么一种你不得不喜欢她的东西。她在这儿坐了快一个小时,说句公道话,她一点儿都没有摆架子。她亲口告诉我说她身上穿的那件衣服的料子每码要卖十三英镑十一先令,我相信她说的话。她什么都记得,她记得她还是个小娃娃的时候,我怎么给她梳头,吃茶点前,我怎么叫她去洗她的小手。你知道,那会儿有时候她妈把她送到我们家来和我们一块儿吃茶点。那时候她才漂亮呢。"

玛丽-安回想着往事,她那张古怪的满是皱纹的脸上露出沉思的神色。

"噢,"她停顿了一会儿说,"也许她并不比别的许多人坏,要是我们知道那些人的底细的话。她比大多数人要受到更多的诱惑。好些对她说三道四的人,要是碰上机会,恐怕也不会比她要好多少。"

八

天气突然变了,大雨倾盆,寒气袭人。我们的出游只好停止了。我倒并不觉得惋惜;自从那天看见德里菲尔德太太和乔治·肯普幽会以后,我不知道我怎样才能正眼望着她。我心里倒并没受到多大震动,只是感到非常诧异。我不明白她怎么会愿意让一个上了年岁的人去亲吻,我脑子里满是我看过的那些小说,于是脑海里就闪过了一些异想天开的念头。我想大概乔治勋爵不知怎么把德里菲尔德太太控制在自己手里;他掌握了她的什么可怕的秘密,所以强迫她接受他那讨厌的拥抱。我想入非非,做出种种可怕的揣测。也许犯了重婚、谋杀、伪造的罪行。书本里没有几个恶棍不在威胁一个不幸的女子,说要揭发她的一件这样的罪行。说不定德里菲尔德太太在一张票据背面签了字;我始终不明白这是什么意思,不过我知道这么做会造成大祸。我胡乱想象着她的痛苦(她可能经常彻夜不眠,穿着睡衣坐在窗口,美丽的长发垂到膝头,绝望地守候着黎明的到来),我又想象我自己(不是一个每星期有六便士零花钱的十五岁的男孩,而是一个穿着无懈可击的夜礼服,留着上了蜡的胡子,身材高大、肌肉发达的男子汉)智勇双全地把她从那个敲诈勒索的坏蛋的罗网中解救出来。可是回过头来一想,她看上去好像并没有很不情愿地接受乔治勋爵的爱抚,我耳边至今还回响着她当时的笑声。那种笑声里有一种我以前从来没有听到过的调子,使我奇怪地感到呼吸急促。

在剩下的那段假期中,我只见过德里菲尔德夫妇一次。我在镇上恰巧碰见他们。他们停下来跟我说了一会儿话。我忽然又觉得很难为情。我望着德里菲尔德太太,禁不住窘得涨红了脸,因为她脸上的神情丝毫没有显示她有什么心虚理亏的秘密。她用她那柔和的蓝眼睛看着我,眼睛里流露出小孩子顽皮淘气的神情。她常常微微张着嘴,仿佛正要朝你微笑,她的嘴唇丰满红润。她脸上有一种天真诚实、真诚坦率的神色。尽管当时我还无法把这一切表达出来,但我的感受却很强烈。如果那时我用语言来表达的话,那我大概肯定会说:她看上去再老实不过了。她不可能和乔治勋爵有什么私情,其中一定有什么缘故。我对自己亲眼看见的那件事也不相信了。

后来到了我该回学校的日子。马车夫早把我的箱子运走了,我一个人步行前去车站。我不肯让婶婶送我,觉得独自一人去车站更有男子汉的气概,可是我沿着街道往前走的时候情绪很不好。那是去特堪伯里的一条小支线,车站在镇的另一头,靠近海滩。我买了车票,在三等车厢的一个角落里坐下。忽然我听到有人说:"他在那儿。"接着德里菲尔德先生和太太喜冲冲地跑了过来。

"我们想一定要来送送你,"她说,"你觉得心里很难受吧?"

"没有，当然没有。"

"嗨，不会太长的。等你回来过圣诞节的时候，我们有的是时间。你会溜冰吗？"

"不会。"

"我会。到时候我教你。"

她那兴高采烈的样子使我也心情愉快起来。同时想到他们夫妇竟赶到车站来和我道别，我真感动得嗓子发哽。我尽力控制自己，不让内心的激动在脸上流露出来。

"这学期我大概要花不少时间去打橄榄球，"我说，"我应该可以参加校队的乙级队。"

她用友好的闪闪发亮的眼睛看着我，她那丰满红润的嘴唇露出笑意。她的微笑中有种我一直很喜欢的东西；她的声音似乎由于欢笑或泪水而有些颤抖。有一刹那，我忐忑不安地生怕她会亲我。我吓得不知如何是好。她不停地讲着话，微微带着成年人对上学的孩子那种调侃的神情。德里菲尔德一直站在一旁，什么话都不说，他喜眉笑眼地望着我，一边捋了捋胡子。后来站警吹响了刺耳的哨子，挥动着一面红旗。德里菲尔德太太抓住我的手握了握。德里菲尔德走上前来。

"再见了，"他说，"这是我们的一点儿意思。"

他把一个小纸包塞在我手里，火车开动了。我打开纸包，发现里面是两块半克朗[①]的银币，外面裹着一张手纸。我的脸一下子

[①] 半克朗：英国旧银币名，合二先令六便士。

涨得通红。我能多五个先令的零花钱心里自然高兴,但是想到特德·德里菲尔德竟敢给我赏钱,我感到非常气愤和羞辱。我无论如何不能接受他的任何东西。的确,我和他一起骑过车,划过船,但是他并不是什么大老爷(我是从格林考特少校那儿听说这个称呼的)。他给我五个先令,这完全是对我的侮辱。起初,我想一个字也不写就把钱寄还给他,用沉默来表示我对他失礼的愤慨。后来我又在脑子里拟定了一封很有尊严、措辞冷淡的信,信中说我很感谢他的慷慨,但是他一定清楚一个上等人是不可能从一个几乎素昧平生的人手里接受赏钱的。我反复琢磨了两三天,越来越感到舍不得这两块钱币。我相信德里菲尔德的本意是友好的,当然他不大礼貌,不懂人情世故,但是要把钱寄回去伤害他的感情,我又很难下得了手,最后我把这两块钱币用掉了。可是我并没有写信去向德里菲尔德道谢,以此来安慰我那受到伤害的自尊心。

然而,等到了圣诞节,我回黑马厩镇度假的时候,我最急切想见到的仍是德里菲尔德夫妇。在这个死气沉沉的小地方,只有他们似乎还和外面的天地有着某种联系,而这时候外面的天地已经开始使我急切好奇地产生了各种幻想。可是我无法克服自己害羞的毛病,跑到他们的住所去拜访他们,我希望能在镇上碰见他们。这时候天气非常恶劣,街上狂风呼啸,砭人肌骨。很少几个因事外出的妇女,身上宽大的裙子给刮得像暴风雨中的渔船,歪歪斜斜地在街上走着。疾风卷着冷雨。夏天,天空从四面八方热乎乎地围着这片怡人的乡野,现在天空却成了一片黑沉沉的大幕,气势汹汹地覆向大地。要想在这种天气偶然在街上撞见德里菲尔德夫妇，那是不大可能的。于是我终于鼓起勇气，有天用完下午茶点就溜出了家门。从家里到车站的那段路一片漆黑，到了车站才有寥寥几盏昏暗的路灯，好让我可以不太费劲地在人行道上行走。德里菲尔德夫妇住在一条小路上的一幢两层楼的小房子里。那是一幢颜色暗淡的黄砖房，有一个圆肚窗。我敲了敲门，一个小女用人不一会儿前来把门打开。我问她德里菲尔德太太在不在家。她犹疑不定地看了我一眼，然后让我在过道里等候，说她进去看看。我已经听到隔壁房里的说话声，但是在女用人开门进去又随手关上门后，说话声就停止了。我隐隐约约有种神秘的感觉；到我叔叔的朋友家拜访时，即使家里没有生火，要临时点上煤气灯，他们也要把你请进客厅。可是门开了，德里菲尔德走了出来。过道里光线很暗。起初他看不清来客是谁，不过他很快就认出了我。

"哦，原来是你。我们正不知道什么时候才能见到你。"接着他大声喊道，"罗西，是小阿申登。"

里面有人叫了一声。说时迟那时快，德里菲尔德太太已经跑到了过道里，跟我握起手来。

"快进来，快进来。把外套脱了。这天气实在糟透了，是吗？你一定冷得要命。"

她帮我脱下外套，解下围巾，抢过我手里的帽子，把我拉进房去。房间很小，摆满了家具，壁炉里生着火，房里又闷又热；他们有煤气灯，牧师公馆里还没有，那是三盏蒙着毛玻璃的球形灯罩的灯，房间里充满了它们发出的刺眼的光线。那儿的空气却灰蒙蒙的，弥漫着带有烟草味的烟雾。我起初被自己受到的热情洋溢的欢迎搞得头晕目眩，惊慌失措，没有看清我进房时站起来的那两个男人是谁。随后我才认出一个是助理牧师盖洛韦先生，另一个是乔治·肯普勋爵。我觉得牧师跟我握手的时候有点儿拘束。

"你好！我正好来还几本德里菲尔德先生借给我看的书。德里菲尔德太太非常客气，请我留下来喝杯茶。"

我感觉到而不是看到德里菲尔德揶揄地瞅了他一眼，随后说了一句有关不义之财①的话，我认为是从什么书里引来的，不过我并不了解它的意思。盖洛韦先生笑起来。

"这我倒不清楚，"他说，"说说税吏和罪人②，怎么样？"

我觉得盖洛韦的话很不得体，可是乔治勋爵这时却缠住了我。他一点也不显得拘束。

"嗨，小伙子，回来过假期了？啊哟，你都长成个大男人了。"

我冷冰冰地跟他握了握手，真希望自己没有前来。

"我来给你倒杯浓茶。"德里菲尔德太太说。

"我已经吃过茶点了。"

"再吃点吧，"乔治勋爵说道，他那口气就好像他是这儿的主人似的（这就是他的作风），"像你这样一个大小伙子，再吃一块

---

① 《圣经·新约·路加福音》第十六章第九节："我又告诉你们，要借着那不义的钱财，结交朋友。到了钱财无用的时候，他们可以接你们到永存的帐幕里去。"
② 《圣经·新约·马太福音》第十一章第十九节："人子来了，也吃也喝，人又说他是贪食好酒的人，是税吏和罪人的朋友，但智慧之子，总以智慧为是。"

黄油果酱面包肯定不在话下。德太太会用她那双洁白的手亲自给你切上一块。"

茶具还在桌上,他们围坐在桌旁。有人给我端来一把椅子,德里菲尔德太太给了我一块蛋糕。

"我们正在要特德给大家唱支歌,"乔治勋爵说,"来吧,特德。"

"唱《都只为爱上一个大兵》,特德,"德里菲尔德太太说,"我喜欢这支歌。"

"不好,还是唱《我们开始用他拖地板》。"

"你们要是不介意,我两首都唱。"德里菲尔德说。

他拿起搁在竖式小钢琴顶上的班卓琴,调好音就唱起来。他有一副很浑厚的男中音嗓子。我对听人唱歌是很习惯的。每逢牧师公馆举行茶会,或是我去参加少校或医生家的茶会的时候,客人总随身带着乐谱。他们把乐谱放在门厅里,免得让人觉得他们有意要人请他们演奏或唱歌。可是吃过茶点,女主人总问他们有没有把乐谱带来,他们不好意思地承认他们带来了。如果是在牧师公馆,去拿乐谱的总是我。有时年轻的小姐会推托说她已经很久没有练了,而且也没有把乐谱带来,这时候她的母亲就会插进来说,她替女儿带来了。可是他们唱的都不是滑稽歌曲,而是《我要给你唱阿拉伯之歌》《晚安,亲爱的》,或者《我心中的女神》。有一次,在镇上大会场的年度音乐会上,布店老板史密森唱了一首滑稽歌曲,虽然坐在后排的人热烈鼓掌,但是坐在前面的绅士们却一点也不觉得有趣,也许这首歌是不怎么有趣。总之,在下一次音乐会举行前,有人请他注意点儿他要唱的歌曲("别忘了有太太小姐们在座,史密森先生"),于是他改唱《纳尔逊之死》。那天德里菲尔德唱的第二支歌曲有段合唱;到了这段合唱,助理牧师和乔治勋爵就兴冲冲地加入了一起唱。后来我又听过很多次这支歌,但是如今我只记得其中的四句歌词:

> 我们开始用他拖地板,
> 把他拉上楼梯又拖下;
> 后来揪着他满屋子转,
> 伸到桌底下又往椅子上拽。

这支歌唱完后,我摆出最温文有礼的态度,转身对着德里菲尔德太太。

"你不唱歌吗?"我问道。

"我唱的,不过总叫人听了难受,所以特德不鼓励我唱。"

德里菲尔德放下班卓琴,点着了烟斗。

"嗨,特德,你那本书写得怎么样了?"乔治勋爵热情友好地问道。

"噢,还不错。我正在接着往下写。"

"特德老兄和他的大作,"乔治勋爵笑着说,"你干吗不安定下来,换个体面的差事做做呢?我可以在我的办公室里给你安排一份工作。"

"哦,我这样很好嘛。"

"你让他去吧,乔治,"德里菲尔德太太说,"他就是喜欢写作，要我说，只要写作使他心情愉快，那他就写好了。"

"唔，我确实不敢说自己知道多少书的事儿。"乔治·肯普说。

"那咱们就别谈书了。"德里菲尔德微笑着插嘴说。

"我认为谁都无须为写了《美港》而感到羞愧，"盖洛韦先生说，"我也不在乎那些评论家的话。"

"哎，特德，我从小就认识你，可是你那本书，我随便怎么样总看不下去。"

"嗳，得了，我们不要谈书了，"德里菲尔德太太说，"特德，再给我们唱支歌吧。"

"我该走了，"助理牧师说，他转身对着我，"咱们俩一块儿走吧。德里菲尔德，有什么书可以借我看看？"

德里菲尔德指着堆在房间角落一张桌子上的一摞新书。

"你自己挑吧。"

"天哪，这么多！"我贪婪地看着那堆书。

"噢，全是乱七八糟的东西。都是寄来要我写评论的。"

"你怎么处理这些书呢？"

"把它们运到特堪伯里，能卖多少钱就卖多少钱。卖的钱好用来付肉铺的账。"

我和助理牧师走出德里菲尔德家，他胳膊底下夹了三四本书。他问我：

"你到德里菲尔德家来，告诉过你叔叔吗？"

"没有，我只是出来遛遛，突然想到不妨来看看他们。"

这当然并不全是实话，不过，我不想告诉盖洛韦先生虽然我实际上已经长大了,但是我叔叔却没有意识到这一点,他依然会设法阻拦我去拜访他不以为然的人。

"换了我是你的话,除非万不得已,否则我就什么都不提。德里菲尔德夫妇两人很不错,可是你叔叔很看不惯他们。"

"我知道,"我说,"这实在没道理。"

"当然他们相当粗俗,可是他写的东西倒不错,而且如果你考虑到他的出身,那么他能写作就算很了不起了。"

我很高兴摸清了情况,盖洛韦先生显然不希望我叔叔知道他和德里菲尔德夫妇有友好的往来。我完全可以拿得稳,他绝不会出卖我。

如今德里菲尔德早已被公认为维多利亚时代后期最伟大的小说家之一,回想当初我叔叔的助理牧师谈到他时的那种纡尊降贵的态度,一定会使人忍俊不禁;可是那时在黑马厩镇,人家一般就是用这种态度谈论他的。有一天,我们到格林考特太太家去喝茶。她的一个表姐那会儿正住在她家,这个表姐的丈夫是牛津大学的一个指导教师,我们听说这位太太很有文化修养。她叫作恩科姆太太,个子矮小,满脸皱纹,总带着一副热情洋溢的神情;她叫我们感到十分诧异,她那灰白的头发留得很短,她穿的黑哔叽裙子的长度竟然只略略超过她那双方头靴的靴口。她是我们黑马厩镇上的人见到的头一个新女性。我们吃了一惊,立刻对她起了戒心。她看上去很有知识,这使我们都感到怯生生的。(事后我们大家却讥笑她,我叔叔对婶婶说:"噢,亲爱的,谢天谢地你不聪明,至少我可以免受这种罪。"婶婶听了就开玩笑地把叔叔那双放在火炉旁烘暖的拖鞋拿起来套在自己的靴子外,说道:"你瞧,我也是新女性。"接着我们都说:"格林考特太太真是怪有趣的,谁也不知道她下次会干出什么事来。不过当然,她到底不是个有身份的女人。"我们都没法忘掉她的出身,她父亲是做瓷器的,她的祖父是个厂里的工人。)

不过我们大家仍然觉得,听恩科姆太太谈论她所认识的人十分有趣。我的叔叔上过牛津大学,但是他问到的每个人似乎都去世了。恩科姆太太认识汉弗莱·沃德夫人①,对她写的《罗伯特·埃尔斯梅尔》一书称赏不已。我叔叔却认为那是一本恶意诽谤的书。他很奇怪那个不管怎样自称是基督教徒的格拉德斯通先生竟也赞扬这本书。他们为此还争论过一番。我叔叔说他觉得这本书会造成人的意见不一,使他们产生各种只会增添混乱的念头。恩科姆太太回答说如果我叔叔认识汉弗莱·沃德夫人的话,就不会这样想了。她是一个品德十分高尚的妇女,是马修·阿诺德②的侄女。不管你对这本书的评价如何(恩科姆太太本人也很乐意承认,其中部分章节最好略去不写),可以肯定的是,她写这本书是出于非常高尚的动机。恩科姆太太也认识布劳顿小姐③,她出身于一个很好的家庭。奇怪的是,她竟然写了那样的书。

---

① 汉弗莱·沃德夫人(1851—1920):英国小说家,作品多写真人真事,以宣扬宗教旨在为人服务的长篇小说《罗伯特·埃尔斯梅尔》闻名。
② 马修·阿诺德(1822—1888):英国诗人、评论家。
③ 布劳顿小姐:即罗达·布劳顿(1840—1920),英国威尔士小说家。

"我看不出她的那些书有什么害处,"医生的妻子海福思太太说,"我很爱看她的书,特别是《她像玫瑰一样红》。"

"你肯让你的女儿看这些书吗?"恩科姆太太问。

"眼下也许还不成,"海福思太太说,"可是等她们结了婚,我就不反对了。"

"那么,有件事你知道了也许会感兴趣,"恩科姆太太说,"上次复活节我在佛罗伦萨的时候,有人介绍我认识了韦达[①]。"

"这可是另一回事,"海福思太太回答说,"我不相信哪个有身份的女子会去看韦达写的书。"

"我出于好奇看过一本。"恩科姆太太说,"依我看,这种书不像出自一个英国有教养的妇女之手,倒像是一个法国男人写的。"

"哦,不过据我所知,她并不是真正的英国人。我一直听人说她的真名叫德·拉拉梅小姐。"

就在这时,盖洛韦先生提到了爱德华·德里菲尔德。

"你知道我们这儿就住着一个作家。"他说。

"我们并不为他感到自豪。"少校说,"他是沃尔夫老小姐管家的儿子,还娶了一个酒店女招待。"

"他会写书吗?"恩科姆太太问道。

"你可以一眼就看出他不是一个绅士,"助理牧师说,"不过要

[①] 韦达(1839—1908):原名玛丽·路易丝·德·拉拉梅,其父为法国人,她主要以写上流社会生活的传奇式作品闻名。

是你想想他得克服的种种不利条件,那他能写出这样一些作品就也很了不起了。"

"他是威利的朋友。"我叔叔说。

大家全望着我,我感到很不自在。

"今年夏天他们在一起骑车;威利回学校以后,我从图书馆借了一本他的书,想看看他写些什么。我看完了第一卷就把书还了。我给图书馆长写了一封措辞相当严厉的信,我很高兴地听说他已经停止出借德里菲尔德的那本书了。假如那本书是我自己的,那我就会立刻把它丢到厨房的炉子里去。"

"我倒看过一本他写的书,"医生说,"我觉得很有意思,因为故事的背景就是这一带地方,有些人物我也熟悉。可是我说不上喜欢这本书,我觉得没有必要写得这样粗俗。"

"我向他提过这一点,"盖洛韦先生说,"但是他说那些前往纽卡斯尔的煤船上的船员,那些渔民和农场工人并没有绅士淑女的举止,也不像他们那样说话。"

"可是他干吗要写这种人呢?"我叔叔说。

"我也是这么说。"海福思太太说,"我们都知道世上有一些粗俗、奸诈、邪恶的人,但是我不知道写这些人有什么好处。"

"我并不是替他说话,"盖洛韦先生说,"我只是把他对我做的解释讲给你们听听。后来当然他还抬出了狄更斯。"

"狄更斯可不一样,"我叔叔说,"我想不出怎么会有人反对《匹克威克外传》。"

"我看这是各人爱好的问题,"我婶婶说,"我总觉得狄更斯的作品很粗俗。我不想看那些说话略去h音的人物的故事。我得说,我很高兴这一阵子天气这么不好,威利不可能再跟德里菲尔德先生一起出去骑车了。我觉得他不是威利应当交往的那种人。"

我和盖洛韦先生都低下了头。

九

黑马厩镇圣诞节的欢庆活动并不热烈，我只要一有空，就到公理会教堂隔壁德里菲尔德夫妇的那幢小房子去。我总在那儿碰到乔治勋爵，也常常见到盖洛韦先生。我和他保守秘密的约定使我们俩成了朋友。当我们在牧师公馆或是做完礼拜在教堂的法衣室相遇的时候，我们只狡黠地彼此看上一眼。我们并不谈论我们之间的秘密，但是都为这个秘密而感到很开心；我想我们俩知道把我的叔叔给愚弄了，心里都感到十分畅快。可是有一次，我突然想到乔治·肯普要是在街上碰见我叔叔，也许会随口说起他经常在德里菲尔德家见到我。

"乔治勋爵会不会说出去？"我问盖洛韦先生。

"哦，我已经和他说过了。"

我们都轻声笑了笑。我开始喜欢起乔治勋爵来。开始的时候，我对他冷冰冰的，非常客气，但是他却似乎一点没有意识到我们之间社会地位的差别，结果我不得不得出结论，我那种高傲客气的态度并没有能使他安分知趣。他总是显得热情友好，轻松愉快，有时还开心得又叫又嚷；他用他那种粗俗的方式逗我，我用我那中学生的俏皮话回敬他；我们常常引得别的人哈哈大笑。这使我对他逐渐有了好感。他老是吹嘘他脑子里的那些伟大的计划，但是他并不计较我对他那些华而不实的设想所开的玩笑。我很爱听他讲黑马厩镇的头面人物的事情，他们在他的描述中都显得很蠢；当他模仿起他们怪僻的动作时，我总忍不住放声大笑。他老脸皮厚，举止粗俗，他的穿着打扮也总叫我吃惊不小（我从来没有去过纽马克特①，也没有见过驯马师，不过我想象中纽马克特的驯马师就是他这副打扮）。他吃饭时的样子也很讨厌，但是我却发现自己对他的反感越来越少。他每个星期给我一份《粉红周报》②。我小心地把它藏在长大衣口袋里带回家去，在卧室里翻看。

我总在牧师公馆用完午后的茶点才到德里菲尔德家去，到了那儿，我总设法再吃一顿茶点。随后，特德·德里菲尔德给大家唱几首滑稽歌曲，有时他用班卓琴伴奏，有时则用钢琴伴奏。他总用相当近视的眼睛盯着乐谱，一次唱上一个小时；他嘴上挂着微笑，喜欢我们大家在合唱部分和他一起唱。我们还一起打惠斯特③。这种牌戏我很小的时候就学会了，在漫长的冬天晚上，我和叔叔、婶婶经常在牧师公馆里玩这种牌。叔叔总是和明手④一边。

---

① 纽马克特：英国英格兰东南部城镇，为著名的赛马中心。
② 《粉红周报》：20世纪二三十年代英国出版的一份报道赛马新闻的小报。
③ 惠斯特：四人玩的一种牌戏。17世纪流行于英格兰民间，18世纪中叶盛行于英国上层社会，后逐步演变为现代桥牌，但惠斯特至20世纪在英国和美国一些地方仍有流行。
④ 明手：定约人的搭档，即把所持的牌摊在桌上的持牌者；三人打时即指虚拟搭档。

我们打牌当然只是为了消遣，可是如果我和婶婶输了牌，我总躲到饭厅桌子底下去哭上一场。特德·德里菲尔德并不打牌，他说他没有这种才能，所以我们一开始打牌，他就拿着一支铅笔去坐在壁炉旁，开始看一本从伦敦寄来请他写书评的书。我以前从来没有和三个人一起打过这种牌，当然打得很不好，但是德里菲尔德太太却天生就会打牌。她的动作通常总是慢条斯理的，可是一打起牌来，动作就又迅速又敏捷。她把我们几个人搞得晕头转向。平时她话并不多，要讲也讲得很慢，但是打完一局牌以后，她总和颜悦色、不厌其烦地向我指出我哪儿打错了。这时候，她话说得既清楚又流畅。乔治勋爵就像跟别人开玩笑那样也跟她开玩笑；听了他的戏耍的话，她总微微一笑，她难得放声大笑，有时也巧妙地回敬乔治勋爵一句。他们俩的举止并不像是情人，而像两个很熟悉的朋友。要不是有时她用一种使我感到窘困的眼神瞅他一眼，我本会把过去我听说的他们之间的事跟我亲眼所见的事完全忘记。她的眼睛静静地盯着乔治勋爵，好像他不是一个活人，而是一把椅子或一张桌子，而在她的这种眼神里总还含有一丝孩子气的调皮的笑意。这时我会看到乔治勋爵的脸似乎一下子显得很兴奋，整个身子在椅子里不安地挪动着。我赶紧朝助理牧师看了一眼，生怕他会注意到什么，可是他每次不是在专心看牌，就是在点烟斗。

我几乎每天都要在这个烟雾弥漫、闷热、狭窄的房间里度过一两个小时，这段时间像闪电似的过去了。假期就要结束，想到自己又得到学校去过三个月枯燥无味的生活，我感到很沮丧。

"你走了,我真不知道我们怎么过下去,"德里菲尔德太太说,"我们只好打一边是明手的牌了。"

我暗自高兴我这一走,他们的牌局就散了。我不愿意在我预备功课的时候,想到他们还坐在那个小房间里兴高采烈地打牌,就像根本没我这么个人似的。

"你复活节放几天假?"盖洛韦先生问道。

"大概三个星期。"

"我们要好好玩玩,"德里菲尔德太太说,"那时候,天气应该好了。我们上午可以出去骑车,下午用完茶点,我们就打惠斯特。你的牌技已经有很大的长进。如果在你的复活节假期里我们一星期打上三四次,那么以后你随便跟谁打都可以应付得了。"

十

学期终于结束了。我再次在黑马厩镇车站跨出火车,心里十分兴奋。我个子略微长高了一点儿,我在特堪伯里做了一套新衣服,料子是蓝哔叽的,式样很漂亮,还买了一条新领带。我打算在家吃过午后茶点,立刻就去看望德里菲尔德夫妇。我相信运输公司会及时把我的箱子送到,好让我穿上那套新衣服。这样一来,我看上去就完全像一个成年人了。我已经开始每天晚上在上嘴唇上面抹凡士林,好让胡子快点长出来。穿过小镇的时候,我朝德里菲尔德夫妇住的那条街望去,希望能见到他们。我倒很想顺路进去向他们问个好,但是我知道德里菲尔德上午在动笔写作,而德里菲尔德太太也还"不宜见客"。我有好些激动人心的事要告诉他们。我在运动会上赢得了百码赛跑的第一名,跨栏比赛的第二名。我打算夏天去争取历史学奖学金,所以我准备在假期里用功学习英国历史。那天虽然刮着东风,但是天空碧蓝,空气中已有一丝春天的气息。大街上的各种色彩都给风刮得一干二净,整个线条轮廓好似用新的画笔勾勒出的那么清晰,现在回想起来,那种景致颇像塞缪尔·斯科特①的一幅画,宁静、自然、亲切;不过当时它在我的眼中只是黑马厩镇的大街罢了。我走到铁路桥上,看到有两三幢房子正在破土动工。

"哎哟,"我说,"乔治勋爵倒真干起来了。"

在远处的田野里,一些雪白的小羊正在跳跳蹦蹦地嬉戏,榆树刚刚开始吐出绿芽。我从边门走进牧师公馆,叔叔正坐在炉火旁的扶手椅上看《泰晤士报》。我大声叫我婶婶,她从楼上走下来,憔悴的脸蛋儿上因为见到我而激动得泛起了两片红晕。她用她那衰老瘦弱的胳膊搂住我的脖子,说的都是我爱听的话。

"你真长大了!天哪,你嘴上都快长胡子了!"

我亲了亲叔叔那光秃秃的脑门,接着我在炉火前站定,双腿叉开,背对着火,完全像个大人那样摆出一副很有气派的架势。随后我上楼去和埃米莉打了招呼,又跑到厨房去和玛丽-安握手,最后到花园里去看了看花匠。

我坐下吃饭的时候肚里觉得很饿,叔叔在切羊腿肉,我问婶婶:

"我不在的时候镇上有什么新闻?"

"也没什么。格林考特太太到芒通②去了六个星期,几天前才回来。少校发过一次痛风。"

---

① 塞缪尔·斯科特(1702—1772):英国画家。
② 芒通:法国地中海沿岸的一个海滨疗养胜地。

"还有,你的朋友德里菲尔德夫妇溜走了。"叔叔补充道。

"他们怎么了?"我大声问道。

"溜走了。有天晚上,他们打起行李跑到伦敦去了。他们在这儿欠了一大堆债。房租、家具都没付钱,他们还欠了肉店老板哈里斯将近三十英镑。"

"真想不到。"我说。

"这已经够糟了,"婶婶说,"可是,好像就连给他们干了三个月活儿的女用人的工钱,他们也欠了没付。"

我一时目瞪口呆,似乎还感到有点儿恶心。

"我看以后,"叔叔说,"你就会明智地不再去跟我和你婶婶认为你不该交往的人来往了。"

"谁都不能不为那些受了他们欺骗的买卖人感到难受。"婶婶说。

"他们也活该,"叔叔说,"谁叫他们给这种人赊账!我以为随便谁都可以看出他们只是两个骗子。"

"我一直纳闷他们干吗跑到这儿来。"

"他们就是想来炫耀一番。我猜他们还觉得既然这儿的人都知道他们是什么人,那赊起账来就容易些。"

我觉得叔叔的说法不大合乎情理,不过这个消息给我的打击太大了,我不想和他争辩。

等我一找到机会,我就跑去问玛丽-安她对这件事知道些什么。出乎我的意料,她的看法和叔叔、婶婶的截然不同。她咯咯地笑了。

"他们把所有的人都哄过了，"她说，"他们平常花起钱来大手大脚，大家都以为他们钱很多。肉店掌柜总把羔羊的颈部肋条卖给他们；要买牛排，也非得把牛腰下部的卖给他们才行；还有芦笋、葡萄以及我也搞不清楚的各种其他东西。镇上的每家铺子都有他们积欠下的账款。我真不明白那些人怎么会这么傻。"

不过她主要在讲的显然是那些店铺老板，而不是德里菲尔德夫妇。

"可是，他们怎么能神不知鬼不觉地溜走了呢？"我问道。

"噢，这正是大家想知道的。据说是乔治勋爵帮的忙。你想，要是他不用自己那辆轻便马车帮他们搬运，他们怎么能把箱子搬到车站去呢？"

"他对这件事是怎么说的呢？"

"他说他也什么都不知道。那天发现德里菲尔德夫妇趁着黑夜逃跑以后，镇上难得这么闹哄哄的。我却觉得很好笑。乔治勋爵说他根本不晓得他们一个子儿也没有了。他装得和别的人一样吃惊。可是，我压根儿不相信他的话。我们都知道罗西结婚前他们之间的关系，而且就我们俩之间说说，我也不相信他们的关系在她结婚后就断了。据说去年夏天，有人看见他们俩一起在田里散步，而且他几乎天天在他们家出出进进。"

"怎么发现他们逃跑的呢？"

"噢，事情是这样的。他们用了一个姑娘给他们干活儿，他们对那姑娘说她可以回家去和她妈妈住上一宿，不过要在第二天早上八点前回来。第二天早上她回来的时候进不了屋。她又是敲门又是按铃,就是没有人答应。她只好跑到隔壁,问那家的太太她该怎么办。那位太太说她最好去警察局报告。后来警察局的巡官和她一起回来了。他也又是敲门又是按铃,但是没有人答应。于是巡官问那姑娘他们付了她工钱没有,那姑娘说有三个月没有付了。巡官说你得相信我的话,他们趁着黑夜逃跑了,一定就是这样。她和巡官最后总算进去了,发现他们带走了所有的衣服和书籍,听说特德·德里菲尔德有一大批书,反正把他们所有的东西都带走了。"

"后来就没再听到他们的消息吗?"

"噢,那倒也不是,他们走了大约一个星期以后,那个姑娘收到一封从伦敦寄来的信,拆开一看,里面并没有信或任何东西,只有一张用来付她工资的邮政汇票。要我说,他们不肯让一个可怜的姑娘拿不到自己挣的工钱,这一手做得很漂亮。"

比起玛丽-安来,我对这件事要震惊得多。我是一个很体面的年轻人。读者一定注意到,我完全接受我那个阶级的习俗风尚,仿佛那都是大自然的规律。虽然我觉得负有大笔债务在书本里显得很浪漫,讨债的、放债的也是我想象中很熟悉的人物,但是我不得不承认,赖掉店铺老板的账不付实在很卑鄙恶劣。每逢别人当着我的面谈到德里菲尔德夫妇的时候,我总局促不安地听着。要是有人提起他们是我的朋友,我就要说:"哪儿的话,我只认识他们而已。"要是有人问我:"他们是不是非常粗俗?"我就要说:"唔,不管怎么说,他们倒的确不是维利·德·维利之类的人物[1]。"可怜的盖洛韦先生对这件事感到十分气恼。

"当然,我并不觉得他们很有钱,"他对我说,"可是我以为他们的日子总还过得下去。房子里陈设得很不错,钢琴也是新的。我压根儿没想到他们没有一样东西是付了钱的。他们从来不省吃俭用。他们耍的欺骗手腕真叫我感到痛心。我那时常去看他们,以为他们很喜欢我。他们总热情待客。有件事我说了你也不大会相信,最后一次我去看他们,握手告别的时候,德里菲尔德太太请我第二天再去玩,德里菲尔德还说:'明天茶点是松饼。'其实他们说这些话的时候,早在楼上把自己的所有东西都捆扎好了,当天晚上,他们就坐上最后一班火车跑到伦敦去了。"

"乔治勋爵是怎么说的呢?"

"实话告诉你,我最近没有绕到他那儿去看他。这件事对我是一个教训。有一句提到不良交游的害处的谚语[2]我想应当牢记在心。"

我对乔治勋爵的看法也和盖洛韦差不多,同时我还有点儿紧张。万一他忽然想着告诉人家说,圣诞节的时候我几乎天天都到德里菲尔德家去,而这话又传到我叔叔的耳朵里,那我可以预见到会有一场令人不快的风波。叔叔会责备我欺骗说谎,不听长辈的话,行为不像上等人。我当时也不知道如果发生这样的事,我

---

[1] 英国诗人丁尼生写有《克拉拉·维利·德·维利小姐》一诗,共九节,主要叙述这位小姐拿诗人打趣,诗人觉得如果一直如此的话,他就不再奉陪了。这儿借指斯文风雅的人。

[2] 即英语谚语"不良的交游有损良好的举止"。

该如何答对。我很了解叔叔的为人,晓得他不会就此罢休,他会一连好几年老是提醒我犯下的这桩过失。我也很高兴没有见到过乔治勋爵。可是后来有一天,我在大街上迎面撞见了他。

"嗨,小伙子,"他喊道,我特别讨厌他这么称呼我,"我猜你是回来过假期的吧。"

"你猜得倒不错。"我用一种自以为尖刻嘲讽的口气答道。

糟糕的是,他反而哈哈大笑。

"你说话可真锋利,一不留神当心伤了自己。"他兴冲冲地说,"噢,看来眼下咱俩都打不成惠斯特了。你看入不敷出地过日子,后果多糟。我总对我的几个儿子说,如果你赚到的是一英镑,花掉的是十九个先令六便士,那你就是个阔人。可是如果你花掉的是二十先令六便士,那你就是个穷光蛋。小伙子,小钱不乱花,大钱自然来①。"

不过乔治勋爵虽然口头上这么说,但是在他的声音里却并没有不以为然的意思,相反却带着一阵咯咯的笑声,似乎他正在暗自嗤笑这些至理名言。

"听说是你帮他们逃走的。"我说。

"我?"他脸上装出不胜惊讶的神气,可是他的眼睛里却闪现出狡黠的笑意,"嗨,他们跑来告诉我德里菲尔德夫妇夜里逃跑的消息时,我简直惊讶得愣住了。他们还欠我四英镑十七先令六便士的煤钱。我们全上了当,就连可怜的老盖洛韦,他也根本没吃

---

① 英语谚语。

到用作茶点的松饼。"

我从来没有想到乔治勋爵会这么老脸皮厚。我本想说一句不容反驳使他无言答对的话,可是一时又想不出该说什么,所以最后我只对他说我还有事,不客气地朝他点了点头,就走开了。

十一

我一边等待阿尔罗伊·基尔,一边这么回想着过去的事。想到爱德华·德里菲尔德后来极为风光体面的社会地位,再想想他当年默默无闻时的这件很不光彩的事,我不禁觉得好笑。我不知道是不是因为在少年时代,我周围的人并不把他这个作家放在眼里,因此在他身上,我始终无法看出后来那些对他推崇备至的评论见解中所说的惊人优点。有很长一段时间,人家认为他写的语言很糟,他的作品确实使你觉得好像是用一个秃铅笔头写的;他的风格矫揉造作,古雅和俚俗的词语混合在一起,念起来很不舒服;而他作品中的对话简直不像一个普通人的嘴里会说的话。在他后期的创作生涯中,他采用口授的方式写作,他的风格带上了口语的自然特点,变得清晰流畅;这时评论家们回顾他成熟时期的小说,发现他的语言有一种刚健、活泼的力量,与他作品的主题极为相称。在他创作的鼎盛时期,正是辞藻华丽的文风流行的时期,他作品中的不少描写片段都被收进了所有英国散文的选集中。他描绘大海、肯特森林中的春天以及泰晤士河下游落日的那些篇章都很有名。可是我读他的作品的时候,却总觉得不那么舒服,这实在叫我感到十分羞愧。

在我年轻的时候,德里菲尔德的作品销路并不好,有一两本还成了图书馆的禁书,但是欣赏他的作品却是一种具有文化修养的表现。大家认为他是个大胆的现实主义作家;他是用来打击那些市侩庸人的一根很好的大棒。某位先生凭着灵感发现他笔下的水手和农民是莎士比亚式的;那些思想自由的人聚在一起议论,为他作品中那些乡巴佬的冷面滑稽和粗俗的幽默,兴高采烈地尖声叫好。这是爱德华·德里菲尔德轻而易举就能提供的货色。可是,每当我看到他作品中出现帆船的水手舱或客店的酒吧间的时候,我的心就会往下一沉;我知道接下去必然是六七页用方言写的对生活、道德规范和永生不灭这类主题的可笑的评论。可是我承认,就连莎士比亚笔下的那些小丑,我也总觉得很乏味,至于他们那数不清的后代就更叫人受不了。

德里菲尔德的长处,显然在于他对农场主和农场工人,店铺老板和酒店伙计,帆船的船长、大副、厨师和干练得力的水手等自己最为熟悉的阶级中形形色色的人物的描写。可是在他刻画社会地位比较高的人物的时候,恐怕就连对他最为崇拜的人也会感到有点儿不舒服;他笔下的那些形象完美的绅士实在完美得无法叫人相信,而他书中那些出身高贵的女士也都善良、纯洁、高尚得不得了,所以看到她们只会用多音节的高雅的字眼来表达她们的思想,你也并不觉得奇怪。他描写的女子大都缺乏生气。不过在此我又必须说明,这只是我个人的意见;世上一般的人和那些最有名的评论家都一致认为，他笔下的这些女子是英国女性中活泼可爱的典型。她们生气勃勃，英勇无畏，品格高尚，经常被用来与莎士比亚作品中的女主人公相比。我们当然知道妇女通常都有便秘，但是在小说里把她们写得连直肠都没有，这在我看来也实在过于尊重妇女了。我很奇怪妇女们竟愿意看到对她们做这样的描绘。

评论家往往可以迫使世人去注意一个非常平庸的作家，而世人有时候也会为一个没有一点可取之处的作家冲动发狂，但是这两种情况都不会持续太久；因此我不禁想到，一个作家要是没有相当的才能，就不可能像爱德华·德里菲尔德这样长久地吸引读者。那些出类拔萃的人，往往对作家受到大众欢迎表示讥嘲；他们甚至认为这是平庸的表现；可是他们忘了，后人总是从某个时代知名的而不是不知名的作家中做出选择。可能某本应当传诸久远的伟大杰作刚出版就夭折了，但是后人永远不会知道；也可能后人把我们时代的畅销书统统摒弃，但是他们最终还是必须在这些畅销书中进行选择。不管怎么说，爱德华·德里菲尔德依然声名不衰。他的小说只是碰巧令我感到厌倦罢了，我觉得它们都太冗长；他想用离奇曲折的情节去引起那些头脑迟钝的读者的兴趣，我却觉得这种情节索然无味；不过他无疑是十分真诚的。在他最出色的作品中有着生活的激情，而且不管是哪一本中，你都能发现作者难以捉摸的个性。在他早期的创作生涯中，他的现实主义受到一些人的赞扬和另一些人的指责；评论家们根据各自的癖好，有的称赞他真实，有的批评他粗俗。可是现实主义已经不再引起人们的议论，图书馆的读者现在轻而易举地就会跨越上一代人还是极端畏惧的障碍。那些富有文化修养的读者看到这儿，一定会想起德里菲尔德去世的时候在《泰晤士报》文学副刊上所发表的那篇重要文章。作者以爱德华·德里菲尔德的小说为题目，写了一篇完全可以被称作美的赞歌的评论文章。凡是看了这篇文章的人，都会对文章中那种使人联想到杰拉米·泰勒①的气象堂皇的散文的华丽文辞、那种敬畏和虔诚的气息以及所有那些高尚的情操，留下深刻的印象，总之，用来表达这一切的文体华美而不过分，语调悦耳却不缺少阳刚之气。因而这篇文章本身就是美的化身。如果有人指出爱德华·德里菲尔德也算是个幽默作家，在这篇颂扬他的文章里偶尔插入一句俏皮话会给文章增添光彩，那么就该回答说这毕竟是一篇悼文。大家都知道，美并不欢迎幽默对她做出的羞怯的友好表示。罗伊·基尔那天和我谈到德里菲尔德的时候认为，不管他有什么缺陷，也都被洋溢在他作品中的美所弥补了。现在回顾这次谈话，我觉得罗伊的这句话最叫我感到恼火。

三十年前，上帝是文学界最时髦的内容。信仰上帝是合乎体统的行为，新闻记者们用上帝来点缀一个短语或平衡一个句子；后来上帝不时兴了（说也奇怪，板球和啤酒也跟着一块儿过时了），牧神开始流行。在成百部小说中，草地上都留下了他的蹄印；诗人们看到他出没在暮色苍茫的伦敦公园里；萨里郡②和新

---

① 杰拉米·泰勒（1613—1667）：英国基督教圣公会教士，以所著《圣洁生活的规则和习尚》《圣洁死亡的规则和习尚》而闻名。
② 萨里郡：英国英格兰南部一郡。

英格兰①的女文人，这些工业时代的仙女都不可思议地在他粗鲁的拥抱中献出了她们的童贞。从此她们在精神上发生了彻底的变化。可是牧神后来也不时兴了，美代替了他的位置。人们到处可以见到这个字眼，有时在一个短语中，有时在描写一条大比目鱼、一条狗、某一天、一幅画、一种行为和一件衣服的句子中。好些年轻女子（她们各人都写了一本极有成功希望、充分显示她们才能的小说）絮絮叨叨地用各种方式谈论着对美的感受，有人影射暗示，有人说笑逗趣，有人热情奔放，有人娇媚动人；那些大概刚从牛津大学出来却仍带着那儿光荣的云雾的年轻男子，总在周刊上发表文章，告诉我们应该如何看待艺术、生活和宇宙；他们在密密麻麻写满了字的稿纸上潇洒随便地到处写上美这个字眼。可怜这个字都给用滥了。咳，他们可真把这个字使唤苦了！理想有着各种名称，而美只是其中之一。我不知道这种喧嚣，是否不过是那些无法适应我们这个英雄的机器世界的人所发出的悲鸣，也不知道他们这种对美——我们这个丢人的时代里的小耐尔②——的热爱是否不过是多愁善感而已。也许我们的下一代对生活的压力更加适应，他们那时就不会以逃避现实的方式，而是以热切接受现实的方式来寻求灵感。

我不知道别人是否像我一样，反正我觉得自己无法长时间地

---

① 新英格兰：美国东北部一地区，包括缅因、佛蒙特、新罕布什尔、马萨诸塞、罗得岛、康涅狄格这六个州。
② 小耐尔：英国19世纪著名小说家狄更斯的小说《老古玩店》中美丽善良、唤起人们同情的女主人公。

对着美注视。在我看来，哪个诗人的诗句都不像济慈的《恩底弥翁》①的第一行那么虚假。每逢那个被称为美的事物让我感受到它的魔力的时候，我的思想就无法集中。有些人告诉我说，他们可以一连几个小时出神地望着一片景色或一幅图画，我听着总不大相信。美是一种销魂的感受，就像饥饿一样十分简单；其实对它并没有什么好多说的。那就仿佛玫瑰的芳香：你能闻到，不过如此而已。正因为这样，所以所有那些对艺术的评论都很令人厌倦，除非在这篇评论中没有谈到美，因而也就没有谈到艺术。评论家在谈到提香②的《基督下葬》，那幅也许是世上所有绘画当中最最富有纯粹之美的作品时所能告诉你的，就是叫你亲自前去观赏。别的他要说的就是画的历史、画家的传记或诸如此类的东西。可是人们还给美添加了许多别的品质——崇高、人情味、柔和、爱——因为美并不能长时间地使人得到满足。美是完美无疵的，而任何完美无疵的事物也只能吸引我们一会儿工夫（这就是人的本性）。那位看了《费德尔》③后问"Qu'est-ce que ça prouve？"④的数学家，其实并不是大家所认为的那么一个傻瓜。除非把一些根本与美无关的因素考虑在内，否则谁都不能解释为什么帕埃斯图

---

① 《恩底弥翁》：英国浪漫主义诗人济慈根据希腊神话所写的长诗，其第一行是"美的事物是一种永恒的愉悦"。
② 提香（约1490—1576）：意大利文艺复兴鼎盛时期威尼斯画家，擅长肖像画、宗教和神话题材画，《基督下葬》是他在1523—1526年间的作品，现藏于巴黎卢浮宫。
③ 《费德尔》：法国古典主义剧作家拉辛（1639—1699）所作悲剧。
④ 法语："这到底证明了什么？"

姆^①的多利斯圣殿比一杯冰啤酒更美。美是一条死胡同。它就像一座山峰，一旦攀登到了峰顶，就会发现往前无处可去。因此我们最终发现埃尔·格列柯^②的作品比提香的作品更富有吸引力，而莎士比亚的并不完美的成就也比拉辛的尽善尽美的作品更为动人。关于美的文章实在太多了，因此我也添上这么一点议论。美是满足人的审美本能的事物。可是哪些人才要得到这种满足呢？只有那些把饱食当作珍馐的傻瓜。我们应当面对现实：美有点儿令人生厌。

评论家写的那些关于爱德华·德里菲尔德的文章当然都是欺人之谈。其实他的最显著的长处，既不是给予他作品活力的现实主义，也不是他作品所具有的美，也不是他对水手鲜明生动的刻画，也不是他对含盐的沼泽、暴风骤雨和平静无风的天气以及隐隐约约的小村庄那富有诗意的描写，而是他的长寿。对老年人的尊敬是人类最应受到赞美的一种品格，而且我可以很有把握地说，这种品格在我们国家要比无论哪个别的国家都更明显突出。其他民族对于老年人的敬畏和热爱往往都是理论上的，但我们对老年人的敬畏和热爱却是实实在在的。除了英国人，谁会把考芬园戏院^③挤得满满的去听一个上了岁数倒嗓子的prima donna^④演唱呢？除了英国人，谁会花钱买票去看一个年老体弱、脚步都跨

---

① 帕埃斯图姆：意大利南部古城，多利斯圣殿为此著名古城废墟的一部分。
② 埃尔·格列柯（1541—1614）：西班牙画家，作品多为宗教画和肖像画。
③ 考芬园戏院：位于伦敦考芬园广场，始建于1731年，1858年后为皇家歌剧院。
④ 意大利语：歌剧女演员。

不大开的舞蹈演员跳舞呢?这些英国人还会在幕间休息的时候彼此赞叹地说:"天哪!你知道吗,先生?他早就过了六十了。"不过与政治家和作家比起来,这些演员还只是一些年轻小伙子。我常常觉得一个 jeune premier① 非得性情随和不可,这样他想到政治家和作家七十岁的时候还正处在声名鼎盛的时期,而自己那时却得结束演戏的生涯,心里才不会感到愤懑不平。一个人如果在四十岁的时候就是一个政客,那么等他到了七十岁的时候就会成为一个政治家。这个年龄的人去当职员、花匠或者治安法庭推事都嫌太老了,但却正好适合来治理国家。其实这也不足为奇,你只要想想一个人自幼年的时候起,老一辈的人就反复向他强调年长的人总比年轻的人聪明,而等年轻人最终发现这种说法有多荒谬的时候,他们自己也已经老了,于是觉得把这种骗术进行下去对他们会有好处;再说,凡是在政界活动的人都会发现(如果从结果来看的话),统治国家其实并不需要多少智力。可是我始终摸不着头脑,不知为什么作家年纪越大就越应该受到尊崇。有一阵子,我想对那些二十年来没有写过一点重要作品的作家予以颂扬,主要是因为年轻一代的作家不再担心这样的老作家来跟他们竞争,觉得赞扬一下他们取得的成绩并不会对自己造成什么危害;何况,大家都知道,对一个自己并不畏惧的对手予以赞扬,往往是阻碍你真正的竞争对手成功的一个很好的办法。不过这种想法未免把人的本性看得太差了,我无论如何不想被指责为

---

① 法语:扮演年轻男主角的演员。

一个可鄙的愤世嫉俗的人。后来我经过深思熟虑才得出结论,明白一个年龄超过普通人寿命的作家之所以会得到普遍的颂扬以慰余生,是因为凡是聪明人过了三十岁,就什么书都不看了。这样在他们年纪越来越大的时候,他们年轻时所看过的书就都显示出光彩;随着岁月的流逝,他们就把越来越大的优点加到撰写这些书的作者头上。这个作家当然得继续写作,必须不断出现在公众眼前。他不应当认为自己只要写出一两本杰作就够了;他必须写上四五十本没有什么特别重要性的作品,作为那一两本杰作的根基。这就需要时间。他的作品应该具有这样一种效果,即如果他无法以他作品的魅力打动读者,那也应当以其重量使读者感到震惊。

如果像我所想的那样,长寿就是天才,那么在我们这个时代,很少有人像爱德华·德里菲尔德那样引人注目地享受过这种荣耀。在他还是一个六十岁的年轻人的时候(有文化修养的人士对他抱有自己的看法,并不予以重视),他在文学界不过略有地位罢了;最优秀的评论家赞扬过他的作品,但是话都说得适可而止;年轻一点的人则爱拿他的作品开玩笑。大家都认为他是有才能的,不过谁都没有想到他是英国文学的一大光荣。后来他庆祝自己七十岁的生辰;文学界这时起了一种惶恐不安的感觉,正如在东方的大海上航行,远处出现台风威胁的时候水面掀起了波纹一样;人们逐渐明白,在我们中间这么多年,一直生活着一个伟大的小说家,而我们大家竟谁都没有察觉。于是在各个图书馆里,读者突然争相借阅德里菲尔德的作品,上百支笔在布卢姆斯伯里、切尔西①以及其他文人墨客集中的地方纷纷忙碌起来,针对德里菲尔德的小说写了无数的评论、研究、随笔和著述。有的简短扼要,亲切感人;有的洋洋洒洒,气势奔放。这些文章一印再印,既有全集,也有选本,有的一先令三便士一本,有的五先令六便士一本,有的二十一先令一本。有的文章分析他的作品风格,有的文章研究他的哲学思想,有的文章剖析他的写作技巧。等到爱德华·德里菲尔德七十五岁的时候,人人都认为他有天才。到他八十岁的时候,他成了英国文学的泰斗。一直到他去世,他都享有这个崇高的地位。

现在我们环顾四周,悲伤地觉得无人可以接替他的位置。有那么几个七十多岁的人在座位上挺直身子开始注意,他们显然觉得他们可以轻轻松松地填补这个空位。不过他们显然都缺少一点什么。

虽然把这些回忆叙述出来花费了很长时间,但是它们在我脑海中闪过的时候,却只是短暂的一瞬。这些回忆杂乱无章地出现在我的眼前,一会儿是一件什么事情,一会儿又是早先一次谈话中的片段;现在为了方便读者,也由于我思路清晰,我把这些断断续续的回忆按照事情发生的先后顺序写了出来。有件事我觉得很奇怪,尽管发生的所有那一切时间已很久远,但是我却仍然能够清晰地记得当时人们的样子,甚至他们讲话的要点,只是记不大清他们当时所穿的衣服。我当然知道四十年前的人,特别是妇

---

① 切尔西:英国伦敦西南部一住宅区,位于泰晤士河北岸,为艺术家和作家的聚居地。

女穿的衣服和现在的式样很不一样。如果我还记得起一点他们的服饰,那也不是我当时生活中留下的印象,而是很久以后从图片和照片中所看到的。

我仍在这么遐想的时候,忽然听到门口有辆出租汽车停下来的声音,接着门铃响了,不久就听到阿尔罗伊·基尔的深沉的嗓音在对我的管家说他是跟我约好的。他走进房来,身材高大,态度直率热诚;他那旺盛的活力一下子就摧毁了我修筑在消逝的往事上那脆弱的支架。他像一股三月里的狂风,把那咄咄逼人、无法逃避的现实又带到我的面前。

"我正在问自己,"我说,"谁有可能接替爱德华·德里菲尔德成为英国文学的泰斗,你刚好进来回答我的问题。"

他快活地哈哈大笑,但是眼睛里却闪过一丝怀疑的神色。

"我看没有人能接替。"他说。

"你自己呢?"

"哦,老伙计,我还不到五十呢。还得再过二十五年。"他又笑起来,但是他的眼睛却紧紧地盯着我的眼睛不放。"我总弄不清楚你什么时候是在跟我打趣。"他突然垂下目光,"当然啰,一个人有时总不免要想想自己的未来。现在咱们这一行里的头面人物,年纪都比我大十五到二十岁。他们不可能长生不老,等他们不在了,谁会成为新的头面人物呢?当然有奥尔德斯;他比我年轻得多,不过他身体不够健壮,而且我想他也不怎么注意自己的身体。如果不出意外,我是说如果没有某位天才突然出现,独占鳌头,我看不出再过二十或二十五年我不会独步文坛。这只不过是一个坚持不懈以及年纪比别人活得长的问题。"

罗伊那强壮的身体一下子坐到我的女房东的一把扶手椅中,我端给他一杯威士忌加苏打。

"不,我从来不在六点以前喝烈酒。"他说,四下里看了看,"这住处挺不错。"

"当然。你找我有什么事?"

"我想最好当面和你谈一谈德里菲尔德太太的邀请这件事。在电话里讲不大清楚。事情是这样的,我准备写一本德里菲尔德的传记。"

"哦!你那天为什么不告诉我呢?"

我对罗伊忽然产生了好感,我很高兴我没有把他看错,那天他请我吃饭,我就怀疑他并不光是为了喜欢和我做伴。

"我还没有完全拿定主意。德里菲尔德太太很想要我写,她准备尽力帮助我,把她所有的资料都给我。这些资料她收集了好多年。写这样一本书可不是一件容易的事,当然我非得把它写好不可。要是这件活儿完成得不错,对我自然也很有好处。一个小说家如果不时写点儿题材严肃的东西,人们对他就会尊敬得多。我的那几本评论著作费了我不少心血,虽然一点没有销路,但是我从来不感到遗憾。因为这些著作使我在文学界有了地位,没有它们,我就不会有今天的这种地位。"

"我觉得这个计划不错。过去二十年里,大多数人都不如你跟德里菲尔德的关系那么密切。"

"大概是的。但是我最初认识德里菲尔德的时候,他已经六十出头了。我那时给他写了一封信说我非常欣赏他的作品，他邀请我去看他。我对他早年的生活一无所知。德里菲尔德太太常常设法让他讲讲那个时候的事情，她做了很多详细的笔记，把他说的都记下来了；另外还有他断断续续记的一些日记，当然啰，他小说里的许多内容显然也带有自传性。不过空缺还是太大了。我告诉你我想写一本什么样的书吧，那是一本关于德里菲尔德个人生活的书。其中有很多使读者感到亲切的细节，而和这些细节交织在一起的是对他的文学作品十分全面的评论，当然不是沉闷的长篇大论，而是表示赞同但却深刻……和精辟的评论。这么一本书当然得花工夫，不过德里菲尔德太太好像觉得我能胜任。"

"你当然可以胜任。"我插嘴说。

"我想应该可以。"罗伊说，"我是一个评论家，又是一个小说家。显然在文学上我还是具备一些资格的。不过只有能帮我忙的人都愿意助我一臂之力，那我才干得成。"

我开始看出来我在这一切中的差事。我脸上装得什么都没觉察。罗伊探身向前。

"那天我问你，你自己是否打算写点关于德里菲尔德的文章，你说你没有这个打算。这是不是可以看成是你的明确无疑的答复？"

"当然。"

"那么把你的材料给我使用，你不反对吧？"

"老伙计，我什么都没有。"

"嗨，胡说，"罗伊愉快地说道，他的口气就像医生想要说服一个孩子张开嘴巴让他检查喉咙似的,"他住在黑马厩镇那会儿,你肯定经常见到他。"

"那会儿我还是一个孩子。"

"可是你肯定对这段不寻常的经历印象很深。不管怎么说,凡是和爱德华·德里菲尔德一起待上半个小时的人,就不可能不对他那独特的个性留下深刻的印象。就是对一个十六岁的男孩,这一点一定也很明显,而你可能比一般这个年岁的孩子要更加目光犀利,感觉敏锐。"

"要是不仗着他的名气,我不知道他的个性是否会显得独特。你以为假如你作为特许会计师阿特金斯先生,到英格兰西部的一个矿泉去用矿泉水治疗肝病,就会给那儿的人留下印象,觉得你是一个有独特性格的人吗?"

"我想他们很快就会发觉我不是一个平凡普通的特许会计师。"罗伊带着一丝使他的话一点不显得狂妄自大的微笑说道。

"好吧,我能告诉你的只是当时德里菲尔德让我觉得最不舒服的地方,就是他穿的那套灯笼裤服装太花里胡哨。我们经常在一起骑车,我总有点儿不安地生怕被人看见。"

"现在听起来很好笑。那时他和你谈些什么?"

"我不记得了,并没有谈什么。他对建筑很有兴趣,也爱谈谈庄稼活;要是路旁有家酒店看上去不错,他就会提议我们休息五分钟,进去喝杯苦啤酒;喝酒的时候,他会和酒店老板谈论地里的庄稼和煤的价钱这类事情。"

我从罗伊脸上的神情看出来他很失望,但是我仍然一个劲儿地往下说。他只好听着，不过有点儿厌烦。我突然发现，他觉得厌烦的时候就显得脾气暴躁。虽然我不记得德里菲尔德在我们一起长途骑车时说过什么意味深长的话，但是我却清楚地回忆起当时的感觉。黑马厩镇这个地方有这么一种独特之处，虽然它紧靠大海，有一片很长的砂石海滩，背后又是沼泽地，可是你只消向内陆走上半英里，就会来到肯特郡最典型的乡村地区。道路蜿蜒曲折，两边是大片肥沃碧绿的田地和一丛丛高大的榆树；这些树木结实粗壮，带着一种朴实无华的气派，看上去就像那些好心肠的肯特郡老农民的妻子；她们脸色红润，体格健壮，上等的黄油、自制的面包、奶油和新鲜的鸡蛋使她们一个个都长得胖乎乎的。有时候你面前只有一条小路，两边都是茂密的山楂树篱，上面是两旁伸展出的榆树的青枝绿叶，你抬头仰望，只看见中间露出的一线蓝天。当你在这暖烘烘的、炽热的空气中骑车前进的时候，你会觉得世界一下子静止了，而生命会永远持续下去。虽然你在使劲地蹬着车，但是你却有一种甜美的、懒洋洋的感觉。这时候你和你的伙伴谁都不说话，你心里十分愉快。如果其中哪个人抖起精神，突然加快速度，冲向前去，这是他在开玩笑，把大家都逗乐了。接着你会一连好几分钟都拼命地蹬车。我们互相天真地开着玩笑，为自己的幽默咯咯直笑。有时候你会骑过一些小农舍，前面有个花园，花园里长着蜀葵和卷丹；离大路稍远一点是一些农庄，有着宽敞的谷仓和啤酒花烘干房；你也会经过一些种着蛇麻草的田地，那些成熟的蛇麻子像花环似的悬挂着。路旁的那些酒店都使你感到亲切、随便，样子看上去和那些农舍差不多,门廊上往往有攀缘向上的忍冬。酒店的名称也都稀松平常,诸如"快活的水手""欢乐的农夫""王冠和锚""红狮"等。

不过,所有这些在罗伊看来当然都无关紧要,他打断了我的话。

"他从来没有谈谈文学吗?"他问道。

"没有。他不是那种作家。我想他在思考他的写作,不过他从来不提。那时他经常把书借给助理牧师看。有一年冬天,在圣诞节假期中,我几乎每天下午到他家去喝茶;有时候,他和助理牧师谈论起书来,但我们总是叫他们俩住口。"

"你一点也不记得他说些什么吗?"

"我只记得一件事。那是因为他谈到的作品我当初没看过,是他的话促使我去看的。他说在莎士比亚退休回到埃文河畔的斯特拉特福①成为体面人物的时候,要是他还想到他写的那些剧本,可能只有两部作品是他自己最感兴趣的,那就是《一报还一报》和《特洛伊罗斯与克瑞西达》②。"

"我觉得这并不能给人什么特别的启示。他有没有谈过什么比莎士比亚更加现代一点的作家?"

"唔,我记得那时候他没谈过。不过几年前,有一次我和德里菲尔德夫妇一起吃午饭的时候,我倒偶然听他说起亨利·詹姆斯热衷于描写英国乡间别墅茶会上的闲谈,却对美国的兴起这样一

---

① 埃文河畔的斯特拉特福:英国英格兰中部城镇,莎士比亚故乡。
② 《一报还一报》和《特洛伊罗斯与克瑞西达》:莎士比亚的两个喜剧。

件世界历史上最伟大的事件都置之不理。德里菲尔德称之为il gran rifiuto①。我很吃惊地听到这个老头儿竟讲了一句意大利语,心里又觉得很有趣,因为当时在座的人中间只有一个身高体壮的公爵夫人知道他究竟在讲什么。他当时说:'可怜的亨利,他永无休止地绕着一个气派堂皇的花园转来转去,花园的围墙高得正好使他无法偷看到里面的情景;花园里的人们正在喝茶,他离得太远,无法听到伯爵夫人在说些什么。'"

罗伊很专心地听我讲述这个小故事。听完后他沉思地摇了摇头。

"这个材料我恐怕不能用。要是用了的话,那帮亨利·詹姆斯的崇拜者就会对我大肆抨击……那时候,你们晚上一般干些什么?"

"噢,我们打惠斯特,德里菲尔德则看那些要他写书评的书,他还常常唱歌给大家听。"

"这倒很有意思。"罗伊说,一面急切地把身子往前一探,"你还记得他唱的是什么歌吗?"

"完全记得。《都只为爱上一个大兵》和《此处美酒并不贵》这两首是他最喜欢的。"

"哦!"

我看得出来罗伊很失望。

---

① 意大利语:他做了重大的舍弃。

"你难道指望他唱舒曼①的歌曲吗?"我问道。

"为什么不行呢?那样的话,倒很值得写上一笔。不过我其实原来以为他会唱一些海上水手的小曲或者古老的英格兰乡村民歌,就是那种他们经常在集市上唱的歌——盲人小提琴手拉着琴,乡下的小伙子和姑娘们在打谷场上跳舞以及诸如此类的事。如果他唱的是这些歌,我可以就此写出一段很漂亮的文章,可是我简直不能设想爱德华·德里菲尔德唱些歌舞杂耍剧场里的歌。别忘了,你要给一个人画像,就得把画面的明暗程度定好。如果你把色调完全不和谐的事物摆进去,那就只会给人产生混乱的印象。"

"你知道此后不久他趁着黑夜逃跑,把所有的人都骗了。"

罗伊有整整一分钟没有开口,只沉思地低头望着地毯。

"是的,我知道那时发生过一些令人不快的事,德里菲尔德太太提过。我听说他后来把所欠的债都还清了,才最后买了弗恩大宅在那个地区住下来。我觉得对他发展过程中这么一件无足轻重的小事,没有必要去详细叙述,不管怎么说,这件事距现在也快四十年了。你知道,老头儿性格当中有些很古怪的地方。一般人都会认为在发生了这样一件见不得人的丑闻后,他决不会选择黑马厩镇作为他晚年安居的地方,那时他已经成名,而黑马厩镇却正好是他出身卑微的地点;可是他似乎一点都不在意。他好像还觉得这件事是一个很好玩的玩笑。他居然能够把这件事讲给那些上他家来吃午饭的客人听,真使德里菲尔德太太感到十分难堪。

---

① 舒曼(1810—1856):德国作曲家、音乐评论家。

我希望你多了解一下埃米。她是个很了不起的女人。当然，老头儿写他所有那些巨著的时候还根本不认识她；不过，谁也不能否认在他最后二十五年的生活中，他在世人眼中的那种堂皇庄严的形象，完全是出于埃米的创造。她对我十分坦率。那对她可不是一种轻松的活儿。老德里菲尔德有些非常怪僻的习惯，她不得不采用许多手段来使他的举止显得得体。在有些事情上，老头儿非常固执，我觉得要是换个不像埃米这么有个性的女人，那她早就失去信心了。比如说，他有那么个习惯，可怜的埃米费了许多工夫才使他改掉：他每次吃完肉和蔬菜之后，都要掰一块面包把盘子擦干净，然后把那块面包也吃了。"

"你知道这意味着什么吗？"我说，"这表示过去有很长一段时间，他都吃不饱肚子，所以凡是到手的食物，他一点都舍不得浪费。"

"唔，可能是这样；不过，这可不是一个著名作家的良好习惯。还有，他并不真的酗酒，但是却很喜欢跑到黑马厩镇上的'熊与钥匙'客店的酒吧间里喝上几杯啤酒，当然这并没有什么害处。不过他在那个地方确实很引人注目，特别在夏天，客店里满是出外旅游的人。他一点儿也不在乎他的谈话对象是什么人。他好像并没有意识到他应当保持自己的身份。有时候，许多知名人士，比如像爱德蒙·戈斯[1]和寇松勋爵[2]上他们家来吃午饭，而他过

---

[1] 爱德蒙·戈斯（1849—1928）：英国文学史家、评论家和翻译家。
[2] 寇松勋爵（1859—1925）：英国驻印度总督，后任外交大臣。

后竟会跑到一家酒店去对那些管道工、面包师傅和卫生检查员谈论他对这些名流的印象；你不能不承认他这种做法实在令人难堪。当然这也可以解释得过去。你可以说这是他追求地方色彩，对各种典型人物感兴趣。不过他的有些习惯实在叫人难以接受。你知道吗？埃米·德里菲尔德要叫他洗个澡简直难如登天。"

"在他出生的那个年代，人们认为澡洗得太多，有害健康。我想在他五十岁以前，他大概从来没有住过带浴室的房子。"

"嗨，他说他从来都是一个星期洗一次澡，他不明白为什么到了这个年纪，还得改变自己的习惯。于是埃米要他每天更换内衣，可是他对此也不同意。他说他的汗衫和内裤一向要穿一个星期才换，每天换洗完全没有道理。洗得太勤，只会把这些汗衫和内裤洗破。德里菲尔德太太挖空心思地想哄他每天洗澡，在水里放了浴盐和香料，可是不管什么办法，他都不为所动。后来他年纪越来越大，连一个星期洗一次都不肯了。埃米告诉我说在他活着的最后三年里，他连一次澡都没有洗。所有这些事当然只是我们私下说说。我把这一切告诉你只是想让你知道，在撰写他的传记的时候，我不得不使用许多婉转巧妙的手法。我知道谁都无法否认，他在金钱上有那么点儿冒失；他身上还有一种怪癖，出奇地喜欢和社会地位比他低的人待在一起。他的一些个人生活习惯也叫人很不喜欢，不过，我觉得所有这些都不是他生活中最重要的方面。我不想写任何不真实的事情，可是我确实觉得，有相当一部分关于他的事情最好别写进去。"

"你不觉得如果你放手彻底地把他身上的一切都如实写出来，

会更加有趣吗?"

"噢,那可不行。要是我那么写的话,埃米·德里菲尔德就再也不会理我了。她请我执笔写这本书,正是因为她相信我下笔谨严。我可不能辱没自己的绅士身份。"

"看来一个人既要做绅士又要当作家,是很不容易的。"

"那倒不见得。此外,你知道那些评论家是些什么样的人。如果你说出真情实况,他们只会说你愤世嫉俗,而一个作家得到愤世嫉俗的名声,可没有什么好处。当然啰,我承认如果我毫无顾忌地放开手来写的话,这本书准会引起轰动。要是我把这个人身上所有矛盾的两个方面都展示出来:他对美的热切追求和他对自己责任的轻率态度,他的优美的文体和他个人对水和肥皂的厌恶,他的理想主义和他在那些下等的酒店里的痛饮,那会相当有趣。可是说实在的,这样做值得吗?他们只会说我在效法利顿·斯特雷奇①。不,我觉得用含蓄、美妙、相当灵巧的写法可以做得更好,你知道我说的那种方式,而且还要亲切。我认为一个作家在动手写一本书之前,就应该在自己的脑海中看到这本书的样子。我看到的这本书很像凡·戴克②的一幅肖像画。有很强的感染力,颇为庄严,表现出一种高贵的气派。你明白我的意思吗?我想写八万字左右。"

---

① 利顿·斯特雷奇(1880—1932):英国传记作家、评论家,以所著《维多利亚女王时代四名人传》《维多利亚女王传》而闻名。
② 凡·戴克(1599—1641):佛兰德斯画家,英王查理一世的宫廷画师,作品多以宗教、神话为题材,尤以贵族肖像画著称。

罗伊一时完全陶醉在对美的冥想之中。在他的脑海中浮现出了这么一本书,是八开本,拿在手里又薄又轻,页边的空白留得很宽,纸张精美,字体清晰好看。大概他连书的装帧都见到了,书皮是平滑的黑色布面配着金边和烫金的字样。不过阿尔罗伊·基尔毕竟是个凡人,所以就像我在上文所说的,他不可能一直陶醉在对美的向往中。他坦率地对我笑了笑。

"可是我到底怎样来处理第一位德里菲尔德太太呢?"

"这是家丑。"我嘟哝道。

"她真是一个棘手的问题。她和德里菲尔德结婚多年。埃米在这个问题上的看法非常明确,可是我实在不知道怎么样才能达到她的要求。你想,她的意见是罗西·德里菲尔德对她丈夫起了极其有害的影响,她尽力想从精神上、身体上和经济上把他毁了;她无论哪方面都不如她丈夫,至少在智力和心灵上是如此,而德里菲尔德只是因为精力充沛,元气旺盛,才没有给搞垮。当然他们之间的婚姻是很不幸的。她也确实已经去世多年,再把过去的那些丑闻抖搂出来,让好些不光彩的事出现在公众面前,看上去似乎令人遗憾;然而事实是没法改变的,德里菲尔德的所有最伟大的作品都是在他跟他第一任妻子共同生活时写成的。我自然很欣赏他的后期作品,谁也不像我那样意识到他后期作品中所体现出的纯真的美,它们还表现出一种含蓄和一种古典式的严谨,这些都很值得钦佩,但是尽管如此,我仍然不得不承认,这些作品没有他早期作品中的那种风味、活力和喧闹的生活气息。我确实感到不能完全忽视他第一任妻子对他作品的影响。"

"那你打算怎么办呢?"我问道。

"哦,我觉得他整个这部分的生活还是可以用力所能及的最含蓄和巧妙的笔法来加以处理,这样就既不触及那些最敏感的地方,同时又显出一种很有男子汉气概的坦率,不知你是否明白我的意思,要是做到这一点,那会很动人的。"

"听起来这是一件很难办的事情。"

"我认为没有必要一丝不苟地详细叙述。这只是一个下笔写得恰到好处的问题。能省略的地方我决不多费笔墨,不过我还是会指出一些最关键的事实让读者去领会。你知道,不管你的主题多么粗俗,只要你用庄重的态度加以处理,就可以冲淡那种令人不快的色彩。不过我只有掌握了全部事实才能做到这点。"

"巧妇难为无米之炊嘛。"

罗伊讲起话来流畅自然,这表明他是一个很好的演讲人。我真希望:(一)能这么富有说服力地恰当地表达我的思想,从来不会找不到需要的字眼,每个句子都可以毫不踌躇地说出口来;(二)由我这么一个渺小的无足轻重的人来代表那些罗伊生来就能应付的很有欣赏能力的广大听众,而不觉得如此可悲地难以胜任。可是这时他住口不说了。在他那张因为洋溢着热情而泛红、因为天热而渗出汗水的脸上露出了亲切友好的神情,他那双带着咄咄逼人的光芒注视着我的眼睛也变得柔和起来,露出了一丝笑意。

"这就是你得出力的地方了,老伙计。"他和气地说道。

我一直发现在你无话可说的时候就别说话,在你不知如何回答别人的话的时候就保持沉默,这是生活中一个很好的策略。这时候我没有开口，也和颜悦色地看着罗伊。

"你比谁都了解他在黑马厩镇的生活。"

"不一定吧。那时候，在黑马厩镇肯定有些人跟我一样经常见到他。"

"说不定是这样，不过他们大概都是一些无足轻重的人，我觉得他们并不重要。"

"噢，我明白了。你认为我是唯一可以向你泄露底细的人。"

"我大致就是这个意思，要是你一定想说得诙谐一点的话。"

我看出罗伊并不觉得我的话风趣。我也没有生气，因为我早就习惯了别人不对我开的玩笑做出什么反应。我常常觉得，艺术家中最纯真的典型，就是那些说了笑话自己独自发笑的诙谐的人。

"好像后来你在伦敦也经常见到他。"

"是的。"

"那是他住在下贝尔格莱维亚[①]某处一套公寓里的时候。"

"哦，那是在皮姆利科[②]租的房子。"

罗伊冷冷地笑了笑。

"咱们不用为他确切住在伦敦哪个地区争吵。你那会儿和他关系很密切吧。"

"相当密切。"

"你们这种关系持续了多久？"

---

① 贝尔格莱维亚：伦敦一富人住宅区，位于海德公园近旁。
② 皮姆利科：伦敦一住宅区，位于威斯敏斯特和切尔西之间。

"大概有两三年吧。"

"你那时候有多大？"

"二十岁。"

"你听我说，我想请你帮我一个大忙。这并不会花费你多少时间，可是对我却有极大的用处。我想请你把回想到的有关德里菲尔德的一切和你记得的有关他妻子的所有情况以及他们之间的关系等等，包括你跟他们在黑马厩镇和伦敦这两段时间的交往，尽量详细地写出来。"

"哟，老朋友，你这要求可太高了。我手头正有一大堆事要做呢。"

"这不需要花费你多少时间。我是说你可以粗枝大叶地写出来。你不必为文体或诸如此类的问题花费心思，我会用适当的文体加工润饰的。我所要的就是事实。不管怎么说，只有你了解他们，别人都不清楚。我并不想显出自命不凡或类似的神气，不过德里菲尔德是一个伟大的人物，为了纪念他，同时也为了英国文学，你也该义不容辞地把你所了解的一切都说出来。我本不会对你提出这个要求，可是那天你告诉我说，你自己不准备写什么关于他的东西。你手里掌握着一大批材料却又根本不想使用，这岂不是损人不利己吗？"

罗伊就这么既想唤起我的责任感，又责怪我懒散，一会儿要我慷慨大度，一会儿又要我正直无私。

"可是德里菲尔德太太干吗要请我到弗恩大宅去住呢？"我问道。

"噢,她和我谈过这件事。那是一幢很舒适的房子,她待客又很周到,现在正是乡间特别美的时候。她认为如果你愿意在那儿写下你的回忆的话,那是一个非常美好、安静的环境。当然,我跟她说我并不能保证你会接受她的邀请,不过她那儿离黑马厩镇那么近,自然会有助于你想起各种各样你本来可能忘了的事情。再说,住在德里菲尔德的旧居,置身于他生前的书籍和用品之间,以往的一切就会显得更为真实。我们可以一起谈谈他,你知道在热烈的交谈中就会想起以前的事儿。埃米十分聪明伶俐。她好多年来已经养成了把德里菲尔德的讲话记录下来的习惯,别忘了很可能你会一时冲动,说出一些你不想写出来的东西,而她事后却可以记下。除此以外,我们还可以打打网球,游游泳。"

"我不大喜欢住在人家家里。"我说,"我很讨厌早上九点钟起来,去吃一顿我不想吃的早饭。我不喜欢散步,我对别人家里的闲事也不感兴趣。"

"她现在很孤独。你去了,既是对她的帮助,也是对我的帮助。"

我想了想。

"我来告诉你我想怎么做吧。我去黑马厩镇,但是我要独自前去。我住在'熊与钥匙'客店,然后你在德里菲尔德太太家停留的时候,我就去看她。你们俩可以一个劲儿不停地谈论爱德华·德里菲尔德,可是我要是听腻了,就能随时离开。"

罗伊和气地笑了。

"好吧。就这么办。那么你肯把你想起来觉得对我有用的材料写下来吗?"

"我试试看吧。"

"你什么时候来呢?我打算星期五去那儿。"

"要是你答应在火车上不跟我唠叨,我就和你一块儿走。"

"好吧。五点十分那班车最合适。要我来接你吗?"

"我自己能去维多利亚车站,咱们就在站台上碰头吧。"

我不知道罗伊是不是害怕我改变主意,他听我说完后立刻站起身,热情地和我握了握手,就走了。临走前还要我千万别忘了带网球拍和游泳衣。

十二

我对罗伊的允诺,不禁使我回想起我初到伦敦那几年的生活。那天下午正好事情不多,于是我就想漫步到我以前的女房东家去和她一起喝杯茶。记得那会儿我还是个没有见过世面的毛头小伙子,刚到伦敦来上圣路加医学院,正要找个寓所安身,学院的秘书把赫德森太太的姓名告诉了我。这位太太在文森特广场有一幢房子。我在那儿一连住了五年,我住楼下的两间房,楼上在客厅那一层住着威斯敏斯特学校的一位教师。我的房租是每星期一英镑,他的房租是二十五先令。赫德森太太是个身材矮小、性情活跃的女人,整天忙忙碌碌。她脸色灰黄,长着一个很大的鹰钩鼻子和两只黑眼睛,我还从来没有见过如此明亮、灵活的眼睛。她有一头乌黑的头发,每天下午和星期天一整天,她都在头颈后面盘起一个发髻,额前有一排刘海儿,就像你在"泽西的莉莉"[①]

[①] 泽西的莉莉:即莉莉·兰特里(1853—1929),英国女演员,以其绝世姿容及与后来成为英王爱德华七世的威尔士亲王的艳情而闻名。因她来自泽西岛,故被称为"泽西的莉莉"。

的旧照片中所看到的那种发式。她心地善良(不过当时我并不了解这一点,因为一个人年轻的时候,总把别人对你的好意看成是理所当然的),而且是一个极好的厨师。谁都做不出她做的那种omelette soufflée①的味道。她每天一早醒来,就在房客的起居室里生起炉火,这样一来,"他们就不会在吃早饭的时候给冻坏了,说真的,今儿早上可真冷得够呛"。房客的床底下都塞一个扁平的白铁澡盆,头天晚上放满水,早上洗的时候水就不那么凉了;如果早上她没听见你洗澡的声音,她就会说:"嗨,我那二层楼的房客还没起床。他讲课又要迟到了。"接着,她就会轻快地跑上楼去,咚咚咚咚敲门,你会听到她的尖嗓门嚷道:"要是你不马上起床,就来不及吃早饭了,我给你做了一条很好吃的鳕鱼。"她整天忙碌,一边干活一边唱歌,总是高高兴兴,心情愉快,面带笑容。她的丈夫的岁数比她大得多,曾经在一些高门大户当过管家,留着络腮胡子,举止彬彬有礼;他是附近一座教堂的司事,非常受人尊敬。我们吃饭的时候,他在一旁侍候;他还为我们擦皮靴,也帮着洗刷碗碟。赫德森太太一天当中唯一的消遣,就是在她开完了晚饭以后(我是六点半吃饭,那位教师是七点)上楼来和她的房客聊上一会儿。我真希望当时我会想到(就像埃米·德里菲尔德对她那出名的丈夫所想到的那样)把她的谈话记录下来,因为赫德森太太实在是伦敦市民诙谐幽默的能手。她天生口齿伶俐,

---

① 法语:舒芙蕾煎蛋。一种以蛋白与蛋黄分开搅打,然后依次下锅形成的黄中有白的松软煎蛋饼。

巧于应对,谈吐尖锐泼辣,用词贴切而富于变化,始终能够找到滑稽可笑的比喻或生动活泼的短语。她是行事得体的典范;她从来不收女房客,你永远弄不清她们在干什么("她们始终离不开的就是男人、男人、男人,还有下午的茶点,薄薄的涂黄油的面包片,再不就是开开房门打铃要热水,以及我说不上来的诸如此类的事");可是在谈话中,她毫不犹豫地使用当时被人称作粗话的字眼。你可以用她评论玛丽·劳埃德[①]的话来评论她自己:"我喜欢她,就因为她老是引得你发笑。有时候她显得有点儿露骨,不过她从来不失去分寸。"赫德森太太对自己的诙谐幽默颇为得意。我想她更乐意和她的房客闲聊,因为她丈夫是一个生性严肃的人("他就该这样子,"她说,"他是教堂司事,老是参加婚礼、丧礼以及诸如此类的仪式"),并不怎么喜欢说笑打趣。"我对赫德森说,趁着你还有机会的时候乐一乐,赶明儿你死了,埋在地下,就笑不成了。"

赫德森太太的诙谐幽默是累积而成的,她跟十四号出租房子的布彻小姐争吵的故事,简直成了一部年复一年老在嘴里叙说的滑稽长篇传奇。

"她是一只讨厌的老猫,可是实话告诉你,要是有一天,老天爷把她召去了,我倒会怪想她的。我不知道老天爷把她召去后会怎么发落,她活着的时候却真给了我不少乐趣。"

赫德森太太的一口牙齿很不好,就到底应不应该把牙拔掉安

---

① 玛丽·劳埃德(1870—1922):英国歌舞杂耍剧场的著名歌唱演员。

装假牙的问题，她和大家讨论了两三年，在这些讨论中，她的各种各样滑稽好笑的念头多得实在令人难以想象。

"昨天晚上，赫德森对我说：'唉，得啦，把它们全拔了，一了百了。'但是正如那会儿我对他所说的，要是全拔光了，我就没有什么可聊的了。"

我已经有两三年没有见到赫德森太太了。上次我去看她是因为接到她的一封短信，她在信里请我上她家去喝杯浓茶，并且告诉我说："赫德森已经去世，到下星期六就满三个月了，他活到七十九岁，乔治和赫斯特都向我问候致意。"乔治是她和赫德森结婚后生下的儿子，现在也快到中年了，在伍利奇兵工厂工作。二十年来，他的母亲一直不断地说，乔治总有一天会带个妻子回家。赫斯特是我住在那儿的最后一段日子里赫德森太太雇来干家庭杂务的女仆。赫德森太太提到她的时候还是把她叫作"我那小鬼丫头"。赫德森太太在我当初租借她的房子的时候一定已有三十多岁，而且如今又过了三十五年，可是当我悠闲地穿过格林公园去她家的时候，我一点都不怀疑她仍在世。她是我对青年时代回忆的一部分，就像站在公园里的风景水池边上的那些鹈鹕一样无可置疑。

我走下地下室前的台阶，赫斯特为我开了门；她现在也快五十了，身体有点发胖，但是在她那羞怯的笑嘻嘻的脸上，仍然有着当年那小鬼丫头干什么事都很马虎的神气。她把我带到地下室的前屋，赫德森太太正在给乔治补袜子，她摘下眼镜来看着我。

"哟，这不是阿申登先生吗？谁想得到竟会见到你？赫斯特，水开了没有？你和我一起好好喝杯茶，好吗？"

赫德森太太比我当年初见她的时候略微胖了一点，而且她的行动也比以前缓慢，但是她头上却几乎没有什么白发，眼睛也像衣服上的纽扣一样乌黑发亮，闪现出快乐的光芒。我在一张破旧窄小的褐红色皮椅上坐下。

"赫德森太太，你一切还好吧？"我问道。

"哦，我并没有什么可抱怨的，只是不像过去那么年轻了，"她答道，"不能像你住在这儿的时候干那么多活。现在我不为房客准备晚饭，只给他们做点早饭。"

"你的房间都租出去了吗？"

"是的，我真感到欣慰。"

由于物价上涨，赫德森太太目前收到的房租比我当年住在那儿的时候要多了，我想以她那种俭朴的方式，她的境况一定相当不错。可是如今人们所要求的当然也多多了。

"你简直没法相信，开始我不得不造个洗澡房，接着又不得不安上电灯，后来要是我不装电话的话，他们就怎么也不满意。再往后他们还要什么，我真想不出来。"

"乔治先生说赫德森太太该考虑退休了。"赫斯特一边把茶端上桌一边说。

"姑娘，我的事不用你管。"赫德森太太口气尖刻地说，"我要退休的话，那就等于进了坟地。想想看，整天就跟乔治、赫斯特待在一起，连个聊天的人都没有，那怎么行。"

"乔治先生说她应该在乡下租一幢小房子住下，好好保养自己的身体。"赫斯特并不理会赫德森太太的斥责接着说。

"别跟我提什么乡下了。去年夏天,大夫叫我到乡下去待六个星期。说真的,那差点儿要了我的命。那儿真不清静。所有那些鸟儿叽叽喳喳地叫个不停,公鸡直打鸣儿,牛也哞哞直叫,我实在受不了。要是你也像我一样这么多年一直安安静静地过日子,那你也不会习惯这种一刻不停的吵闹声。"

从赫德森太太家再过去几户人家就到了沃霍尔大桥路,那儿电车叮叮当当,一边前进一边发出铃声;公共汽车隆隆地驶过;出租汽车的喇叭嘟嘟直叫。即使赫德森太太听到了这一切,那她所听到的也只是伦敦;伦敦的市声使她心神安宁,正如母亲低声哼着眠歌,能把一个烦躁的婴儿哄得安静下来一样。

我环顾赫德森太太住了这么久的这间舒适、陈旧、朴素的小客厅,想看看我是否可以送她点儿什么东西。我注意到她有一台唱机。这是我唯一能想到的东西。

"你有什么需要吗,赫德森太太?"我问道。

她沉思地用亮晶晶的眼睛看着我。

"我说不出还缺什么,经你这么一提,我只想再有二十年硬朗的身子和力气好让我继续干下去。"

我觉得我并不是一个多愁善感的人,但是听了她这个出乎意料却又如此富有个性的回答,我不禁感到喉咙一下子哽住了。

在我应该告辞的时候,我问她能不能去看看我住过五年的房间。

"赫斯特,跑上去看看格雷厄姆先生在不在家。要是不在,我肯定他不会在意你去看一下房间的。"

赫斯特急匆匆地跑上楼去，很快就又跑下楼来，微微有点喘息地说格雷厄姆先生出去了。赫德森太太随即陪我一起上楼。床仍是那张我在上面睡觉做梦的窄小的铁床，五斗橱和盥洗台也是原来的东西。可是起居室里却散发着一股运动员的那种顽强奋发的气息；墙上挂着整个板球队队员和穿短裤的划船运动员的照片，角落里放着高尔夫球棒，壁炉台上乱七八糟地放着带有某个学院院徽的烟斗和烟草罐。我年轻的时候，我们都信奉为艺术而艺术的原则，因此我在壁炉台上挂的是摩尔挂毯，窗户上挂着草绿色的具有艺术性的哔叽窗帘，墙上挂着佩鲁吉诺①、凡·戴克和霍贝马②的画作的复制品。

"那会儿你很风雅，是吗？"赫德森太太不无讥嘲地说。

"很风雅。"我嘟哝道。

当我想起我住进这个房间后所流逝的岁月，想起那些年中我自己的经历，心头不禁一阵酸楚。就是在这张桌子上，我吃过丰盛的早饭和节俭的晚饭；也就是在这张桌子上，我攻读过医科书籍，写出了我的第一本小说。就是在这把扶手椅中，我初次看了华兹华斯和司汤达的作品，看了伊丽莎白时代剧作家和俄国小说家的作品，看了吉本③、鲍斯韦尔、伏尔泰和卢梭的著作。我不知

---

① 佩鲁吉诺（1450—1523）：意大利文艺复兴时期画家，为著名画家拉斐尔之师。
② 霍贝马（1638—1709）：荷兰风景画家，作品多描绘田园风光。
③ 吉本（1737—1794）：英国历史学家，写有史学巨著《罗马帝国衰亡史》六卷，记述从2世纪起到1453年君士坦丁堡陷落为止的历史。

道后来有谁使用过这些家具，可能有医科学生、见习律师、在伦敦取得成功的年轻人、从殖民地退休或者因为家庭解体而被意外抛到世间来的老年人。这间房，正如赫德森太太会说的那样，使我浑身上下都感到不对劲。我想起了住在这儿的所有的人抱有的种种希望，他们对未来的美好憧憬，青年时代火热的激情；也必然有人感到悔恨莫及，理想破灭，身心疲惫，无可奈何；有多少人在这儿尝到多少人生的喜怒哀乐，其中实际上包含了人类情感的整个范围，所以这间房本身似乎也奇怪地具有一种令人不安、难以捉摸的个性。我不明白为什么它使我想到一个女人站在十字路口，把一个手指头举到嘴唇边[①]，回过头去招手示意。我这种朦胧的（也是相当羞人的）联想似乎被赫德森太太感觉到了。她发出一阵笑声，用她特有的动作揉了揉她那显得很突出的鼻子。

"说真的，人真有趣，"她说，"有时我想起在这儿住过的所有那些先生，要是我把我知道的有关他们的一些事告诉你，管保你不会相信。他们真是一个比一个更有趣儿。有时候我躺在床上，想到他们就要发笑。唉，要是你不时常找点事儿乐一下，那么这个世界就没意思了。不过，天哪，那些房客可真有趣极了。"

---

① 手指头举到嘴唇边：英国人的习惯，把手指头放到嘴唇上，同时嘴里说一声"嘘"，就是表示不要作声的意思。

十三

我在赫德森太太那儿住了差不多两年才又见到德里菲尔德夫妇。那时我的生活很有规律。整个白天我在医院,下午六点左右,我走回文森特广场。经过兰贝思大桥的时候,我买一份《明星报》,回去一直看到吃晚饭的时候。饭后我认真地阅读一两个小时可以增长我的知识水平的书,因为那时我是一个干劲十足、意志坚决、工作勤奋的年轻人。读完书后,我就动笔写小说和剧本,直到上床睡觉。我不知道为什么那年六月末的一天下午,我碰巧比往常早一点离开医院,我想顺着沃霍尔大桥路逛逛。我喜欢这条街上闹哄哄的繁忙景象;那儿有一种邂逅的欢快气氛,令人惬意地感到兴奋;你觉得在那儿随时都会有一番奇遇。我沉浸在白日的梦境中信步走去,忽然意外地听到有人叫我的名字。我停下来一看,不禁吃惊地发现德里菲尔德太太站在那儿,正在向我微笑。

"你不认得我了吗?"她嚷道。

"认得,德里菲尔德太太。"

尽管我已经长大成人，但是我感到自己仍和十六岁的时候一样把脸涨得通红。我很不好意思。我脑子里不幸充满了维多利亚时代有关诚实的观念，对于德里菲尔德夫妇在黑马厩镇欠下许多债务偷偷逃走的行为感到十分震惊。我觉得这实在不光彩。我想他们一定感到十分羞愧，我都深深地为他们感到害臊，所以德里菲尔德太太同一个知道他们这桩丢脸的事情的人说话，实在使我感到吃惊不小。要是我先看到她走过来，我一定会转过脸去假装没有看见；我素来审慎，以为她也不愿被我看见，免得感到难堪；可是她竟伸出手来，显然很高兴地跟我握手。

"我真高兴见到一个黑马厩镇的熟人，"她说，"你知道我们当时走得很匆忙。"

她笑了，我也跟着笑了；她笑得像孩子似的开心，而我觉得自己笑得有些勉强。

"听说他们发现我们跑了以后真乱了好一阵。我那时以为特德听到后会笑个没完的。你叔叔说什么来着？"

我很快恢复了常态；我不想让她以为我也和别人一样不懂得他们开的玩笑。

"噢，你知道他是个什么样的人，他是很保守的。"

"是啊，黑马厩镇就是这点不好。他们需要清醒一下。"她友好地看了我一眼，"你比我上次看到你的时候长得高多了。啊哟！你嘴上都有了胡子。"

"是的，"我一边说一边把我那并不很长的胡子一捻，"我已经留了很久了。"

"时间过得多快呀,对不对?四年前你还是一个孩子,现在你已经是个男子汉了。"

"本来就应该嘛,"我略带傲慢地答道,"我都快二十一岁了。"

我打量着德里菲尔德太太。她戴一顶插着羽毛的小帽子,穿一身浅灰色的衣衫,有着羊腿形的宽大衣袖,长长的裙裾。我觉得她看上去很潇洒。我一向认为她的脸长得不错,现在我才头一次发现她很漂亮。她的眼睛比我记得的要蓝,她的皮肤和象牙一样白皙。

"你知道吗,我们就住在附近。"她说。

"我也住在附近。"

"我们住在林帕斯路。自从离开黑马厩镇以后,我们几乎就一直住在那儿。"

"噢,我在文森特广场也住了差不多两年了。"

"我知道你在伦敦。乔治·肯普告诉我的。我常纳闷,不知道你住在哪儿。这会儿你就跟我一起到我们家去吧。特德看见你一定非常高兴。"

"也好。"我说。

我们一路往前走的时候,她告诉我德里菲尔德现在是一家周刊的文学编辑;他新近出版的那本书的销路比以前的哪一本都好,他期望下一本书可以预支相当可观的版税。黑马厩镇上新近发生的事儿她似乎都知道,我不禁想起当初大家怀疑乔治勋爵帮助德里菲尔德夫妇溜走的事。我猜乔治勋爵时常给他们写信。我们一路走着,我注意到从我们身边经过的男人,有时会盯着德里菲尔德太太看上几眼，我立刻想到他们一定也觉得她很漂亮。我大摇大摆地走起来。

林帕斯路是一条和沃霍尔大桥路平行的又长又宽又直的街道。那儿的一幢幢拉毛粉饰的房子看上去都差不多，外面的粉刷已经暗淡，但结构相当牢固，有着宽大的门廊。我想这些房子当年都是为伦敦城的头面人物居住而修建的，但是这条街早已气象萧条，也许它从来就没有吸引到合适的房客；它那衰飒的颜面上有一种躲躲闪闪、落拓浪荡的神气，使你想到那些经历过美好时光的人如今依然气派十足地沉湎其中，谈论着他们青年时代在社会上的显赫地位。德里菲尔德夫妇住的是一幢暗红色的房子，德里菲尔德太太把我引进一个狭窄、阴暗的门厅，她打开一扇门，说：

"进去吧，我去告诉特德你来了。"

她往门厅里面走去，我进了他们的会客室。德里菲尔德夫妇租了这幢房子的地下室和底楼，房东太太住在楼上。我进去的那间屋里的陈设家具看上去好像都是从拍卖行里清除出来的货色。厚厚的丝绒窗帘带着宽阔的流苏，上面满是一个个套环和一簇簇花饰；有一套金色的家具，套垫都是黄色锦缎做的，上面钉了很多扣子。屋子当中摆着一个厚实的大坐垫。有几个金色的摆设柜，里面陈列着一大堆小玩意，有瓷器、牙雕人物、木雕、几件印度铜器；墙上挂着大幅的油画，画着苏格兰高地的峡谷、雄鹿和游猎侍从。不一会儿，德里菲尔德太太带着她丈夫进来了，他热情地招呼我。他穿着一件破旧的羊驼呢上衣和一条灰裤子；他把过去留的长胡子剃掉了，现在只留着八字须和下巴上的一小绺胡子。

我第一次发现他的身材竟那么矮小,不过他看上去比以前要神气。他的外表显得有点儿不同寻常,我觉得这倒更像我期望的一个作家所应具有的样子。

"哎,你觉得我们的新居怎么样?"他问道,"看上去很阔气吧?我觉得这能激发起人的信心。"

他满意地往四周看了一眼。

"特德在后面有个小书房,他好在那儿写作。我们在地下室还有一间饭厅。"德里菲尔德太太说,"我们的房东考利小姐曾经是一位贵族夫人的女伴,那位夫人去世的时候把所有的家具都留给了她。你看每件家具都挺好的,是吗?看得出都是从上等人家出来的东西。"

"我们一看见这地方,罗西就喜欢上了。"德里菲尔德说。

"你也一样,特德。"

"我们在穷困的环境中住了那么久,现在奢华舒适的用具应有尽有,真是一种改变。学学德·蓬巴杜夫人①之流。"

我告辞的时候,他们非常热情地请我再到他们家去玩。他们好像每星期六下午在家会客,而我想见到的各种各样的人也都习惯在这个时间去拜访他们。

---

① 德·蓬巴杜夫人(1721—1764):法国国王路易十五的情妇,在宫廷中颇有影响。

十四

我应邀上德里菲尔德家去了,过得十分愉快,于是我接着又去。到了秋天,等我又回到伦敦参加圣路加医学院冬季课程的学习时,每个星期六前去拜访他们已经成了我的习惯。我就是在那儿头一次被引进了艺术和文学的领域。当时我正在自己清静的寓所里埋头写作,不过我对这件事守口如瓶。我遇到了一些也在写作的人,感到非常兴奋,我入神地听着他们的谈话。前来参加聚会的有各种各样的人。那时候周末的活动还不多,打高尔夫球是被人们嘲笑的运动,所以星期六下午,大多数人都无事可做。不过上德里菲尔德家去的大概也没有什么重要的人物;反正我在那儿见到的画家、作家和音乐家,我想不起他们中哪一个后来得到不朽的声名;可是这种聚会给人的印象却是文雅的,活跃的。你会碰到在寻找角色的年轻男演员,叹息英国人不懂音乐的中年歌手,在德里菲尔德家的小钢琴上演奏自己的作品,同时又小声抱怨说只有在音乐会的大钢琴上才能显出其美妙韵味的作曲家,在大家的催促下朗诵一小段新写成的篇章的诗人,以及正在寻找委托任务的画家。偶尔也会有个带有贵族头衔的人来给聚会增添一点光彩；不过那是很难得的，因为当时的贵族还没有变得疏放不羁，一位上流社会的人士要是和艺术家们结交往来，那通常不是因为这位人士闹出了臭名昭著的离婚案，就是因为打牌输了点钱而还不起；出了这样的事，他（或她）觉得在自己那个社会阶层中的生活变得有点难堪。如今我们已经完全改变了这种情况。义务教育对世界的一个最大好处，就是使写作实践在贵族和绅士阶层中广为流行。霍勒斯·沃尔波尔[①]曾编过一本《王室和贵族作家概览》，这样的书如今要编的话，就会像百科全书一样厚了。一个贵族头衔，哪怕是一个名义上的头衔，也可以使几乎随便哪个人成为一个知名作家；可以肯定地说，一个人要进入文学界，没有比高贵的出身更好的通行证了。

有时候，我确实认为我们的上议院不久一定免不了要被废除。既然如此，如果法律规定，文学这个行业只准上议院议员和他们的妻子儿女去从事，那可是一个很好的方案。这是英国人民对于贵族放弃他们世代相传的特权所给予的相当得体的补偿。这对于那些一心致力于供养歌女、赛马和玩 chemin de fer[②] 这类公共事业而家境穷困的贵族（他们的数量太多了），也是一种维持生计的方法，而且对于其他那些由于自然选择最终变得什么别的事都

---

① 霍勒斯·沃尔波尔（1717—1797）：英国作家，以其英国第一部哥特式小说《奥特朗托堡》和可以概观当时社会政治情况、风俗情趣的三千多封书信闻名。
② 法语：九点。按：此系一种纸牌赌法，庄家与赌客各分两至三张牌，以总点数最大但不超过九为胜。

干不了，只适合于治理大英帝国的贵族，也是一种愉快的职业。不过现在是专门化的时代，如果我的计划受到采纳，那么显而易见，必然会因为文学的各个领域由贵族的各个阶层分管而给英国文学增添更大的光彩。因此，我建议文学中比较低级的门类应由爵位较低的贵族去从事，男爵和子爵应专门致力于新闻和戏剧写作。小说可以成为伯爵拥有特权的领域。他们已经表现出对这门艰难的艺术的天才，而且他们人数众多，足以满足需求。至于侯爵，可以安心地把文学中那部分被称作 belles lettres[①]（我一直不清楚为什么叫这么个名称）的作品交给他们去完成。从金钱的角度看，这种作品也许赚不了多少钱，但是却具有一种非常适合于冠有这种浪漫头衔的作家的特征。

文学的最高形式是诗歌。诗歌是文学的终极目的。它是人的心灵最崇高的活动。它是美的结晶。在诗人经过的时候，散文作家只能让到一旁；在诗人的面前，我们那些最优秀的人物看上去都像一块干酪似的无足轻重。由此可见，诗歌的写作应该由公爵来承担，而且我希望他们的权利受到最严厉的刑罚的保护，因为这样一门最崇高的艺术如果不由最崇高的人物去从事，那简直不可容忍。由于在这门艺术中也应当贯彻专门化的原则，所以我预见到公爵们（就像亚历山大[②]的继承者们那样）也会把诗歌的领域在他们之间划分一下，每个公爵只从事自己由于遗传影响和天生

---

① 法语：纯文学。
② 亚历山大：指马其顿国王亚历山大大帝（公元前356—前323）。

兴趣而擅长的那方面的诗歌写作。因此我预见到曼彻斯特公爵们专写教诲和具有道德寓意的诗歌，威斯敏斯特公爵们专写唤起人们对大英帝国的义务和责任的激动人心的诗歌；而在我的想象中，德文郡的公爵们多半会写普洛佩提乌斯①式的情诗和哀歌，同时马尔伯勒的公爵们则几乎不可避免地会以家庭幸福、征兵和满足低微的地位为主题吹奏起田园诗的旋律。

可是如果你说这样安排稍微有点难办，并且提醒我说诗神不一定始终威风凛凛地昂首阔步，有时候也会轻盈神奇地飘然而至；如果你想起那个聪明人的话：只要他能为这个国家写作歌词，他就不在意谁去制定国家的法律，因而问我（你正确地认为这项工作交给公爵去做是不恰当的）应当由谁来拨动琴弦，弹奏人类多变不定的灵魂偶尔渴望听到的曲调，我的回答是（显然我早应该想到）公爵夫人。我认识到那种罗马涅多情的农夫对他们的情人吟唱托卡托·塔索②的诗句的时代，那种汉弗莱·沃德夫人对着小阿诺德的摇篮低声哼唱《俄狄浦斯在科罗诺斯》③中的合唱曲的时代，已经一去不复返了。当今的时代要求更切合目前情况的歌曲。因此我建议那些比较热心家务的公爵夫人应当写作我们的圣歌和儿歌，而那些活泼风骚的公爵夫人，就是那些总想把葡萄叶子和

---

① 普洛佩提乌斯（约公元前50—前15）：古罗马哀歌诗人，写有四卷哀歌，大部分为爱情诗。
② 托卡托·塔索（1544—1595）：意大利文艺复兴后期诗人。
③ 《俄狄浦斯在科罗诺斯》：古希腊三大悲剧诗人之一索福克勒斯（约公元前496—前406）所著最后一个悲剧。

草莓混在一起的公爵夫人则应当去为音乐喜剧写抒情歌词,为漫画小报写谐趣诗,为圣诞贺卡和彩包爆竹①写格言警句。这样一来,她们就会在英国公众的心中保持她们迄今为止只靠尊贵的地位所具有的位置。

我就是在星期六下午的这些茶会上非常惊讶地发现,爱德华·德里菲尔德竟然成了一个了不起的人物。这时他已写了二十多本书,虽然都没有为他带来多少收入,但是他的名气却已很响。最有眼光的评论家都赞扬他的作品,上他家来的朋友们都一致认为总有一天他会受到重视。他们责怪公众竟看不到这儿有一个伟大的作家;既然颂扬一个人的最容易的方法就是贬低另一个人,他们就任意地诋毁所有那些当时的名声超过德里菲尔德的作家。其实,如果我当时就像后来那样了解文学界的情况,我就应该从巴顿·特拉福德太太对他相当频繁的拜访中猜到,爱德华·德里菲尔德走红的日子已经为期不远;他会像一个参加长跑比赛的运动员那样突然冲向前去,把一起参赛的那一小群脚步沉重的选手都甩在身后。我承认在我初次被引见给这位太太的时候,我压根儿没有把她的名字放在心上。德里菲尔德向她介绍说我是他在乡间居住时的一个年轻的邻居,并且告诉她说我是一个医科学生。她甜甜地朝我笑了一笑,柔声细气地说了一些关于汤姆·索亚②的话,接过我递给她的黄油面包,就继续和主人谈起话来,可是我

---

① 彩包爆竹:联欢会、宴会上装有糖果、小饰物、箴言等的小礼包,抽开时作噼啪声。
② 汤姆·索亚:美国作家马克·吐温(1835—1910)的著名小说《汤姆·索亚历险记》中的主人公。

注意到她的到来对在场的人产生了不小的影响,本来热闹、欢快的谈话停止了。我低声打听她究竟是什么人,我发现旁人对我的无知大为吃惊;他们告诉我说她曾经"造就"了某某人和某某人。她坐了半个小时,随后站起身来,非常谦和有礼地和她认识的人握手告别,轻盈绰约地侧身走出房去。德里菲尔德把她送到大门口,扶她上了马车。

巴顿·特拉福德太太当时大约五十岁;她身材瘦小,眉眼却很开阔;这使她的头部显得太大,与她的整个身体不成比例;她那一头银白色的鬈发留成米洛的维纳斯①的发式,她年轻的时候想必十分标致。她素雅地穿着黑丝绸的衣衫,脖子上挂着几条叮当作响的珠子和贝壳项链。据说她早年的婚姻并不美满,但是当时她已经和一位内政部的书记员、著名的史前人类学权威巴顿·特拉福德情投意合地结婚多年。她给人一种奇怪的感觉,好像浑身上下没有骨头;你觉得要是你捏一下她的小腿(当然,出于对女性的尊重以及她脸上的那种文静端庄的神态,我绝不至于做出这种行为),你的手指头就会碰在一起。你拿起她的手的时候,你会觉得拿起的好像是一块剔去骨头的鱼片。虽然她眉眼十分开阔,但是她的整个面庞却给人一种变动不定的感觉。在她落座的时候,她似乎身上根本没有脊梁骨,看上去好像一个装满了天鹅羽绒的昂贵的靠垫。

---

① 米洛的维纳斯:著名古希腊大理石雕塑,作于公元前2世纪,1820年在希腊的米洛岛被发现,现藏于巴黎卢浮宫。

她身上的一切：她的嗓音、她的笑容、她的笑声无不具有一种柔和的味儿；她的浅色的小眼睛柔和得好似花朵；她的举止则柔和得有如夏天的雨水。就是这种不寻常的、妩媚动人的特征使她成为一位很有助益的朋友，也正是这种特征为她赢得了目前的名声。几年前，那个伟大的小说家的去世对各个讲英语的民族是一个极大的震动，而所有的人都知道这位小说家跟她之间的友谊。小说家去世后不久，在大家的劝说下，她公开发表了他写给她的大批信件，大家都看了这些信。在这些信的每一页上，都可以看出他对她的美貌的倾倒，对她的判断力的重视。他永远都无法充分表达他是多么感谢她的鼓励，她的支持，她的机敏，她的眼光。如果他在这些信件中的某些表达感情的方式，如同有些人所认为的那样会使巴顿·特拉福德先生读起来心绪复杂，那只给作品增添了人情味。可是巴顿·特拉福德先生并没有受到凡夫俗子的偏见的影响（他的不幸，如果那能算作不幸的话，就是历史上很多最伟大的人物泰然忍受的不幸①），而且他还放下对奥瑞纳文化时期的火石和新石器时代的斧头的研究，同意撰写一本这位已故小说家的传记，其中他相当明确地表示这位作家的天才之所以能充分发挥，很大部分是由于他妻子的影响。

可是巴顿·特拉福德太太对文学的兴趣和对艺术的热爱，并没有因为她出过大力帮助的那个朋友在她的不可忽视的协助下已经成为后世景仰的人物而消失。她勤于读书，几乎没有什么值得

---

① 指惧内，受妻子摆布。

注意的作品会被她所忽略,她总是很快就和任何有前途的年轻作家建立起个人关系。她的名声已经很大,特别在她丈夫写的那本传记出版以后,所以她相信谁都不会对她准备给予的支持犹豫不决,不去接受。巴顿·特拉福德太太交友的天才,必然会在适当的时候找到展示的机会。在她读到什么吸引她的作品的时候,同样很有批评眼光的巴顿·特拉福德先生就会给这位作家写一封热情洋溢的信,对他的作品表示赞赏,并邀请他到他们家去吃午饭。午饭后,巴顿·特拉福德先生总不得不回内政部去办公,于是这位作家就给留下来和巴顿·特拉福德太太闲谈。很多人都接到邀请。他们都各有所长,但是这还不够。巴顿·特拉福德太太有一种不凡的眼力,她信任她的这种眼力,这种眼力要她静心等待。

她确实非常谨慎小心,所以在贾斯珀·吉本斯的问题上她差点儿坐失良机。过去的记载告诉我们,有些作家可以一夜成名,但是在我们今天这个更为谨慎的时代中却没听说过这种事儿。评论家总要观察一下形势再做决定,而广大读者则因为上当的次数太多了,也不愿意毫无必要地贸然表态。可是就贾斯珀·吉本斯而言,他几乎确确实实是一举成名的。如今他差不多完全被人忘却了,那些曾经赞扬过他的评论家,要不是因为在无数报馆的档案中都有他们发表的言论的小心存档的资料,会很愿意收回他们曾经说过的话。在这种情况下,想到当年他的第一本诗集出版时所引起的轰动,简直叫人难以置信。当时最重要的报刊都大篇幅地刊登对他这本诗集的评论,所占的篇幅几乎相当于对职业拳击赛的报道;最有影响的评论家争先恐后地对他表示热切的欢迎。

他们把他比作弥尔顿（因为他的无韵诗声调铿锵），比作济慈（因为他那丰富的引起美感的意象），比作雪莱（因为他那空幻飘逸的想象）；他被当作一根棍棒去打击那些评论家已经厌倦的偶像，他们用他的名义噼噼啪啪地抽打丁尼生勋爵干瘪的屁股，还在罗伯特·布朗宁①的秃脑袋上重重地敲上几下。公众像耶利哥②的城墙倒塌似的纷纷拜倒。他的诗集一版又一版地总有销路。你在梅费尔③的伯爵夫人的小客厅里，在英国从南到北的牧师的起居室里，在格拉斯哥④、阿伯丁⑤和贝尔法斯特⑥的很多诚实而有知识的商人的客厅里，都可以看到贾斯珀·吉本斯的装帧漂亮的诗集。等人们得知维多利亚女王从忠诚的出版商手里接受了一本特别装帧的吉本斯诗集，并且把一本《高原生活日记抄》⑦回赠他（不是诗人本人，而是出版商）的时候，举国上下对吉本斯就掀起了无边的热情。

所有这一切仿佛都发生在瞬息之间。当初希腊有七个城市声称是荷马的出生之地，都想争到这份殊荣。虽然贾斯珀·吉本斯的出生地大家都知道是沃尔索尔⑧，但是却有比七多一倍数量的评论家声称是自己发现了吉本斯。一些著名的文学评论家二十年来

---

① 罗伯特·布朗宁（1812—1889）：英国著名诗人。
② 耶利哥：西亚尼海以北古城；据《圣经》载，祭司吹响号角，该城城墙即神奇地塌陷。
③ 梅费尔：伦敦西区高级住宅区。
④ 格拉斯哥：英国苏格兰中南部港口城市。
⑤ 阿伯丁：英国苏格兰东北部港口城市。
⑥ 贝尔法斯特：英国北爱尔兰东部港口城市。
⑦ 《高原生活日记抄》：英国维多利亚女王（1819—1901）所著。
⑧ 沃尔索尔：英国英格兰中部城市。

一直在周刊上互相吹捧对方的作品,如今却为此吵得不可开交,彼此在文学协会见面时都不理不睬。上流社会在确认这位诗人方面也一点都不怠慢。守寡的公爵夫人、内阁大臣的夫人以及孀居的主教太太都纷纷邀请他去参加午宴和茶会。据说哈里森·安斯沃思①是头一个平等地参加各种社交活动的英国文人(我有时纳闷为什么没有哪个有魄力的出版商因而考虑出版他的全集);可是我相信贾斯珀·吉本斯是头一个让自己的名字印在家庭招待会的请柬下面用以招揽来客的诗人,而他也确实像一个歌剧演员或口技艺人一样富有吸引力。

在这种情况下,巴顿·特拉福德太太无法一开始就占据有利的地位。她只好在公开的市场上做这笔买卖。我不知道她采用了什么惊人的策略,施展了什么神奇的手腕,表现了什么样的体贴关怀和细腻的同情,说了什么故作娴雅的好听的言辞;我只能从旁猜测,表示钦佩。她总算把贾斯珀·吉本斯骗到手了。没过多久,他就完全被控制在她柔软的手中。她干得实在漂亮。她把他请来吃饭,让他会见合适的人。她举行家庭招待会,请他为在座的英国社会最显赫的人物朗诵他的诗歌;她把他介绍给著名的演员,这些演员请他为他们写剧本;她设法使他的诗歌只刊登在合适的刊物上;她出面去和出版商谈判,她为他所签订的合同会使内阁大臣都感到吃惊。她小心提防,要他只接受她同意的邀请;她甚至把他与他那一起幸福生活了十年的妻子拆开,因为她觉得

---

① 哈里森·安斯沃思(1805—1882):英国小说家。

一个诗人要完全忠实于自己和他的艺术，就绝不该受到家庭的拖累。如果事情全盘失败的话，巴顿·特拉福德太太只要愿意，完全可以声称自己为他做了力所能及的一切。

事情果然全盘失败了，贾斯珀·吉本斯又出了一本诗集。这本诗集既不比头一本好，也不比头一本差，实际和头一本相去无几；它受到读者的重视，可是评论家的态度却有所保留，其中有几位还吹毛求疵地加以批评。这本诗集令人失望，销路也不好。而不幸的是，贾斯珀·吉本斯开始酗酒。他从来不习惯手里有钱，也不习惯提供给他的种种奢靡的娱乐消遣，也许他开始思念他那平凡朴实的可爱的妻子。有一两次，他上巴顿·特拉福德太太家去参加宴会，凡是不像巴顿·特拉福德太太那样老于世故而又那样思想单纯的人，都会认为他喝醉了酒。可是巴顿·特拉福德太太却温文有礼地告诉客人们说诗人今晚身体不大舒服。他的第三本诗集完全失败了。评论家们把他批评得体无完肤；他们把他打翻在地，再踩上几脚，就像爱德华·德里菲尔德爱唱的一首歌的歌词所说的，后来揪着他满屋子转，然后就往他脸上踏。他们把一个文笔流畅的打油诗人错当成了一个不朽的诗人，自然相当恼火，于是决意要让他为他们的错误遭受惩罚。随后贾斯珀·吉本斯由于在皮卡迪利大街酗酒和妨害治安而受到逮捕，巴顿·特拉福德先生不得不在半夜去葡萄街把他保释出来。

巴顿·特拉福德太太在这个当口的表现是无可非议的。她没有抱怨，也没有脱口说出一句严厉的话。即使她感到有些愤懑，那也是可以原谅的，因为她为这个人出了这么大的力，而他却辜负了她的期望。她依然温柔、体贴，满怀同情。她是一个明白事理的女人。她最后把他抛弃了，但采取的方式并不是急急忙忙地立刻断绝和他的关系。她是以无限柔和的方式把他抛弃的，就像她决定做出什么违背自己本性的事情时肯定会洒落的眼泪一样柔和。她抛弃他的时候做得极其老练得体，极其敏感乖觉，连贾斯珀·吉本斯本人恐怕都不知道他已经被抛弃了。不过这一点是毋庸置疑的。她不会说任何反对他的话，实际上她压根儿就不愿意再谈到他，别人提起他的时候，她也只略带伤感地微微一笑，接着叹一口气。不过她的微笑是coup degrâce[①]，她的叹息则深深地把他埋葬了。

巴顿·特拉福德太太对文学的热爱那样真诚，不会为了这样一个挫折就长期地消沉下去。不管她有多么失望，她是一个毫无私心杂念的人，决不会让自己天生具备的机敏、同情和领悟的禀赋搁置不用。她继续在文学界活动，参加各处的茶会、晚会和家庭招待会，她依然显得娇媚动人，举止娴雅，会心地听着别人讲话，但却保持着警惕、审慎的态度，决心（如果可以直言不讳的话）下一次要支持一个胜利者。就在这个时候，她碰到了爱德华·德里菲尔德并对他的才具产生了良好的印象。的确，德里菲尔德并不年轻，但是他也不大会像贾斯珀·吉本斯那样身败名裂。她向德里菲尔德表示她的友谊。她告诉德里菲尔德说他的精美的作品只被少数人所知晓，实在令人不平；她以她固有的那种温文

---

① 法语：致命的一击。

有礼的方式这么说的时候，德里菲尔德不能不为之感动。他觉得既高兴又得意。一个人听到旁人断言他是一个天才，心里总不免会很舒畅。她告诉他巴顿·特拉福德先生正在考虑为《评论季刊》写一篇关于他的重要文章。她邀请他参加午宴，介绍他认识一些可能对他会有用处的人。她希望他结识一些和他一样善于思考的人。有时候，她领他到切尔西大堤去散步，他们谈论已经去世的诗人，谈论爱情和友谊；他们也去ABC茶室①喝茶。当巴顿·特拉福德太太星期六下午上林帕斯路来的时候，她的神气就像一个要做交配飞行的蜂王似的。

她对德里菲尔德太太的态度十分周到，既和蔼可亲，又一点不显得高人一等。她总是很有礼貌地感谢德里菲尔德太太允许她前来拜访，而且恭维德里菲尔德太太的容貌出众。如果她对德里菲尔德太太称道她丈夫，并且带着几分羡慕的口气告诉她，能与这样一个伟大的人物结为伴侣该是多么大的荣幸，那自然也完全是一片好意，而不是因为她知道对一个作家的妻子来说，再没有比听到另一个女人夸赞自己的丈夫更为可恼的了。她和德里菲尔德太太谈的都是后者单纯的天性可能会感兴趣的简单的事情，例如烹调、用人、爱德华的健康以及她应当如何对他小心加以照顾等。巴顿·特拉福德太太对德里菲尔德太太的态度，完全像一个出身苏格兰上等家庭的妇女（而她正是这么一个人）对待一个卓越的文人不幸娶为妻室的前酒店女招待的态度。她亲切友好，爱

---

① ABC茶室：指伦敦泡腾面包公司（Aerated Bread Company）所经营的茶室。

开玩笑,温和地决意要不让她感到拘束。

奇怪的是,罗西却受不了她;不错,巴顿·特拉福德太太是我知道的她唯一不喜欢的人。今天"骚货"和"该死的"已经成了最有教养的年轻女子的流行词汇的一部分,而在当时,就连酒店女招待平常也不在谈话中使用这类词语,我从来没有听罗西用过一个会使我的索菲婶婶感到惊骇的字眼。如果有人讲个略微有点猥亵的故事,她立刻会变得面红耳赤。可是她总把巴顿·特拉福德太太称作"那只讨厌的老猫"。她的比较亲近的朋友总是极力劝说,好让她对巴顿·特拉福德太太客气一点。

"别发傻,罗西。"他们说,他们都管她叫罗西,虽然我非常腼腆,但不久也习惯于这么称呼她了。"只要特拉福德太太愿意,她是可以使德里菲尔德成名的。他必须博得她的好感。要是有人能把事儿搞得成功的话,这个人就是她。"

德里菲尔德家的客人大多数都不是经常来的,有的人隔一个星期来一次,有的人隔两三个星期来一次,可是有一小群人跟我一样,几乎每个星期都来。我们是他们坚定的支持者;我们到得很早,走得很晚。在这一小群人中间,最可信赖的三个人是昆廷·福德、哈里·雷特福德和莱昂内尔·希利尔。

昆廷·福德身材矮壮结实,头部长得很好,后来有一阵子,电影里很崇尚这种脸型,笔直的鼻梁,漂亮的眼睛,剪得平展展的灰色的短发,黑色的八字须;如果他再高上四五英寸的话,他就可以成为传奇剧中最典型的恶棍形象。大家知道他有些"很有权势的亲友",而他自己手头也很宽裕;他唯一的工作就是推动艺术。每出戏的首演夜场和每场画展的预展,他都前去观看。他有着业余爱好者的那种苛刻的眼光,对于当代人的作品都抱着一种礼貌的但却全然不屑一顾的态度。我发现他到德里菲尔德家里,并不是因为德里菲尔德是个天才,而是因为罗西的美貌。

现在回想起来,我自己也不禁十分诧异,当时那么明显不过的事情,竟然还要等到别人道破我才发现。在我初次认识罗西的时候,我从来没有想过她究竟好看不好看;等我隔了五年又见到她的时候,我才头一次注意到她长得很漂亮,我很好奇,但也并没有对此用心去多想。我把她的美貌看成事物发展的自然规律,正如北海或特堪伯里大教堂的尖塔上面的落日一样。所以当我听到别人谈论罗西长得很美的时候,我确实相当吃惊。当他们向爱德华称赞罗西的容貌,他盯着她的脸看了会儿的时候,我也不禁跟着往她的脸上看去。莱昂内尔·希利尔是一个画家,他请罗西让他画一张她的像。当他谈到自己想要画的这幅画像,并且告诉我他在罗西身上看到什么的时候,我只能傻乎乎地听着。我感到稀里糊涂,一点摸不着头脑。哈里·雷特福德认识一个当时常为时髦人物拍照的摄影师,他讲好了具体的价钱,把罗西带去请他照相。过了一两个星期六的聚会以后,样片出来了,我们都拿着观看。我还从来没有见过罗西穿着夜礼服的样子。照片上她穿着一件白缎子的礼服,长长的裙裾,蓬松的袖子,领口开得很低;她的头发比平时梳得更加精美。她看上去和我最初在欢乐巷见到的那个头戴草帽、穿着浆过的衬衫的身强体壮的年轻妇女完全不同。可是莱昂内尔·希利尔却不耐烦地把照片扔在一边。

"糟透了,"他说,"照片又能表现出罗西的什么呢?她身上突出的地方在于她的色彩。"他朝她转过脸去,"罗西,你知道吗?你的色彩是这个时代最伟大的奇迹。"

她望着他,没有回答,但是她那丰满鲜红的嘴唇却绽现出她那孩子气的调皮的微笑。

"要是我能把你的色彩哪怕只表现出几分,我这辈子的事业就算成功了,"他说,"所有那些有钱的证券经纪人的老婆都会跑来跪着求我像画你一样地为她们画像。"

不久我听说罗西真的去让他画像了。我从来没有去过画家的画室,总把那种地方看成风流韵事的入口;我问希利尔我是否可以哪天到他那儿去看看画的进展情况,可是他说他还不想让任何人去看他的作品。希利尔那时三十五岁,样子打扮得十分奢华。他看上去就像一幅凡·戴克所作的肖像画,只是那卓荦不群的气质被一种和和气气的神情所代替了。他身材细长,比中等个子的人略高那么一点,长着一头又长又密的黑发,嘴唇上留着飘垂的八字须,下巴上留着尖尖的小胡子。他爱戴墨西哥阔边帽,穿西班牙斗篷。他在巴黎住过很长一段时间,常用钦佩的口气谈论莫奈[①]、西斯莱[②]、雷诺阿[③]等我们从未听说过的画家,而对

[①] 莫奈(1840—1926):法国画家,印象派创始人和主要代表人物,常在户外作画,探索光色与空气的表现效果。
[②] 西斯莱(1839—1899):英裔法国风景画家,印象派创始人之一,喜以阳光中的树林和河流为题材。
[③] 雷诺阿(1841—1919):法国印象派画家,创作题材广泛,尤以人物画见长。

我们内心十分崇敬的弗雷德里克·莱顿爵士[①]、阿尔玛–塔德马[②]和乔·弗·瓦茨[③]则嗤之以鼻。我常常感到纳闷,不知他后来怎么样了。他在伦敦待了几年,想要有一番成就,可是大概失败了,于是流落到佛罗伦萨。听说他在那儿开办了一所绘画学校,可是多年以后,当我碰巧在那座城市停留的时候,我四处打听他的下落,却没有一个人听到过他的名字。我觉得他一定有些才气,因为直到今天,我还非常清楚地记得他给罗西·德里菲尔德画的那幅画像。不知道那幅画像后来的命运如何。是给毁掉了呢还是给藏起来了,也许是在切尔西的一家旧货店的阁楼上面壁放着?我倒觉得这幅画像至少应该在哪个外地美术馆的墙上占有一个位置。

希利尔最终同意我去看这幅画像了,那时我可真是实实在在地陷入了窘境。他的画室在富尔哈姆路,是在一排店铺背后的一群房屋中,到他的画室去要穿过一条又黑又臭的过道。我去的那天是三月里的一个星期天下午;天气晴朗,天空碧蓝,我从文森特广场穿过好几条空寂无人的街道。希利尔住在画室里,里面有一张他睡的很大的长沙发,画室后面有一个很小的房间,他就在那儿做早饭,冲洗画笔,大概也冲洗自己的身体。

我到那儿的时候罗西还穿着画像时穿的衣服,他们正在喝

[①] 弗雷德里克·莱顿爵士(1830—1896):英国学院派画家,皇家美术院院长。
[②] 阿尔玛–塔德马(1836—1912):英籍荷兰画家,作品描绘田园史诗,后多取材于希腊和罗马古迹。
[③] 乔·弗·瓦茨(1817—1904):英国画家、雕刻家。

茶。希利尔为我开了门,拉着我的手就把我一路带到那幅宽大的画布前。

"就在这儿。"他说。

他给罗西画了一幅全身像,只比真人略小一点;罗西在画中穿着一件白丝绸的夜礼服。这幅画像同我惯常见到的那种学院派肖像大不相同。我不知道该说什么是好,于是就把脑子里闪过的头一个念头脱口说了出来。

"什么时候可以画完?"

"已经画完了。"他答道。

我脸涨得通红,觉得自己真是个十足的傻瓜。那时候,我还没有学会今天我自认为已经掌握的足以用来品评现代艺术家的作品的诀窍。假如这儿是一个适当的场合,那我就可以写一本非常简明扼要的指南,引导业余爱好绘画的人凭借创造性本能所产生的丰富多彩的表现,使各种艺术家感到满意。为了承认无情的现实主义画家①的力量,你应当大叫一声"天哪!"如果给你看的是一位高级市政官的寡妇的彩色照片,为了掩盖你的窘态,你应当说"这实在太真实了"。为了表示对后期印象派画家②的赞赏,你应当低声吹起口哨;要表示你对立体派画家③的看法,你应当说

---

① 现实主义画家:指由19世纪法国画家库尔贝开创的现实主义艺术流派的画家。
② 后期印象派画家:指19世纪后期对印象派加以变革的一批画家,包括塞尚、高更、凡·高、修拉、图卢兹-劳特累克等。
③ 立体派画家:指20世纪初出现于法国的一个把物体和人体改为几何形式或立方块组合的艺术流派的画家,以毕加索、布拉克为代表。

"这太有意思了"。"哦"是用来表示你非常激动,"啊"则用以表示你惊呆了。

"这实在像极了。"当时我却只笨嘴拙舌地这么说了一句。

"在你眼里还不够伤感浪漫。"希利尔说。

"我觉得它非常好。"我连忙答道,想为自己解释,"你准备把它送到皇家美术院去吗?"

"天哪,当然不会!我可能把它送到格罗夫纳①去。"

我把目光从画像转向罗西,又从罗西转向画像。

"摆出画像时的姿势,罗西,"希利尔说,"让他看看你。"

她站起来,走到模特儿站立的台上。我盯着她看看,又盯着画像看看。我心头产生了这么一丝奇怪的感觉,仿佛有人轻轻地往我心上插进了一把尖刀;可是这种感觉一点也不难受,虽然有点儿疼,却出奇的舒适;接着我突然感到双膝发软。现在我分不清楚我记忆中的罗西到底是她的真人,还是她的画像,因为每当我一想到她的时候,出现在我脑海里的并不是那个我最初见到的穿着衬衫、戴着草帽的罗西,也不是那时或后来我见到她穿着别的衣衫时的形象,而总是穿着希利尔所画的那件白丝绸衣衫、头上有一个黑丝绒蝴蝶结的模样,而且总是希利尔要她摆的那个姿势。

我一直并不确切地知道罗西究竟有多大年纪,我尽力推算了一下年头,我想那时她一定有三十五岁了。不过她外表可一点都

---

① 格罗夫纳:伦敦著名私人画廊。

看不出来。她的脸上没有什么皱纹，她的皮肤像小孩的一样光滑。我觉得她的五官长得并不怎么端正，看上去肯定没有那些当时所有店铺里都有她们照片出售的贵族夫人的高贵气派；她的眉目并不轮廓分明。她那短短的鼻子稍嫌大了一点，她的眼睛略小，嘴却很大。可是她的眼睛像矢车菊一样蓝，它们总和她那鲜红性感的嘴唇一起露出笑意，那是我见过的最欢快、最友好、最甜美的笑容。她天生一副阴沉忧郁的样子，但是每当她露出笑容的时候，这种阴郁会突然变得特别富有吸引力。她的脸色并不红润，而是一种很淡的褐色，只在眼睛下面微微泛出一点青色。她的头发是淡金色的，梳成当时流行的发式，挽得很高，额前有一排精心梳理的刘海儿。

"画她可费心思了。"希利尔看了看罗西又看了看他的画，说道，"你看，她的脸和她的头发，她整个人都是金色的，可是她给你的印象却不是金黄色的，而是银白色的。"

我明白他的意思。罗西浑身都闪着光，但不像太阳而像月亮那样淡淡地闪着光。如果要把她比作太阳的话，那她也是破晓时分茫茫白雾中的太阳。希利尔把她安排在画的中央；她站在那儿，双臂垂在身体的两侧，手心向着你，头略后仰；这种姿势特别突出了她那珠玉一般美丽的颈部和胸部。她像一个在向观众谢幕的女演员那样站着，被出乎意料的掌声弄得茫然不知所措；可是她身上洋溢着一种无比纯洁、如同春天所散发出的清新气息，因此把她比作演员是荒唐的。这个淳朴的人从来不了解化妆油彩或舞台上的脚灯。她像一个易动爱情的少女站在那儿，正天真无邪地要把自己投入情人的怀抱，因为她是在完成造物主的意旨。她这一代人并不害怕身体显露出丰富的线条；她身段苗条，但她的胸部却很丰满，臀部的线条也很分明。后来巴顿·特拉福德太太看到这幅画像，她说这使她想到一头用于献祭的小母牛。

十五

爱德华·德里菲尔德在晚上工作，罗西无事可做，很喜欢和她的这个或那个朋友到外面去玩玩。她喜爱奢华，而昆廷·福德有的是钱。他常雇辆马车来接她，带她去凯特纳饭店或萨伏依饭店吃饭，而罗西也会为他穿上自己最漂亮的衣服；哈里·雷特福德虽然身上一个子儿没有，但是却显出一副好像很有钱的样子，也雇了小马车带她上各处去玩，请她在罗马诺饭店或者在索霍逐渐时兴的这家或那家小饭馆吃饭。他是个演员，很会演戏，可是很难找到适合他的角色，因此经常失业。他年纪大概三十上下，相貌丑陋，却并不惹人讨厌；他说话的时候发音吐字往往掐头去尾，听上去十分有趣。罗西喜欢他对生活的那种满不在乎的态度，也就是他穿着伦敦最高级的裁缝做的还没付钱的衣服那种大摇大摆的样子，他把手里并没有的五英镑押在一匹赛马上的那种鲁莽作风，以及他侥幸地赢到钱后挥金如土的那种豪爽气派。他性格开朗，风度迷人，虚荣心强，爱说大话，无所顾忌。罗西告诉我有一次他典当了自己的手表请她去外边吃饭，后来又带她去看戏，戏票是一个演出经理送的,哈里向这位经理借了几英镑好在散戏后请他随他们一起去吃宵夜。

可是她同样也爱和莱昂内尔·希利尔上他的画室去,吃他们俩一起烧的排骨,晚间就在那儿聊天,但她难得和我一起出去吃饭。我总在文森特广场的寓所吃好晚饭后才来接她出去,那时她也和德里菲尔德一起吃过饭了。我们总一起坐公共马车到一家歌舞杂耍剧场去看表演。我们也去各个戏院看戏,不是去帕维林戏院就是去蒂沃里戏院,有时也去大都会戏院,如果那儿正好有个我们想看的剧目;可是我们最喜欢去的场所是坎特伯雷戏院。那儿票价便宜,演出水平却不差。我们叫上几杯啤酒,我抽着烟斗。罗西兴冲冲地环顾四周,望着这个被烟熏得乌黑的大戏院,里面从下到上挤满了前来看戏的伦敦南部的居民。

"我喜欢坎特伯雷戏院,"她说,"这儿的气氛真和家里一样。"

我发现她看过很多书。她爱好历史,但只是某种类型的历史,比如王后和王公贵人的情妇的生活。她会带着孩子气的惊讶神情告诉我她在书里看到的那些奇闻逸事。她对亨利八世[①]的六个妻子的身世了如指掌,对菲茨赫伯特太太[②]和汉密尔顿夫人[③]的事迹也知之甚详。她读书的胃口十分惊人,从卢克雷霞·博尔吉亚[④]到西班

---

① 亨利八世(1491—1547):英国国王,曾先后娶过六个妻子。
② 菲茨赫伯特太太(1756—1837):天主教徒,1785年与后来成为英王乔治四世的威尔士亲王秘密结婚。
③ 汉密尔顿夫人(1765—1815):英国海军上将纳尔逊的情妇。
④ 卢克雷霞·博尔吉亚(1480—1519):教皇亚历山大六世的私生女,惯于玩弄政治阴谋,曾多次结婚。

牙国王腓力①的那几个妻子的生平，无所不读；她也读过法国各个国王的那一大串情妇的艳史。从阿涅丝·索雷尔②一直到杜巴利夫人③，没有哪个人她不晓得，也没有她们的哪件事她不了解。

"我喜欢看真实的事情。"她说，"我不大爱看小说。"

她喜欢闲聊黑马厩镇上的各种琐事，我认为就是因为我和那个地方的关系，她才喜欢和我一块儿出去。那个镇上发生的事儿，她似乎样样都知道。

"我大概每隔一个星期左右就到那边去看望我的母亲，"她说，"就待一个晚上。"

"到黑马厩镇去吗？"

我觉得很惊讶。

"不，不是去黑马厩镇，"罗西笑着说，"现在我还不大想去那儿。我是去哈佛沙姆。母亲会来看我。我住在以前我干过活的那个旅馆。"

她并不是一个健谈的人。碰到天气好的时候，我们晚上在歌舞杂耍剧场看完演出后往往决定走着回去，一路上她从不开口说话。可是她的沉默也叫你感到亲切自在。你并不觉得自己给排除在她独自琢磨的想法之外，反而觉得自己也沉浸在一种四处弥漫的祥和气氛中。

有一次我向莱昂内尔·希利尔谈起罗西，我说我不明白她怎

---

① 西班牙国王腓力：指腓力二世（1527—1598），曾先后结过四次婚。
② 阿涅丝·索雷尔（1422—1450）：法国国王查理七世的情妇。
③ 杜巴利夫人（1743—1793）：法国国王路易十五的最后一个情妇。

么会从我最初在黑马厩镇认识的那个气色鲜艳、显得很讨人喜欢的年轻女人变成了现在这么一个几乎大家公认的俊俏的美人。(有些人并不完全同意这种看法。"当然她的身材不错,"他们说,"不过我个人不太欣赏她那样的脸型。"另一些人则说:"是啊,当然是个很漂亮的女人,只可惜缺一点与众不同的特点。")

"这个问题我马上就可以向你解释清楚。"莱昂内尔·希利尔说,"你头一次见到她的时候,她只是一个气色鲜艳、体态丰满的乡下女人,是我把她变美的。"

我忘了当时我是怎么回答他的,但是我的话肯定很粗俗。

"好吧。这只说明你根本不懂得什么是美。在我发现罗西像个闪着银光的太阳之前,谁都不觉得她的容貌有什么出众的地方。直到我给她画了像以后,大家才看到她的头发是世界上最美的东西。"

"那么她的脖子、她的胸脯、她的举止、她的骨头,也都是你造就的吗?"我问道。

"是的,该死的!那正是我造就的。"

每当希利尔当着罗西的面谈论她的容貌的时候,她总是带着微笑一本正经地听他说;她那苍白的脸蛋上泛起一片红晕。大概她开始听希利尔说起她的美貌的时候,以为他只是在跟她开玩笑;后来等她发现希利尔并不是开玩笑,而且把她画成泛着银光的金黄色的时候,她也并没有受到什么特别的影响。她只微微觉得有趣,心里当然高兴,又有点儿吃惊,不过她并没有得意忘形,她觉得希利尔有点儿癫狂,我常感到纳闷,不知他们俩之间有没有什么不同寻常的关系。我无法忘记我在黑马厩镇上听到的有关罗西的所有那些传闻,也忘不了我在牧师公馆花园里所看见的情景;我对她同昆廷·福德和哈里·雷特福德的关系也感到有些疑惑。我常留神观察他们和她在一起时的表现。她并不是显得和他们特别亲昵,倒像是忠实的朋友的关系;她经常公开地在旁人都听得见的地方和他们约好出去玩的时间;她望着他们的时候,脸上总带着那种调皮的孩子气的微笑,那时我才发现她的这种笑容有种神秘的美。有几次当我们并排坐在歌舞杂耍剧场里的时候,我看着她的脸;我并不认为自己爱上了她,我只是喜欢安安静静坐在她的身旁,看着她那淡金黄色头发和淡金黄色皮肤的感觉。莱昂内尔·希利尔当然说得不错;奇怪的是,罗西身上这种金黄的色彩确实给人一种奇异的月光似的感觉。她就像夏天傍晚阳光逐渐从明净的天空消失时那么宁静。她的这种无限安详的神态一点都不显得呆板迟钝,反而跟八月份的阳光底下肯特海岸外那风平浪静、闪闪发亮的大海一样充满生气。她不禁使我想起有位意大利老作曲家所创作的一首小奏鸣曲,在它那忧伤凄婉的旋律中却含有优雅活泼的情调,而在轻快起伏的欢乐中却又回响着颤抖的叹息。有时候,她感觉到我在看她,于是转过头来,直盯着我的脸看上一会儿。她没有说话。我不知道她在想什么。

我记得有一次我到林帕斯路接她出去,女用人告诉我说她还没有准备好,要我在客厅里等候。后来她进来了,穿着一身黑丝绒的衣服,头上戴着一顶插满鸵鸟毛的阔边帽(我们那天晚上打算去帕维林戏院,她就是为此而打扮的),当时她的模样实在标致可爱,我一时都惊呆了,简直不敢相信。那天的服装给她平添了一副端庄的神态。她那清纯秀丽的容貌(有时候,她看上去很像那不勒斯博物馆中那座精美的普赛克雕像①)在那身庄重的礼服的衬托下,显得特别妩媚动人。她有一个在我看来非常罕见的特征:两只眼睛下面的皮肤泛出淡淡的青色,显得像被露水沾湿了一般。有时候我真不相信这种颜色是自然的。有一次,我问她是不是在眼睛底下涂了凡士林。涂了凡士林后就会产生这种效果。她笑起来,拿出一块手帕递给我。

"你来擦一擦看看有没有。"她说。

后来有一天晚上,我们从坎特伯雷戏院步行回家,我把她送到家门口准备离开,但是在我伸出手来和她告别的时候,她扑哧一笑,把身子探向前来。

"你这个大傻瓜。"她说。

她对着我的嘴亲吻起来,那既不是匆匆的一吻,也不是热烈的一吻。她的嘴唇,她那两片非常丰满红润的嘴唇在我的嘴唇上停留了好一阵子,使我充分感受到它的形状,它的温暖,它的柔软。后来她从容地把双唇缩回,默不作声地推开大门,一闪身走了进去,把我留在外面。我惊讶得不得了,什么话都说不出来。我傻呵呵地接受了她的亲吻,仍然呆头呆脑地站在那儿。过了一

---

① 此处显然指的就是1726年从意大利卡普阿城的古罗马圆形剧场里发掘出的那座普赛克雕像。按:普赛克在希腊神话中是人类灵魂的化身,常以长着蝴蝶翅膀的少女形象出现。

会儿,我才转过身去,走回我的寓所。我的耳朵里似乎还听见罗西的笑声。她的笑声并不含有任何轻蔑或伤害我的感情的意思,相反显得又坦率又亲切,仿佛她这么笑是因为她喜欢我。

十六

以后有一个多星期，我没有再和罗西一起出去。她要到哈佛沙姆去看她母亲，在那儿住一晚。接着她在伦敦又有许多交际应酬。后来有一天，她问我愿不愿意陪她到干草市戏院去看戏。那出戏当时十分成功，免费的座位是搞不到的，因此我们决定去买正厅后座的票。我们先到莫尼科咖啡馆吃了牛排，喝了啤酒，然后就和一大群等着看戏的人在戏院门外等候。那时候还没有有秩序地排队的习惯，所以戏院的门一开，人们就发疯似的涌上前去，争先恐后地往里直挤。等我们最终挤进戏院抢到座位的时候，我们俩都已浑身发热，气喘吁吁，而且几乎给周围的人挤扁了。

散戏后我们穿过圣詹姆士宫公园回家。那天的夜色特别美，我们在公园的一张长椅上坐下。罗西的脸和她的那头金发在星光底下发出柔和的光泽。她似乎全身（我的表达方式相当笨拙，但是我实在不知道怎样描写她给予我的那种强烈感受）都洋溢着亲切友好的感情，这种感情又坦率又温柔。她像一朵夜晚开放的银色花朵，只为月光发出它的芬芳。我悄悄地用胳膊搂住她的腰，她转过脸来望着我。这一次是我开始吻她。她没有动；她那柔软鲜红的嘴唇平静而热烈地默默接受着我压上去的嘴唇，好似一片湖水接受着皎洁的月光。我不知道我们在那儿到底待了多久。

"我饿极了。"她突然说道。

"我也是。"我笑着说。

"咱们上哪儿去吃点炸鱼加炸土豆条好吗？"

"好啊。"

那时候，威斯敏斯特还没有成为议会成员及其他有教养的人士集中的高级住宅区，而是一个脏乱邋遢的穷人区，我对那个地方很熟悉。我们走出公园后，穿过维多利亚大街；我把罗西领到霍斯费里路的一家炸鱼店。时间已经很晚，店里唯一的顾客是一个马车夫，他的四轮马车停在店门外边。我们要了炸鱼加炸土豆条和一瓶啤酒。有个穷苦的女人进来买了两便士的杂碎，包在一张纸里拿走了。我们吃得很香。

从那儿回罗西的家要经过文森特广场，我们走过我住的房子时，我问她说：

"愿不愿意进去坐一会儿？你还从来没有看过我的房间。"

"你的女房东会怎么说？我不想给你惹麻烦。"

"噢，她睡得很沉的。"

"那我就进去待一会儿。"

我用钥匙开了门，过道里一片漆黑，我拉着罗西的手给她带路。我点上起居室的煤气灯，她脱下帽子，使劲地搔着头皮。随后她在屋子里到处找镜子，可是那会儿我很爱好艺术，早把壁炉台上方的那面镜子取下了。在这个房间里，谁都无法看见自己什么模样。

"到我的卧室去吧，"我说，"那儿有面镜子。"

我打开卧室的门，点起蜡烛。罗西跟着我进去，我举起蜡烛，好让她照镜子。当她对着镜子梳理头发的时候，我看着她在镜子里的形象。她取下两三个发夹，用嘴衔着，拿起一把我的头发刷子，把头发从颈背往上梳去。她把头发盘在头顶上面，轻轻地拍了拍，别上发夹。在她忙着这一切的时候，她的目光在镜子里偶然和我的目光相遇，于是冲我笑笑。等她别上最后一个发夹后，就转过脸来对着我；她什么话都不说，只是静静地看着我，蓝眼睛里仍旧带着一丝友好的笑意。我放下蜡烛。那个房间很小，梳妆台就在床边。她举起手，轻轻地抚摸着我的脸蛋。

写到这儿，我真懊悔自己当初用了第一人称来写这本书。如果你用第一人称单数把自己描写得和蔼可亲或是令人同情，那当然不错。这种语气在作家表现人物朴素的豪情或凄婉的幽默风趣时常被采用，而且要比任何其他形式收到的效果更大。如果你看到读者捧读你的作品的时候，眼睫毛上闪着泪花，嘴唇上现出温和的微笑，那么这样的自我表述倒也十分动人；可是如果你不得不把自己写成一个实实在在的大傻瓜，这种写法就不太可取了。

不久以前，我在《旗帜晚报》上看到伊夫林·沃[①]的一篇文章，他在文章中说，用第一人称写小说是一种可鄙的做法。我真

---

① 伊夫林·沃（1903—1966）：英国小说家。

希望他能解释一下原因,可是跟欧几里得[①]提出关于平行直线的著名论点时一样,他只是抱着信不信由你的那种漫不经心的态度,随口说出这种观点。我很关心,立刻向阿尔罗伊·基尔请教(他什么书都看,甚至那些由他写序的书也看),要他介绍我看几本关于小说艺术的书。根据他的建议,我看了珀西·卢伯克[②]的《小说技巧》。我从这本书里了解到写小说的唯一途径是学习亨利·詹姆斯;后来我又看了爱·摩·福斯特的《小说面面观》,我从这本书里了解到写小说的唯一途径是学习爱·摩·福斯特自己;接着我又看了埃德温·缪尔[③]的《小说结构》,我从这本书里什么都没学到。在上面提到的各本书中,我都没有找到这个有争议的问题的答案。不过我还是找到一个原因,可以说明为什么有些在当时负有盛名而如今大概已经被人遗忘的小说家,如笛福、斯特恩、萨克雷、狄更斯、艾米莉·勃朗特和普鲁斯特,在写作中采用了伊夫林·沃所指责的方法。随着我们年岁的增长,我们会日益意识到人类的错综复杂、前后矛盾和不通情理;这就是那些本来应该比较适当地去思考一些更为严肃的主题的中老年作家,把他们的心思转向想象中人物的琐事的唯一借口,因为如果对人类的研究应当从人入手的话,那么比较明智的方法显然应当是去研究小说中的那些前后一致、有血有肉的重要人物,而不是现实生活中的

---

① 欧几里得:约公元前三世纪的古希腊数学家,著有《几何原本》十三卷,一直流传至今。
② 珀西·卢伯克(1879—1965):英国评论家。
③ 埃德温·缪尔(1887—1959):英国诗人,评论家。

那些没有理性、模糊不清的形象。有时候小说家觉得自己就像上帝，他想把他作品中人物的各个方面都告诉你；可是有时候他又觉得自己不像上帝，于是他就不对你讲有关他的人物的所有应当知道的事情，而只是他自己知道的那一点儿。随着我们年岁的增长，我们越来越觉得自己不像上帝，所以听说小说家年纪越大，越不愿写超出他们个人生活经验范围的事情，我倒并不感到奇怪。针对这种有限的目的，用第一人称单数来写就成了一个极其有用的方法。

罗西举起手，轻轻地抚摸着我的脸。我也不清楚为什么当时我有那种表现；那根本不是我想象中的自己在这种场合的表现。从堵塞的嗓子眼里我发出一声呜咽。我不知道究竟是由于腼腆和孤独（是精神上的孤独，而不是肉体上的孤独，因为我整天都在医院里和各种各样的人打交道），还是由于当时的欲望过于强烈，反正我竟哭起来了。我觉得羞愧得不得了，竭力想要控制住自己，但是我无法冷静下来；泪水老是涌出我的眼眶，顺着我的脸蛋流下来。罗西看见我的眼泪，发出一声轻微的呼喊。

"哦，亲爱的，你怎么了？怎么回事？快别这样，别这样！"

她用双臂搂住我的脖子，也哭起来了，一边吻着我的嘴唇、眼睛和湿漉漉的脸蛋。接着她解开胸衣，把我的头拉到她的胸口。她抚摸着我那光滑的脸，轻轻来回摇动着我，好像我是她怀中的一个婴儿。我吻着她的胸脯，吻着她的洁白浑圆的脖子；她迅速脱下胸衣、裙子和衬裙。我搂了一会儿她的穿着紧身褡的腰身；随后她开始去解紧身褡，屏了一会儿气息才最终把它解开，穿着衬衣站在我的面前。我搂住她身体的左右两侧，可以感到紧身褡在她皮肤上勒出的纹路。

"把蜡烛吹了。"她悄没声儿地说。

当晨光透过窗帘，在残夜的黑暗衬托下展示出我的床铺和衣橱的轮廓时，是她叫醒了我。她亲吻着我的嘴唇把我唤醒，她的头发散落在我的脸上，弄得我怪痒痒的。

"我得起来了，"她说，"我不想让你的女房东看见我。"

"时间还早着呢。"

她朝我弯下身子，两个乳房沉甸甸地压在我的胸口上。不一会儿，她下了床。我点上蜡烛。她对着镜子把头发扎好，随后她在镜子里面打量了一下自己赤裸的身体。她生来腰身纤细，因而尽管体格健壮，身段却很苗条；两个乳房又坚实又挺拔，好像雕刻在云石上似的高耸在胸前。这是一个天生为了欢爱绸缪而生的躯体。这时候，在那片正在奋力与越来越强的日光争斗的烛光映照下，她的全身现出一片银光闪闪的金色，只有两个坚实的乳头是淡红色的。

我们默默地穿上衣服。她没有再束上紧身褡，而是把它卷了起来，我用一张报纸替她包好。我们蹑手蹑脚地走过过道。当我打开大门，我们两人走到街上的时候，黎明蓦然向我们迎来，就像一只小猫顺着台阶，一跃而上。广场上还是空荡荡的，沿街房子朝东的窗户上已经闪耀着阳光。我觉得自己就像这刚开始的一天那样充满朝气。我们挽着胳膊，一直走到林帕斯路的拐角上。

"你就送我到这儿吧，"罗西说，"谁知道会碰上什么。"

我吻了吻她,目送着她远去。她走得很慢,身子挺得笔直,就像一个喜爱感受脚底下的肥沃土地的乡村妇女那样迈着坚定的步子。我无法再回去睡觉,缓缓地一直走到河堤边。泰晤士河上闪耀着清晨明亮的色彩。一条棕色的驳船顺流而下,穿过沃霍尔大桥桥洞。靠近岸边的河面上有条小船,两个男人正在上面奋力划桨。我觉得饿了。

十七

在此后一年多的时间里,每逢罗西和我一起出去,在回家的路上,她总要到我的房间里待一会儿,有时候是一个小时,有时候一直待到破晓时的晨光警告我们女用人就要开始擦洗大门台阶的时候。我还记得那些温暖的阳光明媚的早晨,伦敦陈腐的空气变得清新宜人,我们的脚步声在空荡荡的街道上显得格外响亮,我也记得冬天寒冷阴雨的时节,我们挤在一把雨伞底下在街上急匆匆地走着,虽然彼此都不说话,心里却很欢畅。值班的警察在我们经过他身边的时候,往往会盯着我们看上一眼,眼睛里有时带着一丝怀疑,有时也闪露出理解的神情。偶尔,我们会见到一个无家可归的流浪汉,蜷缩在一个门廊底下睡觉,这时罗西就会友好地轻轻捏一下我的胳膊,而我(主要是为了摆谱儿,因为我想给罗西留一个好印象,其实我口袋里的先令很少)就会立刻把一个银币放在一个脱了形的膝盖上或是一只瘦骨嶙峋的拳头里。在那段日子里,罗西使我心里充满快乐。我非常喜欢她。她脾气随和,容易相处。她那平和的性情使所有同她接触的人都受到感染；只要跟她在一起，你就会分享到她的欢欣。

在我成为她的情人以前，我常常暗自思量她是不是别的什么人的情妇，比如福德、哈里·雷特福德，还有希利尔。后来我向她问起，她吻了吻我，说：

"别说傻话。我很喜欢他们，这你知道。我喜欢和他们出去玩玩，没有别的。"

我想要问她有没有当过乔治·肯普的情妇，但是我说不出口。虽然我从来没有见她发过脾气，可是我以为她还是有脾气的，而且我隐隐地觉得这个问题可能会使她发火。我不愿让她会有机会说出一些让我无法原谅的十分伤人的话。我那会儿很年轻，刚刚二十一二岁；在我眼中，昆廷·福德和别的人年纪都不小了；我觉得他们只作为朋友和罗西来往并没有什么不正常的地方。当我想到我是她的情人的时候，心里不禁激动地感到有些飘飘然。每逢我在星期六下午的茶会上看着她同所有的来客有说有笑的时候，我总是显得怡然自得。我会想起我和她在一起度过的夜晚，忍不住要笑话那些对我这个巨大的秘密一无所知的人。不过有时候，我觉得莱昂内尔·希利尔带着揶揄的神情看着我，好像他很欣赏在我身上发现的一个很大的笑柄。我心神不安地暗自思量，罗西会不会把我们之间的恋情告诉了他。我也不知道是不是我的举止当中有什么地方露了马脚。我告诉罗西，我担心希利尔对我们之间的关系有所怀疑。她用那双似乎随时都会露出笑意的蓝眼睛望着我。

"用不着心烦，"她说，"他满脑子卑鄙龌龊的念头。"

我和昆廷·福德的关系一直并不怎么密切。他把我看作一个笨头笨脑、无足轻重的年轻人（当然我也是这么个人），虽然他始终显得很有礼貌，但是却从来也没有把我放在眼里。我觉得那会儿他对我比以前更为冷淡，也许这只是我自己的瞎想。有一天，哈里·雷特福德出乎意料地请我吃饭和看戏。我把他的邀请告诉罗西。

"哦，你当然得去啰。他会使你过得非常开心。哈里这家伙，他总是逗得我直乐。"

于是我应邀去和哈里一起吃饭。他显得非常和蔼可亲。他对男女演员的议论给我留下深刻的印象。他谈吐诙谐，话中总带着嘲讽挖苦的意味；他不喜欢昆廷·福德，所以说到福德的时候，总显得十分滑稽好笑。我设法让他讲讲罗西，可是他却没什么好说的。他像个风流放荡的花花公子。他用色眯眯的眼神和嘻嘻哈哈的暗示让我知道，他是一个勾搭姑娘的老手。我不禁暗自思量，他花钱请我吃饭是不是因为他知道我是罗西的情人，因而对我有了好感。可是如果连他都知道我和罗西的关系，那别的人当然也知道了。我心里的确颇为得意，觉得比周围的这些人都地位优越，不过我希望自己并没有把这种心情在脸上表示出来。

后来到了冬天，靠近一月底的时候，林帕斯路出现了一个新的客人。他是一个荷兰籍的犹太人，名叫杰克·凯珀，是阿姆斯特丹的一个钻石商人，因为买卖上的事务要在伦敦待几个星期。我不知道他是怎么和德里菲尔德夫妇认识的，也不知道是不是出于对作家的敬意他才登门拜访，但是可以肯定地说，促使他再次前来拜访的原因并不是德里菲尔德。他身高体壮，肤色黝黑，已经秃顶，长着一个很大的鹰钩鼻子，年纪大概五十上下，不过看上去强健有力，是个爱好声色、行事果断、性情愉快的人。他毫不掩饰他对罗西的爱慕。显然他很有钱，因为他每天都给罗西送上一束玫瑰。她责怪他不该这么破费，但是心里却很得意。我对这个人简直无法忍受。他老脸皮厚，爱出风头。我讨厌他用准确而带外国腔的英文流畅地谈话，我讨厌他对罗西的肉麻的恭维，也讨厌他对罗西的朋友们那种热情友好的样子。我发现昆廷·福德和我一样不喜欢这个人，我们俩几乎为此而变得相互亲近起来。

"幸好他在这儿待的时间不长。"昆廷·福德说话的时候噘起嘴唇，竖起两道黑眉毛；他那灰白的头发和灰黄色的长脸使他看上去特别具有绅士气派。"女人全一个样，她们就是喜欢举止粗俗的人。"

"他这个人真是俗不可耐。"我相当不满地说。

"这正是他的可爱之处。"昆廷·福德说。

此后两三个星期，我几乎见不到罗西。杰克·凯珀天天晚上请她出去，上了这家时髦的饭店又上那家，看完一出戏又看另一出。我很恼火，感到受了委屈。

"他在伦敦一个人也不认识，"罗西说，她想平息我心头的怒气，"他想趁在这儿的时候尽量把各处都看一看。要是老让他一个人到处游逛，总不大好吧。他在这儿再待两个星期就走了。"

我不明白她为什么要做这样的自我牺牲。

"可是，你不觉得他这个人很讨厌吗？"我说。

"不,我觉得他很有趣,老引得我发笑。"

"你看不出他已经完全为你疯魔了吗?"

"哦,他高兴这么做,对我又没有害处。"

"他又老又胖又讨厌。我看着他都起鸡皮疙瘩。"

"我觉得他还不至于这么令人厌恶。"罗西说。

"你其实不该和他有什么来往,"我强调说,"我是说,他是一个那么讨厌的粗人。"

罗西搔了搔头。这是她的一个不大叫人喜欢的习惯。

"外国人和英国人竟那么不同,真有意思。"她说。

谢天谢地,杰克·凯珀总算回阿姆斯特丹去了。罗西答应在他走的下一天和我一起出去吃饭。为了好好吃一顿,我们说好去索霍区吃饭。她坐了一辆马车来接我,我们一块儿前去。

"你那个讨厌的老头儿走了吧?"我问道。

"走了。"她笑着说。

我搂住她的腰。(我在别处已经说过,对于这样一种在人类交往中相当愉快而又确实几乎必需的行动来说,马车里的环境要比今天出租汽车里的环境方便得多,因此在这里我只好迫不得已,不再加以阐述。)我搂住她的腰,开始吻她。她的嘴唇就像春天的花朵。我们到了饭店。我先在一个挂钉上挂好帽子和外套(那天我穿的是一件很长的、腰身很紧、带着丝绒领子和袖口的外套,式样非常漂亮),然后要罗西把她的披肩给我。

"我就穿着吧。"她说。

"你会热得受不了的。等吃好饭出去也会着凉。"

"没关系。这件披肩我今天头一次穿。你觉得好看不好看？噢，还有，这个手笼是跟披肩相配的。"

我看了一眼她的披肩，是皮的。我并不知道那是貂皮。

"看上去挺昂贵的。你怎么弄来的？"

"杰克·凯珀送我的。昨天他动身之前，我们一起去买的。"她抚摸着披肩光滑的皮毛，她那副高兴劲儿就像一个孩子得到一个玩具似的。"你猜这件衣服花了多少钱？"

"我不知道。"

"两百六十英镑。你知道吗？我这辈子还从来没有买过这么贵的东西。我告诉他这太贵了，可是他就是不听，非要给我买下。"

罗西高兴得咯咯直笑，她的眼睛也亮闪闪的。可是我觉得我的脸板了下来，脊梁骨上感到一阵冰凉。

"凯珀给你买价钱这么贵的皮披肩，德里菲尔德不会觉得有点怪吗？"我说道，尽量使自己的声音听上去自然。

罗西的眼睛调皮地扑闪扑闪。

"你知道特德是怎么个人，他什么都不注意。如果他问起来，我就告诉他这是我在一家当铺里花了二十英镑买的。他不会不相信的。"她把脸在领子上蹭了蹭，"多柔软啊！谁都看得出这件披肩的价钱很贵。"

我设法把晚饭咽下肚去，而且为了不流露出心里的痛苦，还尽力地和罗西谈这谈那。罗西却不大在意我说的话。她脑子里只想着她的新披肩，而且几乎每隔一分钟，她都要看一眼她硬要放在膝盖上的手笼；这时她那爱抚的目光中就现出一丝懒洋洋的、淫逸的、怡然自得的神气。我很生气，觉得她又愚蠢又俗气。

"你活像一只吞了金丝雀的猫。"我禁不住怒气冲冲地说。

她只是咯咯地笑。

"我倒真有这种感觉。"

在我眼中，两百六十英镑是一笔巨款。我不明白一个人怎么会为一件披肩花上那么多钱，那会儿我每个月只靠十四英镑生活，而且日子过得还很不错。如果哪个读者不能马上计算出来的话，我还可以补充说这就等于一百六十八英镑过一年。我不相信哪个人会仅仅出于单纯的友谊而买这么昂贵的礼物；这难道不正说明杰克·凯珀在伦敦的时候天天晚上都和罗西睡在一起，如今他走了，因而要把钱付给她吗？她怎么能收下呢？难道她看不出这对她本人是多么大的侮辱？难道她看不出凯珀送她这么昂贵的礼物是多么粗俗不堪？可是显然她并没有这种感觉，因为她对我说：

"他这人真好，对吧？不过犹太人都是很大方的。"

"我想他是有钱买得起。"我说。

"是啊，他很有钱。他说他回去前想送我点东西，问我要什么。于是我说买件披肩配上一个手笼就可以了，可是我压根儿没想到他会买这么贵的。我们走进那家铺子后，我要他们给我看看俄国羔皮的披肩，可是他却说：不，要貂皮的，而且可以买到的最好的。后来我们一看到这件，他就拿定主意非要给我买下不可。"

我想到她那白皙的身体、乳白色的皮肤在那个又老又胖的粗鲁的男人的怀抱中，他那松弛肥厚的嘴唇在她的嘴唇上亲吻。这时我一下子明白了自己过去不愿相信的猜疑都是真实的。我明白了每次她同昆廷·福德、哈里·雷特福德和莱昂内尔·希利尔出去吃饭之后都跟他们同枕共衾，就像跟我一样。我无法开口说话，我知道我一开口就会说出辱骂她的话来。我觉得我当时感到的不是妒忌，而是羞辱。我觉得我被她实实在在地愚弄了一番。我竭尽全力不让自己说出什么尖刻嘲讽的话。

吃完饭我们到戏院去看戏。可是我一句台词都听不见，只感到挨着我胳膊的那件貂皮披肩的光滑毛皮，只看见她的手指不断地抚摸着手笼。想到别的那几个人我还能忍受，可是我实在受不了杰克·凯珀。她怎么能和他干这种事呢？贫穷实在令人憎恨。我真希望自己手里有足够的钱，可以对她说，要是她把这件该死的披肩退还给那个家伙，我就给她买一件更好的。终于她注意到我的沉默。

"今天晚上你话很少。"

"是吗？"

"你哪儿不舒服吗？"

"我很好。"

她斜眼看着我，我并没有朝她看，但是我知道她的眼睛里充满了我很熟悉的那种又调皮又孩子气的笑意。她没有再说什么。散戏后正好碰上下雨，我们叫了一辆马车，我把她在林帕斯路的地址告诉车夫，一路上她没说话，到了维多利亚大街她才开口：

"要不要我陪你回你那儿去？"

"随你便。"

她推起车篷上的小窗把我的地址告诉车夫。她拉过我的手握在她的手心里，但是我仍旧没有什么反应。我两眼直瞅着窗外，气呼呼的，一脸严肃的神气。我们到了文森特广场，我扶她下了车，一言不发地把她领进屋子。我脱下帽子和外套，她把披肩和手笼丢在沙发上。

"为什么你老绷着脸不高兴？"她走到我面前问我。

"我没有不高兴。"我看着别处答道。

她用双手捧住我的脸。

"你怎么这么傻啊？干吗因为杰克·凯珀送我一件皮披肩就生气呢？你买不起这么一件给我，对吗？"

"我当然买不起。"

"特德也买不起。你怎么能指望我拒绝一件价值两百六十英镑的皮披肩呢？我这辈子一直想要这么一件披肩，而这点钱对杰克来说又算不上什么。"

"你别指望我相信，他只是出于友谊才送你这件皮披肩。"

"说不定也会的。不管怎么说，他已经回阿姆斯特丹去了。谁知道他什么时候再回来？"

"他也不是唯一的。"

这时我看着罗西，眼睛里充满了愤怒、委屈和怨恨的神情；她却对我露出了笑容，我真希望我能描写出她那妩媚的笑容中显示出的柔情蜜意；她的声音极其柔和。

"哦，亲爱的，为什么你要为别的人而自寻烦恼呢？那对你有什么害处呢？我不是使你过得很愉快吗？你和我在一起难道不高兴吗?"

"非常高兴。"

"那就好。为一点小事就大惊小怪和妒忌是很傻的。干吗不为你所能得到的高兴呢?嗨,有机会就该尽情玩乐。不出一百年,我们就全都死了。到那时还有什么值得在意的呢?我们还是趁着现在尽情玩乐吧。"

她用两只胳膊搂住我的脖子,把她的嘴唇压在我的嘴唇上。我的怒火给抛到了九霄云外。我只想着她的美和她那使人沉浸其中的柔情。

"我就是这样的人,你可不要苛求。"她悄没声儿地说。

"好吧。"我说。

十八

在整个这段时间里,我真是很少见到德里菲尔德。他的编辑工作占去了白天的大部分时间,而晚上他又要写作。当然,每星期六下午他都在家接待客人,态度还是那么亲切,谈吐风趣,总带着点嘲讽的调子,他见到我好像很高兴,总愉快地和我谈上一会儿,谈的都是无关紧要的事;他的主要注意力自然是在那些比我重要比我年纪大的客人身上。可是我有一种感觉,他似乎和周围的人越来越疏远了;他不再是当初我在黑马厩镇认识的那个乐呵呵的、颇为粗俗的伙伴。在德里菲尔德和他取笑打趣的人之间似乎有一层无形的障碍,也许那只是我日益增长的敏锐的感觉,使我看出了这一点。他好像生活在自己的幻想中,因而日常生活在他的眼里倒反而显得有点儿模糊不清。人家时常请他在公众宴会上讲话。他参加了一个文学俱乐部。他开始认识写作使他陷入的那个小圈子以外的很多人;那些喜欢把知名作家召集在自己身边的上流妇女,越来越频繁地邀请他去吃午饭和喝茶。罗西也一样受到邀请,但是她却难得前去参加。她说她不爱参加宴会,再说她们实际上也并不要她前去，只要特德前去。我觉得她对这种场合有些胆怯，感到格格不入。说不定那些女主人曾不止一次地在她面前流露出她们是多么不乐意把她也邀请在内。她们邀请她只是出于礼貌；等她去了以后，她们就把她扔在一边，因为她们讨厌和她寒暄客套。

就在这个时候，爱德华·德里菲尔德发表了《人生的悲欢》。我没有必要在此评论他的作品，再说近来这方面的评论已经很多，足以满足普通读者的需要。不过对于《人生的悲欢》，我还是破例说一句，这本小说自然不是德里菲尔德最有名的作品，也不是他最受欢迎的作品，但是在我看来，却是他最有意思的作品。在英国小说多愁善感的情调中，这部作品反映的冷酷无情有一种新颖的特色。它别开生面，笔调辛辣，味道就像酸苹果，虽然使你牙齿发酸，但是却有一种奇妙的又苦又甜的味道，使你回味无穷。在德里菲尔德所有的小说中，这是唯一我想写的作品。书中描写的那个孩子死去的场面，悲惨而又令人心碎，但是却一点也不显得感伤或病态，还有孩子死后发生的那个奇怪的情节，使任何读者看完后都难以忘怀。

也正是小说的这一部分，在倒霉的德里菲尔德头上突然引起了一场风暴。作品发表后的头几天，得到的反应看上去似乎又会跟他的其他那些小说一样，也就是说，会有几篇内容充实的评论，总体上对作品表示赞扬，但也有所保留；销路还算可以，但是不会很大。罗西告诉我说德里菲尔德希望凭这本书拿三百英镑，并正计划在河边上租一幢房子消夏。开始的两三篇评论，态度还不明朗；后来有一天，在一份晨报上出现了对这部作品的猛烈攻击，这篇文章占了整整一栏。德里菲尔德的这部小说给说成是一部无端惹人厌恶的淫秽小说，而把这种书介绍给公众的出版商也受到了严厉的指责。文章描绘了一幅幅令人痛心的画面，认为这部小说必然会给英国青年一代带来灾难性的影响，并把它说成是对女性的侮辱。这位评论家反对这样的作品落到年轻的男孩和天真的少女手中。其他报纸也跟着开始攻击。那些更为愚蠢的评论家要求查禁该书，有的人竟然严肃地暗自思忖，是不是该由检察官合理地加以过问。到处都是一片谴责声；即使偶尔有个勇敢的作家，习惯了欧洲大陆小说的更为现实主义的风格，站出来说这是爱德华·德里菲尔德最出色的作品，也不会有人理会。他的诚实的意见反倒会被认为是出于哗众取宠的卑鄙意图。各个图书馆开始禁止出借这本小说，而出租图书的铁路书亭也拒绝置备这本书。

所有这一切对爱德华·德里菲尔德自然是很不愉快的，但是他豁达平静地忍受着这种打击，只是耸耸肩膀。

"他们说我的小说不真实，"他微笑着说，"让他们见鬼去吧。那是完全真实的。"

在这场磨难中，德里菲尔德得到了他的朋友的忠实支持。能否欣赏《人生的悲欢》，成了判断一个人有无敏锐的审美力的标志；谁对这部作品感到震惊，等于承认自己是个没有文化修养的俗人。巴顿·特拉福德太太毫不犹疑地认为这是一本杰作，尽管她觉得眼下还不是在《评论季刊》上刊登巴顿的评论文章的时候，但是她对爱德华·德里菲尔德前途的信心一点都不动摇。现在重读这本当时引起如此强烈轰动的书感到奇怪（也很有教益）；全书没有一个词语会使最老实的人脸红，也没有一个片段会使今天的小说读者感到不安。

十九

大约六个月以后，《人生的悲欢》所引起的骚动已经平息，德里菲尔德又开始写另一部小说，这部作品后来以《他们的收获》为名发表。我当时是医学院四年级的学生，在病房担任外科医生的助手。有一天，我值班的时候要陪一位外科医生去查病房，于是我到医院的大厅去等候这位医生。我瞥了一眼放信的架子，因为有时候有人不知道我在文森特广场的地址，就把信寄到医院来。这天我很奇怪地发现有一份发给我的电报，内容如下：

请务必于今日下午五时来我处。有要事相商。

伊莎贝尔·特拉福德

我不知道她找我会有什么事，在过去这两年里，我大概见过她十多次，但是她从来也没有注意过我，我也从来没有去过她家。我知道举行茶会的时候往往缺少男客，所以女主人等到最后发现男客不够的时候，可能会觉得把一个年轻的医科学生请来，总也聊胜于无；可是电报上的措辞不大像是请我去参加茶会。

我当助手协助的那个外科医生既乏味又啰唆。直到过了五点，我才完事；从医院到切尔西又足足花了二十分钟。巴顿·特拉福德太太住在泰晤士河河堤路上的一幢公寓里，我赶到她的住所的时候已经快六点了。我按了门铃，问她是否在家。我被引进客厅，开始向她解释迟到的缘故，可是她却马上打断了我的话：

"我们猜到你有事脱不了身。没关系。"

她的丈夫也在座。

"我想他会乐意喝杯茶的。"他说。

"噢，不过现在吃茶点未免太晚了，是吗？"她温和地望着我，她那柔和而好看的眼睛里充满了亲切友好的神情，"你不想喝茶了吧？"

我那时又渴又饿，午饭的时候，我只吃了一个黄油烤饼外加一杯咖啡，不过我不愿意告诉他们。我表示自己不想喝茶。

"你认识奥尔古德·牛顿吗？"巴顿·特拉福德太太指着一个人问道。我进去的时候这个人正坐在一把宽大的扶手椅中，这时他站了起来。"我想你在爱德华家里见过他。"

我是见过他。他并不常去德里菲尔德家，不过他的姓名听上去很熟，我也记得他这个人。他使我觉得很紧张，我大概从来没有跟他说过话。虽然今天他已经完全被人忘却，但在当时他却是英国最有名的评论家。他是个高大、肥胖、头发金黄的人，长着一张丰满、白净的脸和两只淡蓝色的眼睛，金黄色的头发已经渐近灰白。他通常戴一条淡蓝色的领带，好衬托出他眼睛的颜色。

他对在德里菲尔德家见到的作家都表现得很亲切友好,并对他们说一些悦耳动听的恭维话。可是等到他们一走,他就拿他们打趣逗乐。他说话声调低沉、平稳,措辞得当,谁都不像他那样能切中肯綮地讲一个有关自己朋友的用心险恶的故事。

奥尔古德·牛顿和我握了握手;巴顿·特拉福德太太怀着她那随时流露出的体贴人的心思,急着想使我安心自在,就拉着我的手要我在她旁边的沙发上坐下。茶点还没有从桌上收掉,她拿起一块果酱三明治,文雅地小口小口地咬着。

"最近你见到过德里菲尔德夫妇吗?"她问道,好像只是为了找个话题谈话。

"上星期六我在他们家。"

"从那以后,你就没有见过他们俩吧?"

"没有。"

巴顿·特拉福德太太看看奥尔古德·牛顿,又看看她丈夫,随后又回转脸看看牛顿,仿佛默默地要他们帮助。

"不用转弯抹角了,伊莎贝尔。"牛顿带着他那种胖乎乎的、一丝不苟的神气说,一边略带恶意地眨了眨眼睛。

巴顿·特拉福德太太转过脸来对着我。

"那么说,你还不知道德里菲尔德太太从她丈夫身边逃走了。"

"什么!"

我大吃一惊,简直不能相信自己的耳朵。

"也许还是由你来把事情经过和他说一下的好,奥尔古德。"特拉福德太太说。

评论家在椅子里往后一靠,把一只手的手指尖顶着另一只手的手指尖,津津有味地讲起来。

"昨天晚上,我需要去见爱德华·德里菲尔德,谈谈我为他写的一篇文学评论。晚饭后天气很好,我想闲逛到他家去。他正在家里等我,而且我知道,除非有类似伦敦市长或皇家艺术院的宴会这类重要活动,否则他晚上是从来不出门的。所以当我走近他的住所的时候,突然看见门开了,爱德华本人从里面走了出来,你可以想象得出当时我有多么吃惊,不,我简直完全愣住了。你一定知道伊曼纽尔·康德的故事,他每天习惯在一定的时间出外散步,从来没有一时半刻的偏差,因此柯尼希山①的居民都习以为常地在康德每天出来散步的时候对表。有一天他比平时早了一个小时从家里出来,当地居民的脸色都变白了,他们明白一定出了什么可怕的事,果然他们猜对了;伊曼纽尔·康德刚刚得到巴士底狱陷落的消息。"

奥尔古德·牛顿停了一会儿来增强他这段小故事的效果。巴顿·特拉福德太太对他会心地笑了笑。

"当我看见爱德华匆匆朝我走来的时候,我倒并不认为发生了上述这种震撼世界的灾难,但是我却立刻意识到出了什么不幸的事。他既没拿手杖,也不戴手套,身上还穿着工作服,一件黑羊驼呢的旧外套,头上戴着宽边呢帽。他神情狂躁,举止烦乱。我了解婚姻状况的变化无常,因此心里暗想是否因为夫妻争吵,他

---

① 柯尼希山:德国东北部城镇,德国哲学家康德(1724—1804)的出生地。

才匆匆离家；我也想到也许他是急着要找邮筒发信。他像希腊史诗中最风流倜傥的英雄赫克托耳①那样一阵风似的往前走去。他似乎并没有看见我，我心里突然怀疑他那时也不想见我。我叫住了他。'爱德华。'我说。他好像吓了一跳。我可以肯定有那么一会儿，他根本没有认出我是谁。'是什么复仇的怒火促使你如此匆忙地穿过皮姆利柯的时髦的区域？'我问道。'噢，原来是你。'他说。'你上哪儿去？'我问道。'哪儿都不去。'他回答说。"

照这种速度讲下去，我想奥尔古德·牛顿永远都讲不完他的故事，而如果我晚半小时回去吃饭的话，我的房东赫德森太太一定会对我很恼火。

"我告诉他我的来意，并且提议我们回他家去，他在那儿可以更加方便地讨论一下困扰我的问题。'我根本没法子静下心来，不想回去。'他说，'咱们还是散散步吧，可以边走边谈。'我同意了他的话，转过身来跟他一起向前走；可是他步子飞快，我不得不请他放慢一点。就连约翰逊博士②也无法在弗里特街上一边用特别快的速度往前走一边和别人交谈。爱德华的样子十分古怪，态度又那么激动，所以我想还是把他带到行人稀少的街道上去为好。我和他谈到我要写的文章。我正在构思的主题比最初看上去要丰富得多，我没有把握在一份周刊的专栏里是否有可能把论点都说明白。我全面清楚地向他说明了整个问题，并征求他的意见。'罗

---

① 赫克托耳：希腊神话中特洛伊王普里阿摩斯的长子，特洛伊战争中的英雄，后被阿喀琉斯杀死。

② 约翰逊博士（1709—1784）：英国作家，评论家，辞书编纂者。

西离开了我。'他回答说。我一时不知道他在说什么,不过我马上明白了他是在说有时把茶递给我的那个体态丰满、也不能算没有吸引力的女人。从他说话的口气里,我看出来他指望我能给他一些安慰,而不是为他庆幸。"

奥尔古德·牛顿又停了一会儿,两只蓝眼睛亮闪闪的。

"你真行,奥尔古德。"巴顿·特拉福德太太说。

"妙极了。"她丈夫说。

"我明白他在这种时候需要同情,于是我说:'好朋友。'可是他打断了我的话。'我刚收到通过最后一班邮递送来的一封信,'他说,'她和乔治·肯普勋爵私奔了。'"

我不禁倒抽一口凉气,但是一句话也没有说。特拉福德太太迅速地瞅了我一眼。

"'乔治·肯普勋爵是谁呀?''他是黑马厩镇上的人。'他答道。我没有时间多想,决定坦率地跟他讲讲我的意见,'你摆脱了她倒是一件好事。'我说。'奥尔古德!'他嚷道。我站住脚,一手抓住他的胳膊。'你应该知道她跟你的所有那些朋友都一直在欺骗你。她的行为早就引起社会上的流言蜚语。亲爱的爱德华,让我们正视事实吧:你的妻子只是一个普通的荡妇。'他猛地把胳膊从我的手里挣脱出来,喉咙里低低发出一声吼叫,好似婆罗洲①森林里的一只猩猩被夺去了到手的一个椰子。我还没来得及拦住他,

---

① 婆罗洲:即东南亚的加里曼丹岛,世界第三大岛,现分属于印度尼西亚、马来西亚和文莱。

他就脱身跑掉了。我吓得傻了眼,不知道该怎么办是好,只能听着他的吼叫和他那匆匆远去的脚步声。"

"你真不该让他跑掉,"巴顿·特拉福德太太说,"以他当时的那种心态,说不定他会跳到泰晤士河里去的。"

"我想到这一点的,不过我发现他并没有朝河的那个方向跑,而是冲进我们刚刚走过的附近那些较为简陋的街道。再说,我想到在文学史上还没有哪个作家在他正在写作一部文学作品的时候自杀的。不管他遇到什么磨难,他都不愿意给后世留下一部未完成的作品。"

我听到这一切大吃一惊,感到非常愤懑和沮丧;可是我也有些担心,不明白特拉福德太太为什么要把我找来。她对我一点也不了解,不可能认为这个消息对我具有什么特别的意义;她也不会把我找来,光为了让我把这当作一条新闻听听。

"可怜的爱德华。"她说,"当然谁都不能否认这其实是因祸得福。可是我怕他心里会很想不开。幸好他没干出什么莽撞的事。"这时她把脸转过来对着我。"牛顿先生把这件事一告诉我们,我就赶到林帕斯路。爱德华不在家,不过女用人说他刚出门。这就说明他从奥尔古德身边跑开后到今天上午的这段时间里已经回过家。你一定心里纳闷,为什么要请你来见我。"

我没有回答,等着她往下讲。

"你最初是在黑马厩镇认识德里菲尔德夫妇的吧?你可以告诉我们这个乔治·肯普勋爵究竟是谁。爱德华说他是那儿的人。"

"他是个中年人,家里有妻子和两个儿子。他的儿子和我的年纪差不多。"

"可是我搞不清楚他到底是谁。我在《名人录》和《德布雷特贵族年鉴》①里都查不到。"

我差一点笑出声来。

"哦,他并不真的是个勋爵,只是当地的一个煤炭商人。在黑马厩镇,大家管他叫乔治勋爵,只是因为他总显得气派十足。那不过是一个玩笑而已。"

"乡村风味的幽默中的寓意,对于外界的人往往显得有点晦涩难解。"奥尔古德·牛顿说。

"我们大家一定要尽力设法帮助亲爱的爱德华。"巴顿·特拉福德太太说。她若有所思地把目光落到我身上。"如果肯普和罗西·德里菲尔德一起私奔了,那他一定丢下了他的妻子。"

"看来是这样。"我答道。

"你能帮个忙吗?"

"只要我帮得上,当然成。"

"你能不能到黑马厩镇去一次,了解一下到底出了什么事?我觉得我们应当和他的妻子取得联系。"

我从来不喜欢干预别人的私事。

"我不知道怎么去和她联系。"我答道。

"你不能去看她一次吗?"

---

① 《德布雷特贵族年鉴》:由英国出版家约翰·德布雷特最初于1803年编纂出版的有关英国贵族的权威书籍。

"不行，我不能去看她。"

即使巴顿·特拉福德太太当时觉得我的回答很不客气，她也没有流露出来。她只是微微笑了笑。

"不管怎样，这件事可以留到以后再谈。现在最紧要的是到那儿去一次，打听清楚肯普的情况。今天晚上我会想法子去见爱德华。想到他独自一人留在那幢讨厌的房子里，我心里就觉得受不了。我和巴顿已经决定把他请到我们这儿来。我们有间房空着没有人住，我来安排一下，让他可以在那间房里工作。你觉得这样是不是对他最合适，奥尔古德？"

"当然再合适不过了。"

"他没有理由不在我们这儿长期待下去，至少可以待上几个星期，然后他可以和我们在夏天一起出游。我们打算去布列塔尼①。我肯定他会乐意去的。他可以彻底改变一下环境。"

"目前的问题是，"巴顿·特拉福德说，他瞅着我的目光几乎和他妻子的一样和蔼可亲，"这位年轻的外科大夫是否愿意到黑马厩镇去一次，把情况打听清楚。我们必须明白我们所面临的局面。这是至关重要的。"

巴顿·特拉福德说话时态度诚恳，语气诙谐，甚至有些俚俗，好像以此来为自己对考古学的兴趣辩解。

"他不可能拒绝，"他的妻子说，一面用柔和、恳求的目光看了我一眼，"你不会拒绝吧？这件事太重要了，你是唯一可以帮助

---

① 布列塔尼：法国西北部一地区。

我们的人。"

她当然不知道,我其实也和她一样急切地想要弄清楚究竟是怎么回事;她并不了解我当时心里正经受着多么剧烈的妒忌的煎熬。

"得等到星期六我大概才能离开医院。"我说。

"那可以。你太好了,所有爱德华的朋友都会感激你的。你什么时候回来?"

"我得在星期一一大清早就赶回来。"

"那你下午就到我这儿来喝茶。我急切地等着你回来。感谢上帝,一切都安排好了。现在我得设法找到爱德华。"

我明白我该走了。奥尔古德·牛顿也起身告辞,我们一起下楼。

"咱们的伊莎贝尔今天 un petit air① 阿拉贡的凯瑟琳②,我觉得她这样表现非常得体。"大门关上后,他低声说,"这是一个千载难逢的机会,我看咱们完全可以放心,咱们的朋友是不会错过这个机会的。一个娇艳动人的女人,又有一颗善良的心。Venus toute entière à sa proie attachée.③"

当时我不大明白他这番话的意思,因为我告诉读者的那些关

---

① 法语:有点儿像。
② 阿拉贡的凯瑟琳(1485—1536):英国国王亨利八世的第一个王后,亨利八世以无男性继承人为由与她离婚,遭罗马教廷反对,导致英国与罗马教廷决裂,建立独立的英国圣公会。
③ 法语:维纳斯完全攫住了她的猎物。按:此为法国古典主义剧作家拉辛所著《费德尔》第一幕第三场中费德尔所说的一句台词。

于巴顿·特拉福德太太的情况是我过了很久以后才了解到的。不过我听出他的话里对巴顿·特拉福德太太隐隐约约地带有几分恶意,可能还很有趣,所以我吃吃地笑了笑。

"我看你很年轻,大概想用我的好迪齐在不走运的时候称作伦敦平底船的那种玩意儿吧。"

"我坐客车回去。"我答道。

"哦?要是你打算坐双人马车的话,我倒准备请你让我搭一段车,但是既然你准备采用我仍然爱照老式的说法称作公共马车的那种普通的交通工具,那么我还是把我这臃肿的身躯放进一辆四轮出租马车的好。"

他招手叫了一辆马车,随后把两个软绵绵的手指头伸给我握。

"星期一我会前来听听亲爱的亨利会称之为你那异常微妙的使命的结果。"

二十

可是我一直到好几年以后才又见到奥尔古德·牛顿,因为当我到达黑马厩镇的时候,我看到巴顿·特拉福德太太的一封信(她很细心,记下了我的地址),信中叫我别按原先她说的那样上她家去,而是改在下午六点到维多利亚车站头等车的候车室里和她碰头,她说会把改变地点的原因在见面时告诉我。星期一我一摆脱医院的事务,就马上赶到那儿,稍微等了一会儿,就看见她进来了。她迈着轻快的步子朝我走来。

"哎,你打听到什么情况吗?我们找个安静的角落坐下吧。"

我们找了一阵,找到一个地方。

"我先得向你解释一下请你上这儿来的缘故,"她说,"爱德华现在住在我那儿。开始他不肯来,可是我说服了他。不过他现在神经紧张,脾气暴躁,身体不好。我不想冒险让他见到你。"

我把打听到的基本事实告诉特拉福德太太,她听得很专心,不时地点点头。可是我不可能期望她能理解我在黑马厩镇看到的那片闹哄哄的景象。那个小镇为这件事激动得吵翻了天。多年来那儿还没有发生过这么令人震惊的事件,人们成天就谈着这件事。矮胖子①摔了一个大跟头。乔治·肯普勋爵逃跑了。在他出逃前大约一个星期,他宣布说他有事要去伦敦,两天以后,就提出了他的破产申请。看来他在建筑上的经营活动没有成功。他想把黑马厩镇变成一个海滨旅游胜地的计划并未得到大家的响应,因而他不得不想方设法地筹集资金。小镇上流传着各种谣言。许多把自己的积蓄托付给乔治的家境并不宽裕的人,现在面临失去一切的局面。事情的细节并不清楚,因为我的叔叔和婶婶一点都不懂生意上的事儿,我在这方面的知识也很有限,弄不大懂他们告诉我的种种情况。不过我知道乔治·肯普的房子被抵押了,他的家具也被列出单子拍卖。他的妻子给搞得一文不名。他的两个儿子,一个二十岁,一个二十一岁,都做煤炭买卖,可是也受到了整个破产的牵连。乔治·肯普逃走的时候带走了所有他能搞到的现款,据说有一千五百英镑左右,不过我想象不出人家是怎么知道的;听说逮捕他的拘票已经发出。大概他已经离开英国,有的人说他去了澳大利亚,有的人说他去了加拿大。

"我希望他们抓住他,"我叔叔说,"他应当被判终身劳役。"

小镇上的人都感到十分气愤。他们不能原谅他,因为他平时总那么吵吵嚷嚷,大呼小叫,因为他曾经和他们打趣,请他们喝酒,为他们举办游园会,因为他驾着那么漂亮的双轮轻便马车,那么潇洒地歪戴着他的棕色毡帽。可是在星期天晚上做完礼拜以

---

① 矮胖子:旧时童谣中一个从墙上摔下跌得粉碎的蛋形矮胖子。

后，教区委员在法衣室里把最坏的消息告诉了我叔叔。他说在过去两年中，乔治·肯普几乎每个星期都和罗西·德里菲尔德在哈佛沙姆会面，他们在一家客店里过夜。那家客店老板把钱也投到乔治勋爵的一个冒险计划中，等到发现他的钱丢了以后，才把整个这件事抖搂出来。如果乔治勋爵诈骗了别人，他还忍受得住，但是他竟然也诈骗了这个曾经帮助过他并被视为他的好友的人，那就太过分了。

"我看他们是一块儿逃跑的。"我叔叔说。

"我并不会感到奇怪。"教区委员说。

晚饭后，当女用人收拾杯盘的时候，我走进厨房去跟玛丽-安聊天。她那天晚上也去教堂做礼拜，所以也听到了这个消息。我不相信那天晚上有多少做礼拜的人在专心听我叔叔讲道。

"牧师说他们一块儿逃跑了。"我说。我绝口没提我所已经知道的情况。

"嗨，他们当然一块儿跑了，"玛丽-安说，"他是她唯一真正心爱的人。他只消把小拇指一翘，不管谁她都会丢下不管的。"

我垂下眼睛，感到受了极大的屈辱；我对罗西十分恼火，觉得她对我实在太恶劣了。

"我们大概再也见不到她了。"我说。我说这句话的时候猛然感到一阵辛酸。

"大概是见不到了。"玛丽-安愉快地说。

我把这段故事中我觉得巴顿·特拉福德太太需要了解的部分讲给她听以后，她叹了口气，不过究竟是表示满意呢还是感到悲伤，我就不清楚了。

"好吧，反正这就是罗西的结局。"她说。她站起身，向我伸出手来。"为什么文人作家总要结下这样不幸的婚姻？都很凄惨，十分凄惨。非常感谢你所做的一切。现在我们了解我们所面临的是什么局面了。最要紧的是别让这件事扰乱爱德华的工作。"

我觉得她的话前后有点不大连贯。其实，我相信她一点都没有想到我。我陪她走出维多利亚车站，送她上了一辆去切尔西国王大道的公共马车，随后我走回寓所。

二十一

我和德里菲尔德失去了联系。我素来腼腆，不愿前去找他；另外我也忙着应付考试，而等到考试通过以后，我就出国了。我模模糊糊地记得在报上曾看到他和罗西离婚的消息。至于罗西，我再也没有听到其他消息。她母亲有时收到一笔数目不大的款子，十英镑或二十英镑；这笔款子是放在挂号信里寄来的，信封上盖着纽约的邮戳，可是却没有发信人的地址，里面也没有信，人们猜想那是罗西寄来的，因为除了她，谁都不会给甘恩太太寄钱。后来罗西的母亲活到年纪很大去世了，可能罗西通过什么途径知道了，款子也就不再寄来了。

她像一朵夜晚开放的银色花朵，
只为月光发出它的芬芳。

要是有人来找你，说他有要紧的事，
那么这件事多半是对他要紧，
而不是对你要紧。

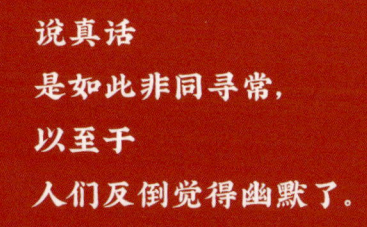

说真话
是如此非同寻常，
以至于
人们反倒觉得幽默了。

无话可说就别说话，
不知如何回答就
保持沉默。

我还真想不出有谁
凭着如此微薄的才能，
竟然取得如此重要的地位。

二十二

星期五那天,我和阿尔罗伊·基尔按事先约好的那样在维多利亚车站碰头,乘五点十分的火车前往黑马厩镇。我们在吸烟车厢里找到一个角落,舒舒服服地相对坐下。这时我从他嘴里知道了德里菲尔德在他妻子私奔以后的大致情况。罗伊后来和巴顿·特拉福德太太往来非常密切。我了解罗伊,也没忘记特拉福德太太,知道他们两人的接近是免不了的。我听到罗伊曾经陪同特拉福德夫妇同游欧洲大陆,全心全意和他们一起狂热地欣赏瓦格纳①的作品、后期印象派的绘画和巴罗克式②的建筑,一点都不觉得奇怪。他坚持不懈地上切尔西她的住所去和她一起吃午饭。后来特拉福德太太的年纪渐渐大了,身体越来越差,只好整天待在客厅里,罗伊不顾事务繁忙,仍然每个星期照例去看她一次。他真是心地善良。等特拉福德太太去世以后,他写了一篇悼念她

---

① 瓦格纳(1813—1883):德国作曲家,毕生致力于歌剧的改革与创新。
② 巴罗克式:指多装饰曲线以追求动势与起伏的、以铺张浮华为特色的建筑风格。

的文章，以动人的激情公正地评价她富于同情和慧眼识人的伟大天赋。

我很高兴地想到，罗伊的一片好心竟然得到了他理应得到的意外的好报，因为巴顿·特拉福德太太对他讲过很多爱德华·德里菲尔德的事情，这些材料对他目前准备写的这部情深意厚的作品自然很有用处。爱德华·德里菲尔德在他那不忠实的妻子私奔以后，就沉浸在罗伊只能用désemparé①这个法语词来形容的境地之中，这时巴顿·特拉福德太太软硬兼施，不仅把他带到自己家里，而且说服他在那儿住了将近一年。在这段时间里，她对他关怀备至，始终十分体贴，表现了一个女人的精明和谅解；她把女性的机敏和男性的活力结合在一起，既有一颗善良的心，又有一双不会错过良机的眼睛。正是在她家里，德里菲尔德写完了《他们的收获》一书。特拉福德太太完全有理由把这本书看成自己的作品，而德里菲尔德把这本书献给她也足以说明他并没有忘了欠她的情。她带他去意大利（当然是和巴顿一起，因为特拉福德太太深知人心有多险恶，不会让别人有飞短流长的机会），手里拿着罗斯金②的作品，向爱德华·德里菲尔德展示这个国家永恒的美。后来她为他在圣殿③找了一套房间，并在那儿为他安排一些小型的

---

① 法语：不知所措。
② 罗斯金（1819—1900）：英国艺术评论家，推崇哥特复兴式建筑和中世纪艺术，捍卫拉斐尔前派的主张。
③ 圣殿：英国伦敦弗里特街的一组建筑群，原为圣殿骑士团的总部，现为法学协会的两个会所，有客房供社会名流租住。

午宴,她举止娴雅地充当女主人,他可以在那儿接待那些被他越来越响的名气吸引来的客人。

他的这种越来越响的名气主要都是特拉福德太太努力的结果,这一点是不可否认的。在他晚年,当他早就不再写作的时候,他才变得声名显赫,可是这种声名的基础无疑是特拉福德太太的不懈努力所打下的。她不但鼓励巴顿最终为《评论季刊》撰写了那篇文章(可能她也写了不少段落,因为她很善于动笔),首先提出应当把德里菲尔德列入英国小说大师的行列之中,而且德里菲尔德每出一本新书,她都要组织一个迎接这部作品的宴会。她四处奔走,拜访编辑,而更为重要的是,拜访各份有影响的报纸杂志的老板。她举行晚会,邀请每个可能会有用处的人参加。她劝爱德华·德里菲尔德在那些大人物的家里为了慈善的目的朗读他的作品。她设法让他的照片刊登在印有图片的周刊上。她亲自修改他接受采访时的讲话稿。整整十年,她孜孜不倦地充当着他的宣传员。她使他不断地出现在公众面前。

巴顿·特拉福德太太那会儿生活非常愉快,但是她并没有变得自高自大。当然邀请爱德华·德里菲尔德参加宴会而不邀请她,那是行不通的;德里菲尔德不会接受。而每当巴顿·特拉福德夫妇和他都受到邀请参加什么地方的宴会时,他们三个人必定是一同前来,一同离去。她从来不让他离开她的眼前。有些宴会的女主人可能会大为恼火,可是她们要么接受这种现象,要么放弃邀请。通常她们都只好接受这种三人同行的事实。如果巴顿·特拉福德太太碰巧有点儿生气,那她也是通过德里菲尔德表现出来的。

在这种时候,她依然显得娇媚动人,而德里菲尔德却会变得异常粗暴。她完全知道如何让他畅所欲言;当在座的客人都是名流显要的时候,她可以使他显得才华横溢。她把他的一切都安排得极其完善。她深信他是当代最伟大的作家,她从不向他隐瞒她的这种想法。她不但在提到他的时候一贯把他称作大师,而且总用也许略带玩笑却又非常动听的语调当面这样称呼他。直到最后,她对他的态度始终带点儿戏耍卖俏的味儿。

后来发生了一件可怕的事。德里菲尔德得了肺炎,病得非常厉害。有一阵子他生命垂危,已经没有活下去的希望。巴顿·特拉福德太太为他做了像她这么一个女人所能做的一切事情;要不是因为她当时已年过六十,身体虚弱,而且德里菲尔德也需要职业护士护理,她会心甘情愿地亲自照料他。最后他总算脱离了危险,医生们都说他应该到乡间去休养。他病后身子还极其虚弱,医生们坚持应当有名护士随行。特拉福德太太要他去伯恩茅斯①,那样她在周末就可以赶到那儿去看看他是否一切都好,但是德里菲尔德却想去康沃尔②。那些医生也认为彭赞斯③的温暖气候对他有益。谁都会以为像伊莎贝尔·特拉福德这样一个有着敏锐直觉的女人当时准会产生不祥的预感。可是没有。她让他走了。临行前她对那个护士强调说,她交付给她的是一个很重大的任务;她交到她手中的,即使不是英国文学的未来希望,至少也是当今英国

---

① 伯恩茅斯:英国英格兰南部港口城市。
② 康沃尔:英国英格兰西南部一郡。
③ 彭赞斯:英国英格兰西南部度假城镇,位于地角附近的康沃尔南部海岸。

文学中最杰出的代表,她要负责他的起居安危。这个责任是根本不能用价值来计算的。

三个星期以后,爱德华·德里菲尔德写信给她,说他经特别许可[①],已经跟他的护士结婚了。

我想巴顿·特拉福德太太从来没有比她应付这种局面时所采用的方式更突出地显示出她那伟大的心灵。她有没有大叫负心人啊负心人?她有没有歇斯底里发作,扯着自己的头发,倒在地上,双脚乱踢?她有没有向性情温和、学问渊博的巴顿大发脾气,骂他是个十足的老傻瓜?她有没有破口大骂男人的不讲信义和女人的风骚放荡,或者大喊大叫地用一连串脏话来减轻自己受伤害的情感?据精神病医生说,最正派规矩的女性往往惊人地熟悉这类词语。根本没有。她给德里菲尔德写了一封亲切动人的贺信,还给他的新娘写信说她十分高兴,现在她不光只有一个亲近的朋友,而是两个。她请他们夫妇回到伦敦后上她家去盘桓一阵。她告诉每一个她所遇到的人,她对这桩婚事非常、非常高兴,因为爱德华·德里菲尔德不久就要衰老,非得有个人照料不可,而谁又能比一个医院的护士把他照料得更好呢?她对这位新德里菲尔德太太满口赞扬。她说她并不见得漂亮,不过她的脸长得还是很好看的。当然她并不完完全全算得上是个上等人家的小姐,不过爱德华要是娶了一个大家闺秀,反而会觉得不自在的。她正是他需要

---

① 特别许可:指主教批准的特殊婚姻许可,既可不必在教堂公布预告,亦可不限在通常规定的时间及地点举行婚礼。

的那种太太。我想可以很有根据地说，巴顿·特拉福德太太身上完全洋溢着人类的善良天性，然而我仍然隐隐地觉得，假如这种善良天性中也充满了酸溜溜的言辞，这倒是一个很恰当的例子。

二十三

我和罗伊到达黑马厩镇的时候，有辆既不过分豪华、也不明显寒碜的小汽车正在那儿等他，司机交给我一封短信，德里菲尔德太太请我第二天中午前去吃饭。我坐上一辆出租汽车，直接前往"熊与钥匙"客店。我从罗伊嘴里知道海滨大道上盖了一家新的海洋饭店，但是我不愿为了现代文明的舒适享受，就抛弃我少年时代游憩的场所。一到车站，我就看到小镇的变化，车站已经不在原来的地方，而在一条新的街道旁，另外坐一辆汽车在大街上奔驰，这种感觉当然也很新奇。不过"熊与钥匙"客店倒没有什么变化，仍像以往那样冷漠无礼地对我表示接待：门口一个人也没有，司机把我的旅行包放下后就开车走了。我叫了一声，没有人回答；我走进酒吧间，看见一个剪短发的年轻女人正在看一本康普顿·麦肯齐①的小说。我问她有没有空房间。她有点生气地看了我一眼，说大概有的。我看她对这事似乎不感兴趣，就很客

---

① 康普顿·麦肯齐（1883—1972）：英国小说家。

气地问她是否有人可以带我去看看房间。她站起来,打开一扇门,尖声叫道:"凯蒂。"

"干吗?"我听见有个人问道。

"有位先生要间房。"

不一会儿,来了一个老古董似的脸色憔悴的女人,穿了一条很脏的印花布裙子,灰白的头发凌乱蓬松,她带我走上两段楼梯,进了一个又小又邋遢的房间。

"能不能给我找个比这更好的房间?"我问道。

"这是旅行推销员常住的房间。"她抽了一下鼻子答道。

"你们没有别的房间了吗?"

"单人的没有了。"

"那就给我一个双人房吧。"

"我去问问布伦特福德太太。"

我陪她一起往下走到二楼,她敲了敲一扇房门,里面叫她进去。她开门的时候,我瞥见房里有个身材粗壮的女人,头发已经灰白,却精心地烫成波浪形。她正在看书。看来这家客店里的每个人都对文学有兴趣。在凯蒂告诉她我对七号房间不满意的时候,她冷淡地瞅了我一眼。

"带他去看看五号房间吧。"她说。

我开始觉得自己那么傲慢地谢绝德里菲尔德太太要我住在她家的邀请,又一味感情用事,不听罗伊要我住在海洋饭店的明智的建议,实在有点儿轻率。凯蒂重又领我上楼,把我带进一个朝着大街、比较大的房间,里面的大部分空间都被一张双人床占去了。窗户肯定有一个月没有开过。

我对她说这个房间行了,并问了她吃饭的事。

"你爱吃什么都成,"凯蒂说,"我们现在什么都没有,不过我会跑去给你弄来。"

我很了解英国客店的饭菜,就点了油煎板鱼和烤肋排。随后我就出去散步。我向海滩走去,发现那儿开辟了一个广场,而在原来我记得只有大风席卷而过的田野上修建了一排带游廊的平房和别墅。可是它们看上去破败不堪,泥水满墙。我暗自推测,即使过了这么多年,那时乔治勋爵想把黑马厩镇变成一个受到大众喜爱的海滨胜地的梦想如今仍未实现。一个退伍军人、两个老年妇女沿着到处塌陷的柏油路溜达。四周的景象异常惨淡。刮起一阵冷风,从海上飘来蒙蒙细雨。

我转身走回镇上,在"熊与钥匙"和"肯特公爵"两家客店中间的空地上,人们不顾天气险恶,三五成群地聚在一起;跟他们的父辈一样,他们的眼睛也是淡蓝的颜色,他们的高高的颧骨也那么红润。我很奇怪地发现有些穿蓝套衫的水手至今还在耳朵上戴着小金耳环,而且不仅是几个年老的水手,就是那些才十几岁的男孩子也戴。我沿着街道信步走去,以前的银行重新装修了门面,可是那家文具店却仍是原来的样子,我在那儿买过纸和蜡,为了跟一个我偶然遇到的无名作家去摹拓碑刻。新开了两三家电影院,门口都是花花绿绿的海报,使这条本来一本正经的街道突然有了一种放荡不羁的神气,看上去很像一个有身份的老年妇女喝醉了酒的样子。

客店的那个招待旅行推销员的房间又冷又暗,我独自在一张摆了六份餐具的大桌子上吃饭。那个邋遢的凯蒂在旁边伺候。我问她能不能生个火。

"六月里不行。"她说,"过了四月,我们就不生火了。"

"我付钱好了。"我不满地说。

"六月里不行。要在十月里就可以,但是六月里不行。"

吃完饭,我到酒吧间去喝杯红葡萄酒。

"很安静嘛。"我对那个剪短发的女招待说。

"是啊,挺安静。"她回答说。

"我还以为星期五晚上你们这儿会有很多客人。"

"唔,大家都会这么想的,是吧?"

这时一个身体结实的红脸膛的男人从后面走出来,他那灰白的头发剪得很短,我猜他就是客店老板。

"你就是布伦特福德先生吗?"我问他说。

"不错,是我。"

"我认识你父亲。跟我一起喝杯红葡萄酒吧?"

我把我的名字告诉他,在他的少年时代,镇上没有哪个人的名字像我的那样广为人知,可是看到他竟想不起我来,我感到有点儿狼狈。不过,他还是接受了我请他喝的红葡萄酒。

"到这儿来有公事?"他问我说,"我们常常接待一些做买卖的先生。我们总乐意尽力为他们效劳。"

我告诉他我是来拜访德里菲尔德太太的,让他去猜测我此行的目的。

"以前我常看见那老头儿，"布伦特福德先生说，"他那会儿特别爱上我们这儿来喝杯苦啤酒。听着，我的意思不是说他喝得有几分醉意，而是说他就爱坐在酒吧间里闲聊。嗨，我的天，他一聊就是几个小时，从不在乎和谁一起闲聊。德里菲尔德太太却一点也不喜欢他上这儿来。老头儿常常从家里溜出来，跟谁都不言语一声，溜达到我这儿。你知道就他那年岁的人来说，这也是一段不短的路。当然啰，每次他们家发现他不见了，德里菲尔德太太就知道他在哪儿，她总打电话来问他在不在这儿。随后她就会坐上汽车到我这儿来找我老婆。她会对我老婆说：'你去把他找来，布伦特福德太太。我不想自己走进酒吧间去，有那么多人闲待在那儿。'所以我太太总进来对他说：'哎，德里菲尔德先生，你太太坐车来找你了，你还是快点喝了啤酒跟她回去吧。'他总要我太太在德里菲尔德太太打电话来找他的时候别说他在这儿，可是我们当然不能这么干。他年岁大了，又是那么个人物，我们可担当不了这个责任。知道吗？他是在这个教区出生的，他的头一个太太是个本地姑娘。她死了好多年了。我根本不认识她。这老头儿可是个有趣的人。他一点架子也没有；据说在伦敦，人家觉得他很了不起，他死的时候报上满是哀悼他的文章；可是跟他闲聊，你却一点都不觉得他是个了不起的人。他像是一个普普通通的人，就跟你我一样。当然啰，我们总设法让他舒舒服服。我们想请他坐在安乐椅中，可是他不肯，非要坐在柜台边上不可；他说他喜欢把脚踩在高脚凳的横档上的那种感觉。我相信他在这儿比在其他随便什么地方都要高兴。他总说他很喜欢酒吧。他说在那儿你会见到生活，他说他始终热爱生活。真是个有个性的人物。他叫我想起我爸爸，只是我们家老爷子一辈子从没看过一本书；他一天能喝整整一瓶法国白兰地。他死的时候七十八岁，一辈子没生过病，最后死的时候生的那场病，也是他平生头一回生病。老德里菲尔德突然就故去了，我那会儿真是怪想他的。前两天我还对我老婆说很想什么时候来看一本他的书，听说他的好几本书写的都是我们这一带的事儿。"

二十四

第二天早上天气阴冷,但是没有下雨,我沿着大街向牧师公馆走去。我认出了街旁那些店铺的字号,那都是延续了好几百年的肯特郡的姓氏——姓甘斯的,姓肯普的,姓科布斯的,姓伊古尔登的——可是路上却没有碰到一个熟人。我觉得自己仿佛是个鬼魂在街上游荡,以前我几乎认识这儿的每一个人,就算没有说过话,至少也很面熟。突然,一辆非常破旧的小汽车从我身旁开过,猛地停住,往后倒了一点,我看见车里有个人正好奇地望着我。接着一个高大魁梧、上了年纪的人从车里钻出来,向我走来。

"你是威利·阿申登吧?"他问道。

这时我认出他来了。他是镇上医生的儿子,我和他一块儿上过学;我们同学多年,我知道后来他接替了他父亲开业行医。

"嗨,你好吗?"他问道,"我刚到牧师公馆去看我孙子。那儿现在开了个私立小学,这学期开始的时候我把他送去的。"

他的衣着十分破旧,也不整洁,可是他的相貌却很不错,我看得出他在年轻的时候一定眉清目秀。真奇怪,我以前竟从来没有注意到这一点。

"你都当爷爷了吗?"我问道。

"都当过三回了。"他笑着说。

这叫我着实吃惊不小。当年他降生到世间,学会了行走,不久长大成人,结婚,生儿育女,他的儿女接着也生儿育女。从他的外表来看,我断定他一生都在贫困中不停地辛苦工作,他有一种乡村医生所特有的态度,直率、热诚而又圆滑。他的一生已经过去了。我脑子里却还有那么多写书写剧本的计划,我对未来充满了各种打算;我觉得在我今后的生涯中还有那么多活动和乐趣;可是在别人看来,恐怕我一定也是一个像我眼中的医生儿子那样的老年人。当时我受到极大的震动,根本无法从容不迫地向他问起他那几个小时候常和我在一起玩耍的兄弟,或是从前常在一起的老朋友;我说了几句词不达意的话之后就离开了他。我继续往牧师公馆走去,那是一幢宽敞而布局零乱的房子。在那些把自己的职责看得比我叔叔要认真的现代牧师眼中,这所住宅的地点过于偏僻,而且就目前的生活费用而言,开销也太大了。房子坐落在一个大花园里,四面都是绿色的田野。门前有一块四四方方的大布告板,上面说明这是一所供当地的世家子弟就学的私立小学,还列出了校长的姓名和学衔。我往栅栏墙里面看了看;花园里又乱又脏,我从前经常钓石斑鱼的那个池塘已经给填掉了,原来属于教区牧师的田地被划成了一块块建筑场地。有几排小砖房,门前是一些修得很差的高低不平的小路。我顺着欢乐巷走去,那儿也造了一些房子,都是朝着大海的平房。过去卡子路上的关卡如今成了一个整洁的茶室。

我四处闲逛,眼前好像有一条条数不清的街道,两边都是黄砖盖的小房子,但是我不知道里面住的是谁;因为周围一个人都没有。我朝港口走去,那儿十分冷清。只有一条不定期的货船停在码头外面不远的地方。两三个水手坐在一个仓库外面,我走过的时候他们都一个劲地盯着我看。煤炭生意已经萧条,运煤船不再到黑马厩镇来了。

是我该上弗恩大宅去的时候了,于是我走回客店。客店老板曾说他有一辆戴姆勒牌的汽车可以出租,我已和他说好坐这辆车去参加午宴。我回到客店的时候,车子已经停在门口,那是一辆布鲁姆式汽车①,不过是我见过的这种型号中最老式最破旧的;一路上它吱吱嘎嘎,叮叮当当,哐啷哐啷,还突然发怒似的蹦起来,我真不知道自己能不能坐着它到达目的地。可是这辆车不寻常的惊人之处,就在于它的气味和当年我叔叔每星期天上午雇来送他去教堂的那辆顶篷可以开合的旧四轮马车的气味一模一样。那是马厩和马车底部霉烂的稻草发出的腥臭难闻的气味。这么多年过去了,为什么这辆汽车竟也散发出这种气味,我随便怎么都想不通。可是什么都不像一种香气或臭味那样能使人回想起往昔的时光。我忘了眼前我正坐车穿过的乡野,似乎看见自己又成了一个小男孩,坐在马车前座上,身旁放着圣餐盘,对面坐着婶婶,身上微微散发出一点洗得干干净净的衣衫和科隆香水的气味;她穿

---

① 布鲁姆式汽车:一种驾驶座敞顶的汽车。

着黑色的绸斗篷，戴着插了一根羽毛的小帽子；旁边是我叔叔，他穿着法衣，宽阔的腰间系着一条宽宽的有罗纹的绸腰带，颈上的金链子挂着一个金十字架，一直垂到肚子上。

"哎，威利，今儿你可得规规矩矩。好好坐在位子上，身子别来回转动。在上帝的殿堂里，可不能懒懒散散。你得记住，别的孩子可没有你这么好的条件，你应当给他们做个榜样。"

当我到达弗恩大宅的时候，德里菲尔德太太和罗伊正在花园里散步，我从车上下来的时候，他们迎上前来。

"我在给罗伊看我种的花，"德里菲尔德太太一边和我握手一边说。接着她叹了口气又说："现在我只剩这些花了。"

她看上去和六年前我见到她的时候差不多，并不显老，穿一身显得文静娴雅的丧服，领子和袖口都是白绉纱的。我发现罗伊戴了一条黑领带配上他那套整洁的蓝衣服；我猜那是为了对声名显赫的死者表示敬意。

"我来让你们看看我这一圈种着草本植物的花坛，"德里菲尔德太太说，"然后我们进去吃午饭。"

我们转了一圈，罗伊掌握了很丰富的花草知识；他知道所有花儿的名称，那些拉丁字从他的舌头上发出来就像一根根香烟从卷烟机里滚出来一样顺溜。他告诉德里菲尔德太太她必须增添哪些品种，从哪儿可以搞到，以及哪些品种特别美丽。

"我们从爱德华的书房进去好吗？"德里菲尔德太太提议说，"我把书房保持得和他生前一个样子，什么都没有改变。你想象不到有多少人来参观这幢房子；当然他们最想看的，是他以前工作过的房间。"

我们从一扇开着的落地窗走进去。书桌上放着一钵玫瑰,扶手椅旁边的小圆桌上有一份《旁观者》①,烟灰盘里放着这位大师生前用的烟斗,墨水池里盛着墨水。一切都布置得井井有条。可是不知为什么,我觉得房里显得特别死气沉沉;它已经有一股博物馆的霉味了。德里菲尔德太太走到书架前,半开玩笑半带伤感地微微一笑,一只手迅速在五六本蓝封面的书的书脊上滑过。

"知道吗,爱德华非常欣赏你的作品,"德里菲尔德太太说,"他经常重读你写的书。"

"我很高兴。"我彬彬有礼地答道。

我记得很清楚,上次我来拜访的时候,书架上并没有我的作品。我装着随随便便的样子抽出一本,用手指在书头上摸了摸,看看有没有灰尘。没有。我又拿下一本,是夏洛蒂·勃朗特的作品,我一边好像一本正经地说着话,一边又同样地试了试。没有,书头上面也没有灰尘。这样我唯一弄清楚的就是德里菲尔德太太是个极好的主妇,而她的女仆也一定十分尽责。

我们接着去吃午饭,那是一顿很丰盛的英国式午饭,有烤牛肉和约克郡布丁。我们谈到了罗伊打算写的那本书。

"我想尽量减轻一点亲爱的罗伊的繁重的工作,"德里菲尔德太太说,"我一直在把我能收集到的材料收集起来。这么做当然相

---

① 《旁观者》:罗伯特·林图尔创刊于1828年的周刊,是英国全国性周刊中历史最久的杂志。刊名起源于17世纪英国散文作家、剧作家约瑟夫·阿狄生和理查德·斯梯尔所创办的《旁观者》日报。

当费事，但也很有意思。我找到了很多旧照片，我一定得给你们看看。"

吃完饭我们走进客厅，我又一次注意到德里菲尔德太太布置房间的高超的技巧。这间客厅对一个著名作家的遗孀似乎要比对他的妻子更为合适。那些印花棉布，那一碗碗熏房间的百花香，那些德累斯顿的瓷像，似乎都带着一种淡淡的惆怅；它们好像都在凄凉地默想着昔日的荣耀。我真希望在这阴冷的日子里房间里能生个火，可是英国人是一个既能吃苦又很守旧的种族；在他们看来，为了信守自己的原则而让别人不舒服，那并不是什么困难的事。我不大相信德里菲尔德太太会考虑十月一日以前在房间里生火。她问我最近有没有见到那年把我带到他们家来和他们夫妇一起吃午饭的那位夫人；我从她那略带苦涩的口气里猜测，自从她那声名显赫的丈夫去世以后，那些高贵时髦的人物显然逐渐地都不怎么理会她了。我们刚刚在客厅里舒舒服服地坐下，开始谈论去世的人；罗伊和德里菲尔德太太开始巧妙地提出一些问题，想促使我讲出我回忆起的事情，我却尽力保持头脑冷静，防备自己一不留神泄露出我决心不让旁人知道的事儿，这时那个服装整洁的客厅女仆突然端着放在托盘上的两张名片进来了。

"太太，门口有两位坐车来的先生，他们问是不是可以进来看看这儿的房子和花园。"

"真讨厌！"德里菲尔德太太嚷道，可是口气里却显得异常开心，"你们说怪不怪？我刚才正提起那些想来看这幢房子的人来着。我真是一刻都得不到安宁。"

"哎,那你干吗不告诉他们说你很抱歉不能接待他们?"罗伊说,我觉得他口气有点儿尖刻。

"噢,那可不成。爱德华一定不希望我这么做。"她看着名片,"我的眼镜不在身边。"

她把名片递给我,其中一张上面印着:"**亨利·比尔德·麦克杜格尔,弗吉尼亚大学**";上面还用铅笔写着:"英国文学助理教授"。另一张名片上面印的是"**让-保尔·昂德希尔**",名片下部有一个纽约的地址。

"美国人。"德里菲尔德太太说,"出去对他们说如果他们想要进来参观,我会很高兴的。"

不一会儿,女仆把两个陌生人领了进来。那是两个高个子的年轻人,宽宽的肩膀,粗犷黝黑的脸膛,胡子剃得干干净净,眼睛长得很好看;他们俩都戴着角质架的眼镜,都有一头从前额往后梳的浓密的黑发,都穿着一套显然在英国新买的衣服;他们俩都显得有点儿局促,但是说话絮絮叨叨,特别斯文有礼。他们解释说他们正在英国做一次文学研究的旅行,正准备去拉伊①瞻仰亨利·詹姆斯的故居,因为他们都很仰慕爱德华·德里菲尔德,所以半路上冒昧地在此停留,希望能让他们看看被那么多协会视为圣地的场所。德里菲尔德太太对他们提到拉伊并不觉得怎么高兴。

"我想这两个地方是有不少联系。"她说。

---

① 拉伊:英国苏塞克斯郡一沿海城镇;美国小说家亨利·詹姆斯1899年购下了镇上的望族兰姆家族的大宅,定居于此。

她把这两个美国人介绍给我和罗伊。我对罗伊巧妙地应付这种场面的本事佩服得五体投地。他好像以前在弗吉尼亚大学做过演讲,并且还住在那个大学文学系的一个有名的教授家里。那真是他难忘的一段经历。他不知道究竟是那些亲切可爱的弗吉尼亚人对他的盛情款待,还是他们对文学艺术的敏锐的兴趣给他留下了更为深刻的印象。他向他们问起某人近来如何,某人可好;他在那儿结交了一些终生难忘的朋友;听他说起来,好像他在那儿碰到的每一个人都那么善良、友好、聪明。不一会儿,那个年轻的教授就告诉罗伊他多么喜欢他的书,罗伊谦虚地告诉他自己这本书和那本书原来的写作意图是什么,他又是如何意识到自己远未实现这些意图。德里菲尔德太太面带笑容表示同情地在一旁听着,可是我觉得她的微笑变得有点儿勉强。说不定罗伊也感觉到了,因为他突然收住话头。

"可是你们肯定不想听我唠叨我的这些事,"他大声热情地说,"我上这儿来只是因为德里菲尔德太太十分看得起我,委托我写一本介绍爱德华·德里菲尔德生平的书。"

这件事当然引起了客人的极大兴趣。

"说真的,这可得费不少心思,"罗伊开玩笑地用美国人的腔调说,"幸好我有德里菲尔德太太的协助。她不仅是一个十分贤惠的妻子,而且是一个极其出色的抄写员和秘书;她交给我的材料异常丰富,所以我要做的事情实际上没有多少,只需凭借她的勤奋和她的……她的满腔热忱就行了。"

德里菲尔德太太矜持地低头看着地毯,而那两个年轻的美国人则把他们又大又黑的眼睛转向了她,在他们的目光中洋溢着同情、兴趣和尊敬。后来谈话又持续了一会儿——一部分谈的是文学,但也谈到了高尔夫球,因为两个客人说,到了拉伊后他们想打一两场球。说到打高尔夫球,罗伊又很谙练在行,他告诉他们要注意球场上这样那样的障碍,还希望等他们回到伦敦以后能在森宁代尔①和他们一起打一场。此后,嘿,德里菲尔德太太站了起来,表示要领他们去参观爱德华的书房和卧室,当然还有花园。罗伊也站了起来,显然决意陪他们一起前去,但是德里菲尔德太太却对他淡淡地一笑,显得既和蔼又坚决。

"罗伊,你用不着来了,"她说,"我带他们去转一圈吧。你留在这儿陪阿申登先生谈谈。"

"哦,好吧。当然。"

客人跟我们告别后,我和罗伊重新在套着印花棉布椅套的扶手椅上就座。

"真是个不错的房间。"罗伊说。

"是很不错。"

"埃米费了好大的劲才把房间弄成现在这样。你知道老头儿是在他们结婚前两三年买下这幢房子的。她想要他卖掉,可是他怎么也不肯。在有些方面他固执得很。知道吗,这幢房子原来是某位沃尔夫小姐的产业,爱德华的父亲是这位小姐的管家。他说他从小就有一个念头,希望有一天这幢房子归他所有,如今他终

---

① 森宁代尔:伦敦著名高尔夫球俱乐部,有两片极好的高尔夫球场。

于得到了，就不打算再把它脱手。别人都会以为他最不乐意干的一件事，就是住在一个人人都知道他的出身和他的所有其他情况的地方。有一次，可怜的埃米差一点雇了一个女用人，幸而还没有讲定她就发现这个姑娘原来是爱德华的侄孙女。埃米刚到这儿来住的时候，这幢房子从顶楼到地窖都是按托特纳姆宫廷路①上住宅的式样布置的；你知道那种式样吧，土耳其地毯，桃花心木餐具柜，长毛绒面子的客厅家具加上现代的镶嵌细工。这就是爱德华·德里菲尔德心目中上流人士的房子所应陈设的样子。埃米说那简直难看极了。可是他不许她变换任何一样东西，她不得不万分小心。她说她简直无法在这样的房子里住下去，她决心要把房子弄得像个样子；她只好一件件更换房子里的东西，好不引起他的注意。她告诉我最不好办的事就是他那张书桌。我不知道你是否注意到现在放在他书房里的那张书桌。那是一件很好的古式家具，我也很愿意有这么一张。可是他原来用的是一张难看的美国拉盖书桌。那张桌子他用了很多年，他在那上面写了十几本书，他就是不愿意把它换掉；那倒不是他特别喜欢这种家具，只是因为用了那么久，实在舍不得换掉。你一定得让埃米给你讲讲她最终怎么换掉那张书桌的。那真是妙极了。她真是个了不起的女人，一般她总能按自己的意思去做。"

"我已经注意到了。"我说。

---

① 托特纳姆宫廷路：伦敦中部菲茨罗维亚区的一条主要街道，从圣吉尔斯广场通到尤斯顿路。

刚才当罗伊露出想要陪同客人参观房子的时候,她一下子就把他拦住了。罗伊迅速地瞅了我一眼,笑起来。他一点儿也不傻。

"你并不像我那么了解美国,"他说,"那儿的人总宁可要一只活老鼠,也不要一头死狮子。这也是我喜欢美国的一个原因。"

二十五

德里菲尔德太太把两个朝圣者送走后回到客厅,她胳膊底下夹着一个文件夹。

"多可爱的年轻人啊!"她说。"我希望英国的年轻人也像他们一样对文学有浓厚的兴趣。我送了他们一张爱德华遗容的照片,他们又要了一张我的照片,我为他们签了名。"接着她和蔼可亲地说,"罗伊,你给他们留下了深刻的印象。他们说能见到你实在是莫大的荣幸。"

"那是因为我去美国作过好多次讲学。"罗伊谦虚地说。

"噢,可是他们还看过你的作品。他们说你的作品充满阳刚之气,所以他们很喜欢。"

文件夹里有不少旧照片,有一张是一群小学生,要不是德里菲尔德太太给我指出,我根本认不出其中那个头发蓬乱的淘气鬼就是德里菲尔德。还有一张是一个十五人的橄榄球队,这时德里菲尔德已经长大了一点;另一张上是个年轻水手,穿着运动衫和厚呢短夹克,那是德里菲尔德离家出走去当水手时照的。

"这张是他头一次结婚时的照片。"德里菲尔德太太说。

在照片上他留着胡子，穿一条黑白格子的裤子，纽扣孔里插了一朵很大的衬着孔雀草的白玫瑰，身旁的桌子上放一顶高顶礼帽。

"这儿是新娘。"德里菲尔德太太说，竭力想忍住笑。

可怜的罗西，四十多年前在一个乡村摄影师的手下竟成了这么一副怪样子。她直挺挺地站在那儿，背景是一个豪华的大厅，手里拿着一大束花儿；她的衣衫精细地打了许多褶儿，腰间收得很紧，里面有一个撑架。刘海一直垂到眼睛上。在一堆丰茸的头发上面高高地戴着一个香橙花的花环，后面拖着一条长长的白纱。只有我知道她当时实际上会有多美。

"她看上去真粗俗。"罗伊说。

"她是很粗俗。"德里菲尔德太太嘟哝道。

我们又看了爱德华的其他一些照片，有他成名后照的，有他只留八字须时照的，以及所有后来他脸刮得干干净净时照的。从这些照片上，你可以看到他的脸越来越瘦削，皱纹越来越多。他早年照片上那种倔强、平凡的神态渐渐转变成一种疲倦、优雅的气派。你可以看到经验、思考和已经实现的抱负在他身上所引起的变化。我又看了看他还是个年轻水手时的照片，觉得他好像那时就已经露出一丝超然的神态，这种神态在他晚年的照片中非常明显，而且多年以前，我从他本人的身上也隐约地感觉到这一点。你所见到的那张脸只是一个面具，他的行动也毫无意义。我有一种印象，好像德里菲尔德一直到死都是孤独的，并不被人了解，真实的他犹如一个幽灵，无人察觉地默默地在作为作家的他和实际生活的他之间徘徊,望着被世人当作爱德华·德里菲尔德的这两个木偶,露出了嘲讽的超然的微笑。我感到在我写的有关他的这个故事中,我并没有表现出一个活生生的人物:他脚踏实地,形象丰满,有着明确的动机和合乎逻辑的行动;我也没有试图这么做:我很高兴把这个任务留给阿尔罗伊·基尔那支更有才情的笔去完成。

我在那些照片中看到那个当演员的哈里·雷特福德为罗西拍的几张照片,随后又看到一张莱昂内尔·希利尔为她画的那幅画像的照片,心头不禁感到一阵痛楚。我记得最清楚的就是她在这幅画像上的模样。尽管她穿着老式的衣衫,但看上去还是充满生气,胸中蕴藏的激情使她全身都显得在微微地颤抖。她似乎准备迎接爱情的冲击。

"她给人的印象是个粗壮的乡下女人。"

"可以说就是挤奶女工那种类型的女人,"德里菲尔德太太答道,"我一直觉得她看上去像个白皮肤的黑人。"

这也是以前巴顿·特拉福德太太喜欢用来称呼罗西的词儿。罗西的厚嘴唇和大鼻子也确实遗憾地使这种说法显得有点儿事实根据。可是,他们都不知道她那闪着银光的金发和泛出金光的银白色皮肤多么光彩照人,他们更不知道她那迷人的微笑。

"她一点也不像白皮肤的黑人,"我说,"她如同黎明一样纯洁。她像青春女神①,又像一朵白玫瑰。"

---

① 青春女神:在奥林匹斯山替众神斟酒的女神,相传为宙斯和赫拉的女儿。

德里菲尔德太太笑了笑,她和罗伊意味深长地彼此看了一眼。

"巴顿·特拉福德太太和我说了许多有关她的事。我并不想显得好像对她怀有恶意,但是恐怕她不会是一个很好的女人。"

"你正是在这一点上弄错了,"我回答说,"她是一个很好的女人。我从来没有见她发过脾气。你想要她把什么东西给你,只要开口就行了。我从来没有听她说过一句对别人不友好的话,她的心地非常善良。"

"她懒散得要命,家里总是乱七八糟的。你根本不想在一把椅子上坐下,因为那上面满是灰尘;你更不敢正眼瞧一下房间的角落。她本人也是这样。她从来不知道怎么束好裙子,你总可以看到她的衬裙从裙子的一边拖出来两英寸。"

"她对这类事并不在意。这些事并不减少一分她的美,她人既长得漂亮,心又好。"

罗伊放声大笑,德里菲尔德太太也用手捂住嘴来掩盖她的微笑。

"哦,得了,阿申登先生,你说得的确太过分了。别忘了我们就应该面对现实,她是个色情狂。"

"我认为这是一个很荒谬的词儿,"我说。

"那么让我这么说吧,她那样对待可怜的爱德华,至少算不得是个很好的女人,当然这件事应该说是因祸得福。如果她没有和别人私奔的话,爱德华可能一辈子都得背着这个包袱,而有了这样一个障碍,他绝不可能达到后来他取得的那种地位。可是她出名地对他不忠实,这一点仍然是事实。从我听到的情况看,她真是个荡妇。"

"你不明白,"我说,"她是一个很淳朴的女人。她的天性是健康和坦率的。她愿意让别人感到快乐。她愿意去爱。"

"你把这称作爱吗?"

"那么就叫爱的行为好了。她生来是一个有爱心的人。当她喜欢一个人的时候,她觉得和他同枕共衾是很自然的事。她对这种事从不犹豫不决。这并不是道德败坏,也不是生性淫荡;这是她的天性。她把自己的身体交给别人,好似太阳发出热量、鲜花发出芳香一样的自然。她觉得这是一件快乐的事,而她也愿意把快乐带给别人。这丝毫无损于她的品格,她仍然那么真诚、淳朴、天真。"

德里菲尔德太太那时的神情就像是吃了一服蓖麻油,正在吮吸一个柠檬以便去掉嘴里的味道。

"我真不明白,"她说,"可是我得承认,我始终不理解爱德华看中她什么。"

"他知道她跟各式各样的人勾搭吗?"罗伊问道。

"他当然不知道。"她迅速地答道。

"我并不像你那样认为他这么傻,德里菲尔德太太。"我说。

"那么他干吗要容忍呢?"

"我想我可以给你解释一下。你知道罗西不是那种会在他人心中激起爱情的女人,她引起的只是一种亲情。对她心怀妒忌是很可笑的。她就好像林中空地上的一个池塘,既清澈又深邃,跳到里面去会觉得很畅快,即使一个流浪汉、一个吉卜赛人和一个猎场看守人在你之前曾跳进去浸泡,这一池清水也仍然会同样的清凉,同样的晶莹澄澈。"

罗伊又大笑起来,这一次德里菲尔德太太也没有掩饰她的微笑。

"听你这样用诗一般的语言口气热烈地说话,实在滑稽。"罗伊说。

我忍住自己的一声叹息。我早就发现在我最严肃的时候,人们却总要发笑。实际上,等我过了一段时间重读自己当初用真诚的感情所写的那些段落时,我也忍不住想要笑我自己。这一定是因为真诚的感情本身有着某种荒唐可笑的地方,不过我也想不出为什么会如此,莫非因为人本来只是一个无足轻重的行星上的短暂居民,因此对于永恒的心灵而言,一个人一生的痛苦和奋斗只不过是个笑话而已。

我看出德里菲尔德太太有什么事情想要问我,她显得有点儿局促不安。

"你觉得如果她愿意回来的话,他会要她吗?"

"你要比我更了解他。我认为他不会。我想等他的某种激情枯竭的时候,他对当初引起这种激情的人也就不再产生兴趣了。我觉得在他这个人身上奇特地混合着强烈的感情和极端的冷漠。"

"我不明白你怎么能这么说。"罗伊嚷道,"他是我见到的最和蔼可亲的人。"

德里菲尔德太太盯着我看了一会儿,然后垂下眼睛。

"不知道她去美国后怎么样了。"罗伊问道。

"她大概和肯普结了婚,"德里菲尔德太太说,"听说他们改了姓名。当然他们不能再在这儿露面。"

"她什么时候死的?"

"噢,大概十年前吧。"

"你怎么听说的?"我问道。

"是哈罗德·肯普,就是肯普的儿子说的。他在梅德斯通做什么买卖。我一直没有把这个消息告诉爱德华。对他来说,她早就死了很多年。我看不出有什么理由再去提醒他那些往事。我觉得遇事如果都把自己放在别人的地位,总会有所帮助。我暗自想道,我要是爱德华的话,就不希望别人提起我青年时代的一段不幸遭遇。你觉得我的想法对不对?"

二十六

德里菲尔德太太非常亲切地提出要用她的车子送我回黑马厩镇，但我还是情愿走着回去。我答应第二天再去弗恩大宅吃饭，同时还答应把我当初经常见到爱德华·德里菲尔德的那两段时间中我还记得的一些事写下来。我顺着蜿蜒曲折的大路走去，一路上一个人都没有碰到，心里琢磨着第二天我该讲些什么。我们不是经常听到风格就是删节的艺术吗？如果当真如此，那我一定能把我要讲的写成一篇很美妙的文章，而罗伊却只把这些内容用作素材，这看来似乎有些可惜。当我想到只要愿意，我就可以抛出一个叫他们万分震惊的消息时，我不禁咯咯地笑起来。凡是他们想知道的有关爱德华·德里菲尔德和他首次婚姻的情况，有个人都能向他们介绍；不过这件事我还是打算保守秘密。他们以为罗西已经死了，他们错了；罗西还好端端地活着。

那次为了上演我的一个剧本，我到了纽约，我的经纪人的新闻代表特别卖力，把我到达纽约的消息大肆宣扬，弄得尽人皆知。有一天我接到一封信，上面的笔迹很熟，可是一时却想不起是谁的。字写得又大又圆,刚劲有力,但可以看出来写字的人没有受过多少教育。那种笔迹实在眼熟极了,我不禁对自己竟想不起是谁的字迹感到十分气恼。其实马上把信拆开看看,那才是合乎情理的做法;但是我却望着信封,一个劲儿地苦苦琢磨。有些笔迹,我一看就吓得打上一个寒噤,也有些信,一看信封就觉得十分厌烦,搁了一个星期我都懒得打开。可是等我最终撕开手里这个信封的时候,里面的内容却使我有一种奇怪的感觉。信开始得很突兀:

> 我刚看到你在纽约的消息,很希望再见到你。我现在不住在纽约,但是我住的扬克斯①离纽约并不远,如果你有一辆汽车的话,不出半个小时就可以到达。我想你一定很忙,所以请你定个日子。虽然我们已经分别多年,但是我希望你并没有忘记你的老朋友。
>
> 罗西·伊古尔登(原德里菲尔德)

我看了看地址,是阿尔百马尔,显然是一个旅馆或是公寓大楼,后面才是街名和扬克斯的地名。我不禁打了个哆嗦,仿佛有人在我的坟头上走动②。在过去的那些岁月里,我有时也想到罗西,

---

① 扬克斯:美国纽约州东南部城市,位于哈得孙河东岸,与纽约市布伦克斯区的北面相接。
② 此为英美人无缘无故地打哆嗦时所说的话,因民间迷信认为无缘无故地打哆嗦为将死的征兆。

不过近来我心中暗想,她一定已不在人世了,有那么一会儿,我对她的姓氏感到困惑不解。怎么是伊古尔登而不是肯普呢?后来我想起他们从英国逃跑的时候一定用了这个假姓,这也是肯特郡的一个姓氏。我最初很想找个借口不去见她;对于那些很久不见的人,我总不大想要再去会面。可是我突然觉得十分好奇,想去看看她现在怎么样了,听听她后来的遭遇。我正要到多布渡口去过周末,路上得经过扬克斯,所以我回信告诉她,星期六下午四点左右我去看她。

阿尔百马尔是一幢庞大的公寓大楼,外表显得还比较新,住在那儿的好像都是一些境况宽裕的人。看门的是一个穿制服的黑人,他用电话通报了我的姓名,另一个黑人开电梯送我上楼,我感到异常紧张。给我开门的也是一个黑人女仆。

"请进,"她说,"伊古尔登太太正在等你。"

我给引进一间起居室兼饭厅的房间,一头放了一张满是雕刻的橡木方桌,一个碗柜和四把大急流城①的制造商一定会认为是英王詹姆士一世时代出品的椅子。可是另一头却摆着一套路易十五时代的家具,都镀了金,套垫是一色淡蓝色的锦缎;周围有好多张小桌子,也镀了金,雕刻得富丽堂皇,上面放着镀金的塞夫勒②花瓶和一些裸体女子的铜像,铜像上的饰带像给一阵狂风吹拂飘动似的巧妙地盖住了出于体统应该遮掩的那些部位;每个铜像都

---

① 大急流城:美国密歇根州西南部城市,位于格兰德河畔。
② 塞夫勒:法国北部城市,以产高级瓷器而闻名。

欢快活泼地伸出一只胳膊,手里举着一盏电灯。房里的那个唱机是我在店铺橱窗里见到过的最豪华的一款,上面镀满了金,样子犹如一顶轿子,外面画了华托①风格的朝臣和他们的夫人。

我等了大约五分钟,有一扇门开了,罗西轻快地走了出来。她把两只手都伸给我。

"啊呀,真想不到,"她说,"我真不愿去想我们有多少年不见了。请等一等。"她走到门口,朝外面喊道:"杰西,茶可以端来了。水可得好好烧开啊。"随后她走回来接着说:"你真不知道我费了多大劲儿教这姑娘怎么泡茶。"

罗西至少有七十岁了,满身diamantée②,穿一件非常漂亮的绿色薄绸无袖连衣裙,领口是方的,下摆很短,穿在身上好似一只紧绷绷的手套。从她的体形看,我猜她里面穿着橡胶的紧身胸衣。她的指甲涂得鲜红,眉毛也修过了。她身体发胖了,有了双下巴;虽然她在袒露的胸口上扑了好多粉,但是皮肤仍泛出一片红色,她的脸也显得红红的。不过她看上去身体健康,精力充沛。她的头发仍然十分浓密,只是颜色差不多都变白了,剪得很短,经过电烫。她年轻的时候长着一头柔软的、自然拳曲的头发,而现在她头上的这些呆板的电烫波浪使她显得就像刚从理发店里出来似的,这似乎是她身上发生的最大变化。唯一没有变的是她的微笑,仍然带着从前那种孩子气的调皮可爱的神气的微笑。她的牙齿一

---

① 华托(1684—1721):法国画家,作品多与戏剧题材有关,画风富于抒情性。
② 法语:珠光宝气。

直就不怎么好,长得既不整齐,样子也不好看,可是现在她却装了一口整整齐齐、雪白光亮的假牙。这显然是金钱所能买到的最漂亮的假牙。

那个黑人女仆端来精美丰盛的茶点,有肉末饼、三明治、甜饼干、糖果以及小小的刀叉和餐巾。一切都安排得干净利落。

"吃茶点是我始终无法放弃的一种习惯,"罗西拿起一个滚热的黄油烤饼说,"真的,这是我一天当中最好的一顿,不过我知道其实我不该吃。我的医生老是对我说:'伊古尔登太太,要是你每天喝茶的时候都吃上六七块甜饼干,你就没法子减轻体重了。'"她朝我微微一笑,这时我突然隐隐地觉得,尽管罗西烫着波浪形的头发,搽了很多白粉,身体也发胖了,然而她和从前并没有什么两样。"可是要我说的话:你享受一点自己喜欢的东西,对你会有好处。"

我一直觉得跟罗西是很容易交谈的。不一会儿,我们就聊起天来,仿佛我们只有几个星期没有见面。

"你接到我的信觉得很意外吧?我加了德里菲尔德,好让你知道是谁写的。我们来美国的时候改了伊古尔登这个姓氏。乔治离开黑马厩镇的时候发生了一点儿不愉快的事,可能你也听说了。所以他觉得在一个新的国家,最好换一个新的姓氏从头开始,你大概明白我的意思。"

我含糊地点了点头。

"可怜的乔治,他十年前就去世了。"

"听到这事我很难过。"

"哎，他也是上了年纪，过了七十，不过从外表看，你绝猜不出他有那么大岁数。他的去世给了我很大的打击。他对我体贴不得了，哪个女人都不会想要一个比他更好的丈夫。从我们结婚到他去世，我们俩从来没有拌过嘴。另外值得快慰的是，他留下的财产让我可以生活得很宽裕。"

"知道这一点我很高兴。"

"是啊，他在这儿干得很不错。他搞的是建筑，这是他一直喜欢的行业，他和坦慕尼协会①的人混得很熟。他总说他一生最大的错误就是没有早二十年上这儿来。他从踏上这片土地的头一天起就爱上了这个国家。他干劲十足，而这儿需要的就是干劲。他就是在这种环境中能成功发展的人。"

"你们从来没有回过英国吗？"

"没有，我从来就没有想回去。那会儿乔治有时倒说起，你知道，就回去旅行一次，可是我们从来没有当真着手准备。现在他已经去世了，我也没有这种意向。我想在纽约待惯了以后再回伦敦，一定会一方面觉得死气沉沉，另一方面却又有不少感触。我们以前一直住在纽约。他去世后我才搬到这儿来的。"

"为什么你挑扬克斯这个地方呢？"

"噢，我一直喜欢这个地方。我常对乔治说，等我们退休了，就住到扬克斯去。我觉得这个地方有点儿像英国，就像梅德斯通、

---

① 坦慕尼协会：成立于1789年的纽约市民主党实力派组织，由原先的慈善团体发展而成。

吉尔福德或者别的这一类地方。"

我笑了笑,不过我明白她的意思。尽管扬克斯有当当响的电车和嘟嘟叫的汽车,到处都是电影院和灯光招牌,但是主要的街道弯弯曲曲,看上去微微有点儿像一个爵士音乐化了的英国乡镇。

"当然,有时候我也很想知道黑马厩镇上所有那些人的情况,我想如今他们大部分都已去世。大概他们以为我也不在人世了。"

"我也有三十年没到那儿去了。"

那时候,我还不知道罗西去世的传闻已经传到了黑马厩镇。大概有人把乔治·肯普去世的消息带回去,误传成了罗西。

"我想这儿没有人知道你是爱德华·德里菲尔德的头一个太太吧?"

"当然没有。嗨,要是知道的话,那帮记者就会像一大群蜜蜂似的围着我的公寓嗡嗡乱叫。你知道,有时候我到别人家里去打桥牌,他们谈到特德的书,我几乎忍不住要笑出声来。在美国,他们对他的书喜欢得不得了。我却从来没有觉得这些书有那么好。"

"你从来就不怎么爱看小说,是吗?"

"以前我比较喜欢历史,不过现在我好像没有多少时间看书;我最喜欢星期天了。我觉得这儿星期天的报纸很好看。英国就没有这样的报纸。另外,当然啰,我经常打桥牌。我特别爱打定约桥牌[①]。"

[①] 定约桥牌:有别于惠斯特及竞叫桥牌,规定只能按叫到的定约取得成局奖分或部分分数。

我记得在我还是一个孩子刚刚认识罗西的时候，就对她打惠斯特的那种高超出众的技巧印象深刻。我觉得我对她这样的桥牌手并不陌生，她速度快，胆子大，出牌准确；她是一个得力的伙伴，却是一个危险的对手。

"特德去世的时候，你要是看到这儿闹哄哄的景象，一定会大吃一惊。我知道他们觉得他很了不起，可是我从来也没有想到他竟是这样一个大人物。报纸上满是有关他的文章，刊登了他的照片和弗恩大宅的照片。以前特德老说总有一天他要住进这幢房子。他到底为什么娶了那个医院护士？我一直以为他会和巴顿·特拉福德太太结婚。他们一直没有孩子，是吗？"

"没有。"

"特德很想要几个孩子。我生了头一个孩子以后就不能再生了，这对他是一个很大的打击。"

"我不知道你还生过孩子。"我很诧异地说。

"当然生过。所以特德才和我结婚的。可是我生这孩子的时候很困难，医生说我不能再生了。要是她活着，可怜的小家伙，我想我是不会和乔治一起私奔的。她死的时候已经六岁了，是一个可爱的小女孩，长得非常漂亮。"

"你从来没有提起过她。"

"没有，谈到她我就受不了。她得了脑膜炎，我们把她送到医院。他们把她安顿在一个单人病房里，让我们陪着她。我永远忘不了她所受的痛苦。她一直尖声叫啊叫的，谁都没有办法。"

罗西哽咽着说不下去了。

"是不是就是德里菲尔德在《人生的悲欢》里所描写的那个死亡的情景?"

"是的,就是那个情景。我一直觉得特德真是古怪。他跟我一样都不忍心再提这件事,可是他却全写到了书里;他什么都没有遗漏;甚至有些当时我都没有注意到的细节他也写了进去,我看了才想起来。你会觉得特德真是冷酷无情,但其实他并不是那样的人,他和我一样心里十分难受。我们晚上一起回家的时候,他会像个孩子一样痛哭。真是一个怪人,对吧?"

正是《人生的悲欢》这本小说,当时引起一片异常强烈的反对声,而且正是那孩子死去以及随后叙述的那个片段,给德里菲尔德招来了特别凶狠恶毒的谩骂。我还清楚地记得那段描写,那实在太悲惨了,其中并没有丝毫感伤的成分;它不会引出读者的眼泪,却会激起读者的愤怒,因为一个幼小的孩子竟遭到如此残酷的痛苦。你觉得这样的事只能由上帝在最后审判日做出解释。那段文字非常有力。可是如果这个情节是从实际生活中得来的,那么接着发生的情节也是真实的吗?正是后面的那段描述使十九世纪九十年代的公众大为震惊,同时也受到评论家的谴责,他们认为那不仅有伤风化,而且也很不可信。在《人生的悲欢》中,那对夫妇(他们的名姓我已忘了)在孩子死后从医院回到家里吃茶点;他们很穷,住在租来的房子里,收入只够糊口。那时天色已晚,大约七点左右。经过一个星期持续不断的紧张焦虑,他们已疲惫不堪,而悲痛更彻底摧毁了他们的精神。他们彼此无话可说,凄然地默默相对而坐。好几个小时过去了。后来妻子突然站起身来，走进卧室去戴上帽子。

"我想出去走走。"她说。

"好吧。"

他们住在维多利亚车站附近。她沿着白金汉宫大街走去，穿过公园。她到了皮卡迪利大街，又慢慢地向皮卡迪利广场走去。有个男人看见她眼睛望着他，就站住脚，转过身子。

"晚上好。"他说。

"晚上好。"

她站住脚，笑了笑。

"跟我一块儿去喝一杯怎么样？"他问道。

"去的话倒也可以。"

他们走进皮卡迪利大街旁边一条小街上的一家酒店，那儿聚集了很多妓女，男人都上这儿来和她们搭识，他们一起喝了杯啤酒。她和这个素不相识的人说说笑笑，编了一个关于自己的荒唐故事告诉他。后来他问她可不可以跟她回家；她说不行，他不能这么做，不过他们可以去一家旅馆。他们坐上一辆马车，前往布卢姆斯伯里，在那儿的一家旅馆里要了间房过夜。第二天早晨，她坐上公共汽车到特拉法尔加广场，随后穿过公园；等她到家的时候，她的丈夫正坐下来准备吃早饭。吃完早饭，他们回到医院去安排孩子的葬礼。

"罗西，你能告诉我一件事吗？"我问道，"书里孩子死后发生的那些事——那也是真的吗？"

她迟疑地看了我一会儿，接着嘴上又浮现出她那仍然娇媚动人的微笑。

"唉,那已经是很多年前的事了,讲讲也没什么关系。告诉你我也并不在意。他写的并不完全真实。他只是猜测而已。不过,他居然猜到那么多,我还是觉得很吃惊,我从来没有对他说过那天晚上的任何事。"

罗西拿起一支香烟,沉思地把香烟的一头在桌上敲了敲,但是她并没有把烟点着。

"正如他在书里说的那样,我们从医院回家。我们是走回去的;当时我觉得我没法子一动不动地坐在出租马车里,我觉得我身体里的一切都死去了。我早已哭得死去活来,再也哭不出来了,我累极了。特德想要安慰我,可是我说:'天哪,你什么都别说。'后来他就什么都不说了。那时候,我们在沃霍尔大桥路的一幢公寓的三层楼上租了一套房间,只有一间客厅和一间卧室,所以我们只好把那可怜的孩子送到医院去;我们在寓所里无法照料她,而且女房东说她不希望把生病的孩子留在房子里,特德说她在医院里可以得到更好的照料。女房东倒不是一个坏人,以前做过妓女,特德常常和她闲聊,一聊就是几个小时。那天她听到我们回来了,就上楼来探问。

"'小姑娘今晚怎么样了?'她问道。

"'她死了。'特德说。

"我什么都说不出来。后来女房东把茶点给我们端来。我什么都不想吃,可是特德硬要我吃了点儿火腿。后来我就坐在窗旁。女房东上来收拾杯盘的时候,我也没有回头,我不想任何人和我说话。特德在看一本书,至少是装作在看,但他并没有翻动页数。我看见他的泪水滴在书上。我一直望着窗外。那是六月底,二十八号,白天已经很长。我们住的房子正靠近街的拐角,我看着街上的人在酒店里出出进进,电车来来往往。我觉得白天好像永远没有尽头,后来突然我发现天黑了。所有的灯都亮了,街上人多得不得了。我觉得累极了,两条腿像铅一般沉重。

"'你干吗不把灯点上?'我对特德说。

"'你要点灯吗?'他说。

"'坐在黑咕隆咚的屋子里没什么好处。'我说。

"他点上灯,开始抽起烟斗。我知道抽口烟对他会有好处。可是我仍然坐在那儿,两眼望着窗外的街道,我也不知道当时自己是怎么回事,只觉得要是我继续在房间里这么坐下去,准会发疯。我想到什么有灯光和人群的地方去。我想离开特德。不,倒不是那么强烈地想要离开他,而是想要离开特德正在思考和感受的一切。我们只有两间房。我走进卧室,孩子的小床还摆在那儿,但是我并不想看它。我戴上帽子和面纱,换了衣服,随后我回到特德跟前。

"'我想出去一下。'我说。

"特德抬头看着我。我认为他一定发现我穿了一件新衣服,也许我说话的某种口气使他明白我并不要他陪我。

"'好吧。'他说。

"在书里他设想我穿过公园,其实我并没有。我走到维多利亚车站，就叫了一辆马车去查令十字架①，只花了一个先令。接着我顺着河滨街走去。出门前我就想定了要做什么。你还记得哈里·雷特福德吗？当时他正在阿德尔菲剧院演出，他是戏里的二号喜剧角色。我走到剧场后门，把我的名字报进去。我一直很喜欢哈里·雷特福德。我认为他有点儿放荡不羁，在金钱事务上也很会耍花招，可是他能逗你发笑；尽管他有缺点，但他却是个难得的好人。你知道吗？后来他在布尔战争②中给打死了。"

"不知道。我只知道后来他不见了，在演出海报上再也看不到他的名字。我还以为他去做买卖或改行了。"

"没有，战争一开始他就去了。他是在莱迪史密斯③给打死的。那天晚上我等了一会儿，他就下来了。我说：'哈里，咱们今晚去喝个痛快吧。上罗马诺饭店去吃点儿宵夜怎么样？''太好了，'他说，'你在这儿等我，戏一完，我卸了妆就下来。'我一见到他，心里就觉得好受了一些；那天他演一个出售赛马情报的人，只要看一眼他在台上穿着格子布衣服、戴着圆顶礼帽、露出一个红鼻子的模样，我就忍不住发笑。我一直等到戏演完，后来他下来了，我们就一起步行去罗马诺饭店。

"'你饿吗？'他问我。

---

① 查令十字架：伦敦一个不规则的广场，在河滨街之西端，特拉法尔加广场之南。1291年英王爱德华一世曾于此地立十字架，以纪念其王后灵柩停留之所。
② 布尔战争：1899—1902年间英国人与南非布尔人的战争。
③ 莱迪史密斯：南非东南部城镇，是布尔战争开始时英国军队同南非德兰士瓦共和国和奥兰治自由邦联军激战的场所。

"'饿极了。'我说。我是觉得饿极了。

"'咱们今儿去吃最好的饭菜,'他说,'管他花多少钱。我告诉比尔·特里斯我要请我最要好的女朋友去吃宵夜,向他借了几镑钱。'

"'咱们喝香槟去。'我说。

"'为死了丈夫的女人①三呼万岁!'他说。

"我不知道你以前有没有去过罗马诺饭店。那儿很有意思。你在那儿可以见到所有戏剧界的人士和赛马的人,欢乐剧院的舞女也常去那儿。那真是个好地方。还有那个罗马人老板。哈里认识他,我们一进去,他就到我们桌边来;他常用滑稽的、不流利的英文和人说话。我猜他是装出来的,因为他知道别人听了会发笑。要是他认识的哪个客人身上没钱了,他总会拿一张五英镑的钞票借给他。

"'孩子怎么样了?'哈里问道。

"'好些了。'我说。

"我不想对他实说。你知道男人们有多滑稽,有些事情他们并不懂。我知道哈里要是知道可怜的孩子已经躺在医院里死了,而我竟然跑出来和他吃宵夜,那他一定会觉得我这么做实在不通情理。他会说他觉得非常难受以及诸如此类的话,可这并不是我需要的;我只想痛快地大笑。"

罗西这时点着了她一直拿在手里摆弄的香烟。

---

① 死了丈夫的女人原文是 widow,在俚语中意为"香槟酒"。

"你知道有时候在一个女人生孩子的时候,她丈夫会变得再也无法忍受,于是跑出去找另一个女人。等妻子后来发现了,滑稽的是她总会发现的,她就会一个劲儿地吵闹不休。她说她正在受苦受难,而她的男人却去干那种事,唉,这实在太过分了。我总劝这样的女人不要犯傻。这种事并不表示她的丈夫不爱她,也不意味着她的丈夫就不是苦恼得要命,这种事一点说明不了什么,这只是神经太紧张了。要是他不感到那么苦恼,他根本就不会想到去干这种事。我对这种心情十分了解,因为当时我就是这种感觉。

"我们吃完宵夜后,哈里说:'哎,怎么样?'

"'什么怎么样?'我说。

"那时候还不流行跳舞,所以吃完宵夜没有什么地方可去。

"'上我那儿去看看我的相册吧,怎么样?'哈里问道。

"'去的话倒也可以。'我说。

"那时哈里在查令十字街有一套很小的公寓房,只有两个房间、一个浴室和一个小厨房,我们坐马车到他那儿,我在他的公寓里过了一夜。

"等第二天早晨回到家的时候,早饭已经放在桌上。特德刚开始吃。我拿定主意要是他说什么,我就要冲他发火。我不在乎会发生什么事。以前我挣钱养活自己,我准备再这么开始。我巴不得能立刻收拾行李离开他。可我进屋的时候,他只抬头看了看我。

"'你来得正是时候,'他说,'我正想把你的那份香肠也吃了。'

"我坐下来,给他倒了一杯茶。他继续看他的报纸。吃完早饭,我们一起去医院。他从来没有问起那天晚上我上哪儿去了。我不知道他是怎么想的。那段时间他对我体贴极了。我心里很难受。不知怎么,我觉得我就是不能把这事给忘了。特德竭尽全力地想要让我觉得好受一点。"

"你看了他写的书后怎么想呢?"我问道。

"噢,我看到他对那天晚上发生的事知道得那么清楚,的确吓了一跳。我想不通的是,他竟然把这些都写出来了。谁都会认为这是他最不愿意写进书里去的事情。你们这些作家,真是一些怪人。"

这时电话铃响了,罗西拿起听筒听着。

"哟,瓦努齐先生,谢谢你给我来电话!哦,我身体很好,谢谢你。唔,要是你爱这么说也成,又美又好。等你到了我的年纪,就什么恭维话都爱听了。"

接着她就和对方聊起来,我觉得她的声调有一种轻浮的卖弄风情的味道。我并没有留神去听他们谈话,这个电话似乎拖得很长,所以我就思考起一个作家的生活来。那真是饱经忧患。开始的时候,他必须忍受贫困和世人的冷漠;等到取得了一些成就,他必须神色欣然地应付任何意想不到的情形。他的成败有赖于喜怒无常的公众。他得听凭所有下面这些人的摆布:记者们采访他,摄影师要为他照相,编辑催他交稿,税务官催他交所得税,身份高贵的人请他去吃午饭,协会秘书请他去演讲;有的女人想嫁给他,有的女人要和他离婚;年轻人要他的亲笔签名,演员要求在他的戏里扮演角色,素不相识的人问他借钱,感情冲动的女士征求他关于婚姻方面的意见,态度认真的年轻人要他指点他们写作,还有经纪人、出版商、经理、令他厌烦的人、仰慕他的人、评论家以及他自己的良心。可是他可以得到一种补偿。无论何时,只要他心里有什么事情,不管是令他心神不安的某种想法,好友亡故的哀痛,得不到回应的相思,受到伤害的自尊心,还是对一个他曾好心相待的友人背信弃义的愤怒,总之,只要心中产生一种激情或一种令他困惑不解的想法,他只需要把它写成白纸黑字,用它作为一个故事的主题,或是一篇散文的点缀,好最终把它彻底忘却。他是唯一自由的人。

罗西放下电话听筒,向我转过身来说:

"这是我的一个男朋友。今天晚上我要去打桥牌,他打电话来说他开车来接我。当然他是一个意大利佬,不过他人不错。他以前在纽约市中心开一家很大的食品杂货店,可是现在他退休了。"

"你从来没有考虑过再结婚吗,罗西?"

"没有。"她笑了笑,"倒并不是没有人向我求婚。可是我现在这样子过得很愉快。这个问题我是这么想的:我不愿嫁个老头儿,可是在我这个年纪再去跟一个年轻人结婚,那也太荒唐了。我这辈子曾经度过快乐的时光,打算就这么收场。"

"你怎么会和乔治·肯普一起私奔的?"

"哦,我一直很喜欢他。你知道,我还不认识特德的时候就认识他了。当然那时我从没想到会有机会和他结婚。首先因为他已经结了婚,其次他还得考虑他的地位。可是后来有一天,他跑来对我说一切都搞砸了,他破产了,几天内就会发出逮捕他的拘票,他要到美国去，问我愿不愿意和他一起走。这时候我怎么办呢？他这个人一向显得气派十足，住的是自己的房子，坐的是自己的马车，那会儿身上却可能什么钱都没有，我不能让他一个人这样到美国去。我又不怕干活。"

"有时候我觉得他才是你唯一真正喜欢的人。"我说。

"你的话我看有点道理。"

"我不知道你到底看中他什么地方？"

罗西的目光转向墙上的一张照片，不知怎么，先前我竟没有看到。那是一张放大的乔治勋爵的照片，放在一个雕刻镀金的镜框里。看上去好像是他刚到美国以后不久照的，也许是在他们结婚的时候。那是一张大半身像。他穿着长达膝盖的大礼服，扣子紧紧地扣着，头上潇洒地歪戴着一顶很高的缎面礼帽，扣子孔里插了一朵很大的玫瑰花，左边胳膊底下夹着一根银头手杖，右手拿着一支冒出一缕青烟的大雪茄。他嘴上留着浓密的八字须，胡须尖上涂了蜡，眼睛里流露出鲁莽冒失的神情，摆着一副傲慢自大、神气活现的架势，领带上还别一个马蹄形的钻石别针。他看上去就像一个酒店老板，穿上自己最漂亮的衣服，准备去参加德比赛马大会①。

"我可以告诉你，"罗西说，"因为他始终是那么一个十全十美的绅士。"

---

① 德比赛马大会：始于1870年的英国传统赛马会之一，每年六月在萨里郡的埃普索姆唐斯举行。

译后记

威廉·萨默塞特·毛姆是二十世纪英国著名的小说家、剧作家和散文家。他出生在巴黎,十岁时父母双亡,由他的叔叔接回英国抚养,在寄宿学校里长大,少年时的生活非常阴郁和凄苦。他先在坎特伯雷读书,后来又到德国海德堡求学。一八九二年他进伦敦托马斯医院学习,两年后参加实习,但是从未正式成为医生。一八九七年他出版了第一部小说《兰贝斯的丽莎》,从此便开始走上文学创作的道路。第一次世界大战期间,他先在法国红十字会服务,后来在英国情报部门工作。一九三〇年以后,他定居法国南部的海滨胜地里维埃拉。在这段时间里,毛姆创作了大量的小说和剧作。一九四八年后他开始撰写回忆录及评论文章。鉴于他在文学创作中取得的成功,五十年代牛津大学曾授予他荣誉博士学位,英国女王也授予他"骑士"称号。毛姆于一九六五年病逝,终年九十一岁。

毛姆在十九世纪末叶开始写作,但是他的主要创作活动时期是在二十世纪的开头四十多年。他先写小说,但是早期作品并没有引起热烈的反响,于是转而创作戏剧,从一九〇三年到一九三三年,他一共写了近三十个剧本。一时间成为当时英国最受欢迎的剧作家之一。他的剧作大都情节紧凑,对话生动,可是内容和深度均不及他的小说创作。毛姆一生创作了《人性的枷锁》《月亮与六便士》《寻欢作乐》《刀锋》四部主要长篇小说及一百多篇短篇小说。虽然他不无自嘲地认为自己只是个"较为出色的二流作家",但他却是二十世纪英国文学界为数不多的一个雅俗共赏的作家。在他一生的经历中,法国文化、海外游历和学医生涯对他的文学创作产生了特别重要的影响。他推崇法国文化,师从法国自然主义作家特别是莫泊桑,总是冷静地通过情节的描写来刻画人物的性格,并且对他们做出含蓄而又深刻的褒贬。广泛的海外游历又大大丰富了他的写作素材,而为时不久的学医生涯又教会了他以临床解剖的方式超然地剖析人生和社会。毛姆对于文学的社会批判职能并不大感兴趣。他认为作家在小说和戏剧中不应该灌输自己的思想。艺术的目的在于娱乐,文学如果不能为人提供娱乐,便不是真正的艺术。因此毛姆写作时所关心的不是内容的深化,而是情节的冲突。他声称他的基本题材是"人与人关系中的个人戏剧",这种戏剧性在他看来是文学为读者提供娱乐所必需的。另一方面,毛姆强调作家应写自己的亲身感受,他从不试图去写他自己所不熟悉的人物和事件。他在一次记者招待会上说:"每个有理智的作家都写自己的生活环境,除此以外他还能写些什么而不失其权威性呢?"他主张故事要有完整性、连贯性和一致性,而且要求自己的作品在语言上必须以明晰、朴素与和谐为目标。因而毛姆的小说都有故事曲折生动、文字明净流畅的特点,这使毛姆不仅在英语世界里,而且通过翻译在其他语言世界里都长期拥有大批热情的读者。

《寻欢作乐》又名《家丑》,写于一九三〇年,是毛姆个人最为喜爱的作品。"寻欢作乐"(cakes and ale)一语,出自莎士比亚所作《第十二夜》第二幕第三场托比的一句台词:"你以为自己道德高尚,人家就不能寻欢作乐了吗?"小说四个主要人物中的三个都是职业作家。其中德里菲尔德是维多利亚时代的一位著名作家,已在不久前离开人世;阿尔罗伊·基尔是当时的一位流行作家;故事的叙述者阿申登则是一位比较严肃的作家。小说的全部情节主要以回忆的方式由阿申登娓娓道来。阿尔罗伊·基尔受到德里菲尔德遗孀的委托,准备为故世的老作家撰写传记,于是他便向自幼结识德里菲尔德的阿申登收集材料。阿申登陆陆续续地向读者介绍了德里菲尔德与他前妻早年的种种逸闻琐事。原来德里菲尔德的头一个妻子罗西年轻的时候身份低微,当过酒店的女招待;后来她摆脱了这种处境,嫁给了热情真挚的德里菲尔德,但心中念念不忘的仍是她早年的情人乔治。数年后,尽管德里菲尔德已渐渐蜚声文坛,可是他们夫妻间却始终貌合神离,以致罗西后来终于和乔治一同私奔前往美国。德里菲尔德其后虽然再度结婚,但始终旧情难忘,常去酒店借酒浇愁,最后抑郁以终。故事的叙述者阿申登把这一段往事讲得有声有色,十分精彩。

毛姆从不讳言他小说中的人物都是从现实生活中取材的,只是都经过他的艺术加工。在《寻欢作乐》中,故事的叙述者阿申登的原型实际上就是毛姆自己。毛姆曾经在白马厩(书中改作黑马厩）小镇上度过他的少年时光，他的叔叔亨利当时就是镇上的牧师，那时他结识了一个在镇上落户的作家。此人虽没有什么名气，但却是毛姆接触到的第一个作家，对他产生了不小的影响。这个作家后来为了躲债而趁着黑夜举家逃跑的事在镇上引起了很大的骚动；其人其事日后就成了爱德华·德里菲尔德的雏形。阿尔罗伊·基尔则脱胎于毛姆的同辈作家休·沃尔波尔。至于罗西的形象，则是根据作者青年时代的恋人而塑造的。毛姆青年时期曾同一个美貌女子有过一段姻缘，后来虽然中断，但毛姆多年后一直未能忘怀。《寻欢作乐》写成时她已去世。这本小说中的角色虽然各有原型，但主要情节却都是虚构的。

《寻欢作乐》出版后，不少评论家指责毛姆在书中用爱德华·德里菲尔德这个人物影射此前不久去世的托马斯·哈代。毛姆否认了这一点。他说他笔下的德里菲尔德与现实生活中的哈代唯一的共同之处只是两个人都出身卑微，都曾先后有过两个妻子而已。其实究竟是不是影射哈代这一点并不怎么重要。作者在小说中塑造的人物原型总来自现实生活，可是经过作者的艺术加工，书中的人物与最初给作者提示及启发的那个人物原型往往已经没有多少共同之处。正如毛姆在本书的序言中所说："哪个作家都不能凭空创造出一个人物。他必须有一个原型作为起点，随后他的想象力就开始发挥作用。他把这个人物逐步塑造成形，东一处西一处添上一个他的原型所没有的特征。等他完成以后，他展示在读者眼前的那个完整的人物形象，与最初给他启发的那个人已无多少相似之处。只有这样，一个小说家才能赋予他所塑造的人物那种既可信又有说服力的真实性和强度。"

《寻欢作乐》一书通过对"文坛泰斗"德里菲尔德及其周围种种人物的描写揭示了当时英国文学界的种种光怪陆离、可笑可鄙的现象。读者可以从毛姆笔下的作家德里菲尔德从卑微到显赫的一生和市侩文人阿尔罗伊·基尔的形象中看到世态的炎凉和某些文人墨客的虚伪、圆滑,但毛姆更加着意刻画的是书中的女主角罗西。罗西是一个性格颇为复杂的女性,她原是一个酒店的女招待,她从不隐晦自己的低微出身,举止之间毫无矫揉造作的习气,与德里菲尔德的伪善世故的第二任妻子和巴顿·特拉福德太太之流形成鲜明的对比。她本质纯真,心地善良,尽管在男女生活上有些行为不检,但绝不是一个骄奢纵欲的人。"她是一个很好的女人。我从来没有见她发过脾气。你想要她把什么东西给你,只要开口就行了。我从来没有听她说过一句对别人不友好的话,她的心地非常善良。""她是一个很淳朴的女人。她的天性是健康和坦率的。她愿意让别人感到快乐。"在整个故事结束前的那一章,阿申登在同阿尔罗伊·基尔和德里菲尔德的第二任妻子埃米·德里菲尔德谈论罗西时所说的这些话其实也可以看成作者对罗西的性格的概括。作者通过对她在黑马厩镇、伦敦及最后在纽约附近城镇扬克斯三个时期的描写使她的形象逐渐丰满起来,从而成为毛姆所有小说中最鲜明生动、光彩照人的女性形象。

《寻欢作乐》也是毛姆艺术上最圆熟完美的作品,整个小说的布局错落有致,现实的介绍和过去的回忆相互穿插,叙述线索不时前后往复而不失清晰,在貌似散漫的结构中自有巧妙的安排,口语化的叙述简洁流畅，文字干净利落，其间作者在评论当时文学界的状况时锋芒毕露，在模仿茶余饭后故作正经的客厅谈话时更不乏嘲弄挖苦的意味，但是在嘲讽揶揄中却仍包含着对人的理解和同情，无怪现代英国文学评论家A.C.沃尔德认为《寻欢作乐》是毛姆最出色的小说[1]，而当代英国女作家和文艺评论家玛格丽特·德拉布尔也把《寻欢作乐》看作毛姆最才华横溢的作品[2]。

这个译本是根据书前冠有作者序言的"现代丛书"一九五〇年版译出的，同时也参考了"企鹅二十世纪经典丛书"一九七七年的版本。

叶　尊
二〇〇三年九月

拙译自二〇〇六年初版以来，已有多年。现趁重印机会，根据原文重新校读一过，略微做了一些文字上的修订，并将初版时排印方面的脱漏误植之处悉数改正。译者虽然付出了不少努力，但乖舛讹误之处恐仍难免，尚祈广大读者予以指正。

叶　尊
二〇一一年十月

---

[1]　A.C.沃尔德《二十世纪英国文学：1901—1960》（1964）。
[2]　玛格丽特·德拉布尔主编《牛津英国文学指南》（1985）。

利用重印新版的机会,我又根据原文做了一些文字上的修订,但艺术的境界无穷,个人的心力有限,译文与译者所追求的理想目标之间总不免存在差距,唯有投笔兴叹而已。

叶 尊

二〇一八年二月